我是谁

王小枪 著

北京时代华文书局

图书在版编目（CIP）数据

我是谁 / 王小枪著． -- 北京 ：北京时代华文书局，2020.5
ISBN 978-7-5699-3622-3

Ⅰ．①我… Ⅱ．①王… Ⅲ．①长篇小说－中国－当代 Ⅳ．①I247.5

中国版本图书馆 CIP 数据核字（2020）第 052776 号

我 是 谁
WO SHI SHEI

著　　者 | 王小枪

出 版 人 | 陈　涛
策划编辑 | 高　磊
责任编辑 | 赵　岩　高　磊
封面设计 | 末末美书
版式设计 | 段文辉
责任印制 | 刘　银　范玉洁

出版发行 | 北京时代华文书局 http://www.bjsdsj.com.cn
北京市东城区安定门外大街 138 号皇城国际大厦 A 座 8 楼
邮编：100011　电话：010-64267120　64267397
印　　刷 | 三河市嘉科万达彩色印刷有限公司　　电话：0316-3156777
（如发现印装质量问题，请与印刷厂联系调换）
开　　本 | 880mm×1230mm　1/32　　印　　张 | 8.5　　字　　数 | 224 千字
版　　次 | 2020 年 6 月第 1 版　　印　　次 | 2020 年 6 月第 1 次印刷
书　　号 | ISBN 978-7-5699-3622-3
定　　价 | 42.00 元

目录

我是谁

引子

中国，兰州。

风沙掠过，一粒粒细小的砂石被强劲的西北风卷着砸在脸上，刮跑了不少在城关区武都路十字公交车站站台上等车的人。

剩下的人零零散散，准备回家的候车者罗西北站在最靠里的位置。站台上的屏幕显示，还有一分钟，他要乘坐的公交车就到站了。罗西北百无聊赖地低头看着脚尖，在心中默数着六十秒的时间。在他的记忆里，公共汽车到站的点从来就没有准时过。

风大，罗西北低着头看着地面，这也能让眼睛躲着点风沙。各式各样的鞋子在他身边来回经过，有女士的尖头靴子，也有年轻人的运动鞋，罗西北看得有些出神，以致一双沾了污泥的大头皮鞋横冲直撞地走过来，把他撞了个趔趄，他才猛地抬起头来。

这是一个穿着黑色皮衣的男人，他从罗西北身边直接走了过去，对刚才的摩擦毫不在意，甚至连头都没回一下。罗西北积攒了的满腔的焦虑和烦闷一下子被这个无理的男人点燃了，他追了一步，抓住男人的胳膊，叫了一句："怎么走路呢！"

男人被这一抓一叫拽住了脚步，他下意识地回头望向了罗西北。人群的嘈杂，车辆的穿梭，在四目相对的一刻，全部凝固了。这个站在对面，刚才几乎把罗西北撞倒的男人，竟然和他拥有着完全相同的容貌。

他是谁？为什么会和我长得一模一样？为什么会出现在我面前？

无数的问号撞击着罗西北的大脑，他怔怔地望着眼前这个男人，想要张口问个究竟，可一时间又不知道第一句话要说什么。就在他思虑时，站台播报的广播传来，公共汽车马上就要进站了。

和罗西北长得完全一样的黑衣男人本来行色匆匆，目光涣散，但在被罗西北抓住之后，他却似乎获得了点化，脸上释放出一种解脱的愉悦与轻松的表情。这时候，站台外传来了两层重型公共汽车进站的闷响。黑衣男人嘴唇微微一动，似说非说地说了句什么，突然猛地甩开罗西北的手，瞬间转身，决绝地一头撞向那辆正在进站的公共汽车。

罗西北还没有从前一秒的惊讶中缓过神来，紧接着又目睹了这来不及反应的意外一幕。你要干什么？你不能死，我还不知道你是谁，你想说什么？你认识我吗？罗西北拼命地追上去，在他纵身一跃的瞬间，拼命抓住了他的袖子，使劲一扯……

整件黑衣蒙头盖了过来，挡住了罗西北的视野，但他还是拼命地将黑衣男子的衣服一把拽住。可由于失去了重心，罗西北被狠狠地摔在了地上。

咣！巨大的惯性和沉重的车身，将黑衣男子一下子撞到了几米开外。一声肉体和车身碰撞的闷响过后，黑衣男子已经重重地摔倒在地，一动不动，他显然已经活不了了。

罗西北的耳边传来了尖利的刹车声、惊恐的呼喊声、纷乱的脚步声，而他只是下意识地抱着从男人身上拽下来的黑衣，惊恐地望着车站的治安员和交警飞速地跑过来，有的拉警戒线，有的劝散人群。罗西北还没有从刚才的惊骇中清醒过来，他的耳朵嗡嗡作响，木呆呆地望着一个治安员朝他跑了过来……

第一章 相遇

"准备好了吗？"

罗西北半仰在皮质躺椅上，听见一个女声这样问道，于是闭上眼睛点了点头。耳旁"咔嗒"一声，罗西北知道桌面上的沙漏计时器开始工作了。伴着细碎而湍急的流沙声，他在脑海中再一次徘徊进了那条黑暗深邃、既像是火车隧道尽头、又似乎完全不像隧道的一个神秘站台。

"你走到哪儿了？"还是刚才那个女声。

"已经到了站台上。"罗西北闭着眼睛回答，"站台崎岖不平，还有点湿滑。"

"车来了吗？"

"来了，就在前面。我们正朝那边走呢。"

"我们？送你的人已经来了？"

"是的，他就在我身边，一直催着我快点上车。已经走到车门口了，他好像要对我说点什么，但是列车启动的声音太大了，我什么都听不清。"罗西北眉头渐渐缩紧，有些焦躁不安。

“别急，先上车。车门关上之后，车灯会亮起来，记得回头看看来路。”女声关切地嘱咐道。

“我知道，车门马上就要关闭了。他退到了车厢外面，冲我挥手告别，用断了一截指头的那只手。车门正在慢慢关闭，车灯会亮起来吗？”

“会的，回头看看，看到什么了吗？”

罗西北只觉得一阵强光瞬间刺穿了他的双眼，之后列车载着他又迅速冲入黑暗之中，他被巨大的惯性推倒在高靠背的座椅上。也不知是列车提速太快，还是刚才那道光晃得他心神不宁，罗西北只觉得胃里一阵翻江倒海，他本想咬牙强忍，但一股腥味突然窜进喉咙，让他失去了控制。只见罗西北猛地从皮质躺椅上坐起来，“哇”地吐了一大口。

姚静——刚刚说话的那个女人，被眼前这一幕吓了一跳。她赶紧放下手中的记录本，走到罗西北身边轻拍他的背，温柔地安抚道：“别着急别着急，都过去了。”

呕吐物散发着浓烈的臭味，罗西北知道，那是昨晚喝下去的白酒以及根本吃不出滋味的各种酒菜。因为要答谢新公司的领导，他第一次甩开膀子喝大酒，没想到影响到了今天的治疗。他有点羞愧地低下头，嘟囔了一句：“对不起。”

姚静还在身边轻抚着罗西北的后背，同时拿过旁边的纸巾为他擦拭嘴角的残留。“这不怪你，是我太心急，给了你太大的压力，作为主治医生，应该我道歉。”说着，她瞥了一眼地上的呕吐物，劝诫地说道，“不过你昨晚喝了多少酒？呕吐物里还带着血丝，我怕是有轻微的胃出血。你现在感觉胃里怎么样，用不用去医院看看？”

罗西北摇摇头：“没事，多半是鼻子里的血，一咳嗽就带出来了。最近天气太干燥，我总是流鼻血。”

“那也尽量少喝酒，酒精对大脑的伤害非常大，尤其是你这样受过损伤的大脑，最好是……”

罗西北用不住地点头拦住了姚静的话，他疲惫地躺倒在躺椅上，用手捂了一会儿眼睛，心里依然十分懊悔。过了一会儿，他轻轻问姚静：“今天是第几次治疗了？”

“只算今年的话，是第五十七次。”

五十七次，依旧一无所获。罗西北内心被一股巨大的失落和茫然笼罩起来，他呆坐在椅子上，想冲出这个看不见的牢笼，可举目四望却不知道哪里是出路。

姚静看出了他的情绪，递给他一杯水：“今天是应该被记住的日子，就像你第一次说出送你的人有一截断指，第一次说出通往站台的路崎岖不平，还有点湿滑一样。你今天第一次在车灯亮起来的时候回头望向了来路，至于那里藏着什么，总有一天可以看清，也总有一天你能从这些梦境里找到属于自己的记忆。”

作为一名心理治疗师，姚静素来喂得一碗好鸡汤。好在罗西北听着不觉得腻，所以哪怕安慰就只是安慰，他也觉得很满足，毕竟除了姚静也没人再对他说这样的话了。

杯子里的清水见了底，罗西北感觉自己也渐渐轻松下来了。他起身告辞，时间尚早，还可以再去一趟老房子。临出门时，姚静关切地说：“路上当心，有什么特别的印象或者想法，随时都可以给我打电话。”

罗西北避开了姚静的目光，点点头转身离开了。他知道，作为一名心理治疗师，姚静的关心点到即止，并没有超出应有的界限，但他有时候会有点情不自禁地心动。

所幸，大街上夹杂着沙土的北风很快让罗西北的大脑清醒过来。他眯着眼睛四下张望着周围——这里是兰州，中国西部城市。已到了初冬时节，整座城市都被昏黄的冷冽包裹着。

穿过黄河大桥又坐了三站，罗西北又一次站到了老房子跟前。所谓老房子，其实并没有真实的房子存在，而是一堆被蓝色围挡隔离的断壁残垣。

三年前，这个罗西北一家居住了几十年的房子发生了煤气爆炸，除了他，全家人悉数遇难。而罗西北虽然保住了一条命，但因为在爆炸中头部受到重击，在医院清醒过来之后，他彻底失忆了。以前所有的事情，全都不记得了。似乎有一只手将他以往所有的经历都抹去了，他的大脑就像是一张白纸，一切的记忆痕迹，都没有了。

围挡在北风中微微摇晃，时不时发出哗啦哗啦的闷响。从刚见面开始，姚静就提醒罗西北可以多回以前生活的地方看看，这对唤醒记忆有好处。

那时候，罗西北刚刚被介绍到姚静的诊所进行治疗。牵线搭桥的是给他治伤的主治医师，他是姚静的大学同学。他告诉罗西北，姚静刚刚从国外学成归来，创办了自己的诊所，正在为一项非常先进的催眠治疗术招募志愿者，这项研究专门针对他这样曾经遭受过重大心理创伤的患者。成为志愿者之后，罗西北不仅可以得到免费的心理康复治疗，甚至还能得到一点津贴。

罗西北抬起手扶了一下围挡，蓝色的铁板冰凉生硬，好像那些消失的记忆一般，死硬地不肯屈就，只留下一片惨淡的空白。在姚静的诊所治疗了两年多，罗西北的记忆恢复几乎没什么进展。

在催眠的过程中，罗西北总是做着一个重复的梦，梦里一条幽暗的隧道通向站台，上车的却只有罗西北一名乘客，而前来送行的也只有一个断了一截手指的人。那个人面目模糊，脚步匆忙，在列车门即将关闭的时候，他微微挥动着断指的手，向罗西北告别。

这是自己以前认识的人，还是潜意识里虚构出来的幻象？罗西北不知道。姚静也没有给出具体的答案。她只是一遍又一遍地帮罗西北梳理着这个梦，挖掘着梦里的每一个角落。

她说，所谓失忆是患者因为某种原因锁上了记忆的大门，而打开这扇大门的钥匙，一定就藏在患者脑海中的某一个地方。

想到姚静的话，罗西北不禁微微笑了一下。他有时候会想，如果这些话从一位男医生口里说出来还会不会有同样的效果呢？遇见姚静，大概是他悲惨人生中所剩无几的幸运了。

正想着，罗西北的手机震动了一下。如果不是垃圾信息，那就只有幺鸡会给他发消息了。

幺鸡，自己当年是怎么想到给朋友要小勇起这么个外号的呢？罗西北不得而知，他比较庆幸的是被叫了这么多年外号之后，这个朋友在他危难之际还能义无反顾地帮助、照顾他。从住院疗伤，到心理康复，只有幺鸡一直陪伴在罗西北的身边。及至后来，罗西北身体康复，帮他联系些零工，接济他生活的，也都是幺鸡。罗西北有时候会忍不住问道："咱俩以前有这么好吗？"幺鸡不善言辞，每次都是笑一笑，回答："等你想起来就都明白了。"

罗西北看了看手机，的确是幺鸡，幺鸡给他带来了一条好消息。昨晚上一顿大酒没白喝，刚刚入职的这家医药公司领导答应，下个月就给罗西北转正，之后他的收入会有一定幅度的提高。

如果不出意外，春节前他就能搬出现在那间隔音极差的出租屋，不用再听隔壁小情侣没完没了的折腾声了。到时候，换一间干净整洁的楼房，也许还能请姚静来家里做客。想到这些，他觉得生活又有了一点希望。

初冬时节，天色早早暗了下来，罗西北不想在这堆废墟边继续流连了。如果注定找不回记忆，那就努力探索前路吧。他朝附近的公交枢纽走去，心里想，晚上到家再看看医药公司的产品手册，一定要把握好这个难得的工作机会，明天天一亮，人生就又是新一篇了。

风沙掠过，一粒粒细小的砂石被强劲的西北风卷着砸在脸上，刮跑了不少在城关区武都路十字公交车站站台上等车的人。

枢纽站台上，等车的人已经有渐渐增多的趋势。虽然现在没什么人，但再过一会儿，下班的晚高峰一到，无论风沙多大，这里恐怕都要人挤人了。罗西北非常不喜欢那种感觉，那种身体被挤在夹缝中的失控感，总让他想起那个不断重复的梦。虽然梦里的列车上只有他一个人，但他依旧觉得自己是失控的，一切都是不可把握的未知。

他曾经把这种感觉告诉姚静，她说这是失忆导致的恐惧和焦虑。至于克服的方法，姚静教了他几种，但似乎都不太奏效。

站台上的人渐渐多了起来，罗西北开始来回踱步，不停地看站台上的屏幕。还有一分钟，他乘坐的公交车就到站了。再坚持一分钟，六十秒。罗西北低头看着脚尖，在心中默念。在他这两年的记忆里，兰州每辆公共汽车进出站的时间都没有准时过。

风沙大，罗西北低着头躲着，他的眼睛看着地面，视野里，各式各样的鞋子在他身边来回经过，有女士的尖头靴子，有年轻人的运动鞋，罗西北看得有些出神，以致一双沾了污泥的大头皮鞋横冲直撞地走过来，把他撞了个趔趄，他才猛地抬起头来。

一个穿着黑色皮衣的男人，晃晃悠悠地从罗西北身边经过，对刚才的摩擦丝毫不在意，甚至连头都没回一下。罗西北积攒了满腔的焦虑，被这个无理的男人全部点燃了。他上前一步，抓住男人的胳膊，叫了一句："怎么走路呢！"

男人被这一抓一叫拦住了脚步，停顿了几秒，猛然回头望向了罗西北。人群的嘈杂，车辆的穿梭，在四目相对的一刻，全部凝固了。

这个站在对面，刚才几乎把他撞倒的男人，竟然和罗西北拥有着完全相同的容貌。他是谁？为什么和我长得一模一样？为什么会出现在我面前？无数的问号撞击着罗西北的大脑，他很想凑上去问个究竟，但身体被这突如其来的震撼施了定身术似的，一肚子的话挤在嘴边，却一句都钻不出来。

黑衣男人本来目光涣散，在被罗西北抓住之后，他却似乎获得了点化，脸上释放出一种解脱的愉悦与轻松的表情。正在此时，站台上传来汽车进站的预报。男人嘴唇微微一动，轻轻说出了两个字："再见。"

随后，他猛地甩开罗西北的手，一头撞向一辆正在全速出站的汽车。罗西北还未从前一秒的惊讶中缓过神来，紧接着又目睹了这骇人的一幕。不行！你不能死，我还不知道你是谁？你为什么要跟我再见，你认识我吗？罗西北拼命地扑过去，在黑衣男人钻进车轮下面的一瞬间，再次抓住了他的袖子，使劲一扯……

整件黑衣蒙头盖了过来，罗西北失去了重心，一下子狠狠地摔在了地上。

咣！黑衣男子被汽车撞出去几米远。一声闷响，他摔到了地上，一动不动，显然已经死透了。

紧接着，罗西北的耳边传来了尖利的刹车声、惊恐的呼喊声、纷乱的脚步声，但这一切都没有扰乱罗西北，他只是木呆呆地僵在原地，紧紧抱着从男人身上拽下来的黑衣，蜷缩在站台的角落里。直到车站的治安员过来拉警戒线，驱散人群，罗西北才从刚才的惊骇中清醒过来，他听见人群中有人抱怨："这谁啊，这个点撞车，一会儿车站又不知道该堵成什么样了。"

听见这话，罗西北这才反应过来，死者的外衣还在自己手里，他"哎"了一声，想叫住刚刚从身边经过的治安员，把衣服上交。但就在他举起衣服的瞬间，内袋里一个鼓鼓囊囊的钱包吸引住了他的目光。钱包半敞着，露出来的现金钞票的边有大几百，看样子里面还有更多。钱包的旁边还露出一个手机的边框，像是最新款的苹果手机。

"干啥？"治安员转过头不耐烦地问道。

“没事，没事。”罗西北看着衣服，鬼使神差地答道。

“没事的都赶紧走，看不见这儿出事了吗！”治安员一溜地哄人，不光冲着罗西北，也冲着还在站台上巴头探脑看热闹的人。下班的晚高峰已经到了，站台上的人越来越多，驱赶声中，罗西北被人流裹挟着随便上了一辆公共汽车。

人群里的罗西北也不知道车会开向哪儿，他只是手里攥紧那件从死者身上拽下来的黑衣。在死者遗留下来的那个钱包里，他能发现或者解开什么秘密吗？罗西北一点都不知道。

推开合租屋的房门，已经是晚上十点多了。罗西北把包和衣服往破沙发上一扔，自己则一头扎到了床上。如果可以选择，他非常愿意把傍晚时的这段经历从记忆中全部抹去。可就像越想记住偏记不起来一样，越想忘掉的偏偏就怎么也忘不了。从被撞到，到拉住黑衣男人的胳膊，再到黑衣男人义无反顾地冲入车轮之下，所有的场景一遍遍地在罗西北脑海中重演。还有那句似乎带着解脱又意味深长的“再见”，罗西北翻来覆去，却也想不出所以然来。

可他就这么把一件死人的衣服偷偷带回来了。罗西北叹了口气。钱包？身份证？钱包里还会有什么？想到此，他起身拿起黑皮衣，里里外外翻了个遍，然后把全部物品依次摆在床头柜上。

一块全钢的机械表，一部苹果手机，一串钥匙，其中一把显然是汽车钥匙，黑色钱包，以及钱包里装着的几张银行卡，现金五千四百元。在钱包最里面的卡槽里，罗西北找到了一张身份证。他从抽屉里掏出自己的身份证，跟这张摆在一起对比了一番，除了名字，两张身份证几乎一模一样，连号码也仅仅相差几个数字。

身份证的核发日期离现在很近，大概是丢了旧证，刚刚补办了新证。只是没想到，证刚补齐，人就不明不白地没了。

罗西北收起自己的身份证，端详起另一张来。韩东——这是黑衣男子的名字。难道，这世上还有另一个自己用另一套身份、沿着另一条轨迹生活吗？他生活得怎么样？看着随身的物件，韩东应该比罗西北过得滋润，但他为什么要一个人孤独地自杀呢？

罗西北一边想着，一边把目光落在了手机上。他身子靠在床头没动，仅仅是伸出一只手指，按了一下手机的home键，那样子仿佛手机是个活物，随时可能跳起来咬他一口。屏幕亮了，显示解锁需要密码，或者指纹。密码自然不得而知，但指纹呢？罗西北轻轻试了两根指头，没成功。

看来指纹真的是每个人独一无二的印记，罗西北一边想着，一边要再次歪倒，忽然他又坐了起来，撕了点卫生纸，把手机的home键乃至整个手机都擦了一遍。之后，他垫着卫生纸，把刚才那堆东西又重新装回了黑色皮衣里。

已经十一点多了，隔壁的床铺一直在有规律地动作，合租的小情侣春心最近总是在萌动。以前，罗西北会不耐烦地敲敲墙，但今天他的眼睛始终离不开搭在旧沙发上的黑色皮衣。那是个巨大的谜。

翻来覆去了很久，实在是睡不着，罗西北决定吃一片姚静给他的药。刚开始接受心理治疗的时候，他一度严重失眠，靠着药物才能睡将近四五个小时。接受催眠疗法两年来，虽然记忆恢复没什么进展，但他的睡眠质量变好了不少，近来已经很少吃药了。

韩东自杀之前，目光十分涣散。他是不是也有失眠症？会不会是最后几天几夜睡不着觉，受不了折磨选择自杀？还是有酒精依赖？他走路晃晃悠悠的样子，跟喝醉的酒鬼没什么两样。但也不一定，有酒精依赖的人一般手都会不自觉地轻微抖动，拉住他胳膊的时候，没觉得他的手在抖。喝酒的危害真的太大了，姚静多次告诫他尽量别喝酒。不过，以后做医药器械销售，恐怕喝酒的场合也少不了。罗西北在一顿胡思乱想之中，慢慢地睡了过去。

深夜，姚静已经洗漱完毕，但她并没有马上睡觉，而是坐在书桌前，等一个约定好的电话。将近零点的时候，她的手机收到了一个消息，内容无他，是一个电话号码。

姚静从书桌抽屉里掏出另一部手机，按着消息上的号码打了过去。

电话另一端，一个有些机械的男声在向姚静做着（没有说出当事人姓名的）工作汇报。姚静一言不发，只是听着，直到对方全都说完了，她才追问了一句："他现场反应怎么样？有没有表现出害怕或者伤心的情绪？"

对方答道："这些不是任务范围内的，所以没有观察到。我们只确认他接收到了目标物品。"

姚静对这样的回答似乎不甚满意："下次再有这样的情况，包括身体、情绪各方面的反应，都要观察记录。他虽然与你们出身相同，但没有被规范化。而且他也应该尽量避免规范化反应，这样才能真正潜入环境里，找到连接人。"说完，不等对方反应，姚静就直接挂断了电话。

深夜，窗外的街道已经渐渐安静了下来，北风的呼啸愈发明显。姚静站在窗边朝外面望去，正好能看到诊所所在的三层小楼。当初把诊所的选址定在这里，就是觉得这幢小楼很像小时候跟爸爸住的教师楼。

那时候，妈妈已经离开了几年。爸爸虽然对她疼爱有加，但更多的时候，他都泡在研究室里。而她放学之后，不得不去对门武教授家里待着。

想到这里，姚静回到书桌旁打开电脑，找出一张翻拍的老照片。照片上有两个女孩，大点的十三四岁，虽长得眉清目秀，但腼腆的笑容里却隐隐藏着一丝愁容。小点的只有八九岁的样子，模样还没大长开，但是笑得更加开怀。照片的右下角，写着一行小字：与静姐摄于科大南园。

因为服了药，罗西北比平时睡得格外沉。韩东的手机在皮衣口袋里响了两三遍，才把他吵醒。罗西北迷迷糊糊地掏出来一看，是个没有标注的陌生号码。韩东昨天已经死了，难道他家人朋友还没接到消息吗？

现在，这电话接也不是，挂也不是，早知道这样，还不如昨天直接关机。

正踌躇之间，外面又传来了敲门声。罗西北抬头看了看表，还不到早晨七点。门外的人不等他问，便直接说道："你家厕所漏水了，快开门！"

罗西北虽是不情愿，但为免给别人添麻烦，还是打开了房门。但他并不知道，房间外等着开门的共有三个人，都是年轻力壮的小伙子。房门刚开了条缝，三人便一拥而入，把他扑倒在地。其中一个在确认罗西北已经毫无还手之力后，走到破沙发旁边拿起了韩东的皮衣，里里外外检查了一番，之后朝罗西北举了举衣服说："我盯着监控看了一晚上，还真是你。"

其余的两个人，把罗西北两边一架："走吧，回局里去。"

几个人不由分说便把罗西北架到楼下，门口停着一辆警车。罗西北被七手八脚地塞进车里，浑身只剩下发软。没想到警察的办案效率这么高，仅凭着监控，就找到了他家里。他"偷"的衣服财物，加起来大概两三万元，也不知道这个额度会判几年。

更主要的是，韩东已经死了，如果警察怀疑他和韩东的死有关，那就更麻烦了。

罗西北感觉脑袋要爆炸了，他反复琢磨一会儿审讯时该如何应答。可是该如何解释他跟死者长相完全一样呢？韩东死前，他俩的碰撞拉扯，摄像头是否也都拍到了呢？如果说，昨天韩东的突然出现和意外身亡，带给他的费解，还像是远方某处的枪声，那眼前这些挤在脑门子里的问题，就是擦着耳朵飞过的子弹。稍微躲闪不及，就可能让他身受重伤甚至命丧黄泉。

已经很久没有经历如此煎熬的时刻了，罗西北觉得耳边响起了蜂鸣声，视线也有些模糊，他不禁抬起双手，紧紧抱住了头。

然而，片刻之后，罗西北察觉到了车上不同寻常的气氛。先前带他出来的时候，虽然是连扑带架，但上了车，几个警察倒没章程了，甚至连手铐都没给他戴。罗西北缓缓抬起头，除了开车的那个，其余两人都关切地看着他。见他抬起头，身边的这个率先开口道："醒啦韩队？你藏得也太深了，让我们好一通找。"坐在前排副驾上的那个也回头说："要是再找不着你，可就要发通缉令了。"

听了这话，身边这个人立马呵斥："陈友业，你知不知道话该从哪头说！"

罗西北从二人的称呼中感觉到，他们应该是把自己当成了韩东，于是大着胆子问道："什么通缉令？犯什么事了？"

"别听他瞎说，没有的事。"身边这位继续说道，"不过，全局上下都在找你。局长那儿肯定也有压力。"

罗西北提着一口气点点头，含含糊糊地套着话："这事没法交代啊。"

"有什么没法交代的，不就是接到线索后又让嫌疑人跑了吗？是有点不好看，可干公安的有多少能上天钻地的。再说了，可着全国打听，哪个地方的刑警队没压着几桩破不了的案子？太正常了。"

"可韩队你一躲一藏，事情的性质就不一样了。"前排叫陈友业的小伙子再次接茬儿道。

"行了，陈友业！"身边这个人再次喝止了他，继而对罗西北说道，"没什么性质不性质的，在外面追查嫌疑人，几天几夜没回单位，很正常。等一会儿到了局里，我们不说在哪儿找到你，这几天的去向行程，你自己怎么方便怎么说。需要统一口径的地方，我董二雷绝对全力配合。"说完，他指着前排的俩人说，"陈友业，大勇，你俩咋说？"

二人连忙附和："我俩没说的。一会儿到了局里，都听韩队的。"

说话间，车子开进了一个大门，罗西北向窗外瞄了一眼，门口的大牌子上赫然写着“兰州市公安局”。

罗西北从董二雷手里接过韩东的黑色皮衣，随着三人走进公安局的办公大楼，乘着电梯来到位于三楼的刑警队办公室。一出电梯，一个硕大的公示牌就立在门口，罗西北假装不经意地看了看：韩东——刑警大队一分队队长。刚才车上的三个人，董二雷、陈友业和张勇都是一分队的警察。

虽然还没到上班时间，但办公室里已经有人忙碌起来了。董二雷招呼一个正在忙碌的女警过来，问道：“局长来了？”

女警点点头：“在最里面那屋呢，一会儿要亲自主持会议。”

“今天来开会的人有点多啊？”董二雷四下看了看说。

“你还不知道啊，可能要把“11.15”杀人案转给二队了。景队也在里头。”

“凭什么把我们的案子转给他们啊？”董二雷相当不服气。

“局长扛不住了呗，厅长把他叫去好几回了，都是问这个案子。大年底的命案，嫌疑人失踪，连刑警队队长都找不着了，你说局长现在什么心情。”女警说着朝董二雷撇了撇嘴。

“谁说我们队长找不着了，这不在这儿嘛。”董二雷说着指了指埋头在一堆案卷中的罗西北。女警见到罗西北立刻凑上来小声说，“韩队，你这几天上哪儿去了？什么时候回来的？”

不等罗西北应答，董二雷抢着说：“你这话问的，上哪儿去，查案去了呗。案子还没破，好些行动都得悄悄的，韩队这次出去几天，带回来了重要情况，一会儿亲自跟局长汇报，是吧。”说着，他拍了拍罗西北的肩膀，又使了个眼色。罗西北被这一通胡吹搅得心神不宁，但怕露馅儿，也只能点头称是。

女警还想继续追问，冷不防身后传来一个严肃的声音：“小李，会议室准备好了吗？”

女警的脸立马沉了下来，吐了吐舌头一溜烟跑向会议室。一个身材魁梧、眉目英朗、穿着整套制服的警官出现在罗西北面前。

“韩队长啊，什么时候回来的？”警官问道。

“昨天半夜。”罗西北硬着头皮答了一句。

“你这是从家里来？”警官打量着罗西北的打扮，皮衣皱皱巴巴，裤子上还有刚才被扑倒在地沾的土，连头发都一绺一绺地翘着。

“太晚了，没回去，在旁边找了个钟点房歇了一会儿。”罗西北编了两句，忍不住看了看身边的董二雷，只见他微微点了点头，这让罗西北稍稍松了口气，至少到目前还没有破绽。

这时，一个上了些年纪的警官从里面走出来。正在倒水的、被人叫作小李的女警官李小春立马挺直腰杆说：“局长，会议室都准备好了，现在就接入省厅的电话吗？”

原来这是局长。他摆摆手：“一会儿再说，咱们自己先开。”说完，他朝着罗西北这边说道，“你什么时候回来的？”

“刚才。”罗西北心里一慌，说漏了嘴，他下意识地看了一眼董二雷。幸亏董二雷机灵，赶紧接话说：“刚才到局里，我们一块儿来的。”

局长无暇顾及这些小事：“都到了，那就开会吧。一会儿省厅的要接进来，听取‘11.15’的案情分析报告。以为你没在，本来想让（景）天城帮你顶一下，既然你回来了，一会儿你亲自汇报。不过，咱们先自己讨论一下，把你这几天搜集到的信息都汇总一下。”

穿着制服的警官，快步朝局长走去。罗西北磨磨蹭蹭地站起来，不知下一步该如何是好。只听董二雷在耳边小声叨咕：“景天城就会跟着局长屁股后面跑，他们二队的人让他带的，也都是这个德行，查案子不来劲，就会围着领导转圈。”

“你们俩还磨蹭什么呢？”见罗西北和董二雷还没走过来，局长催促道。二人只得加快脚步，眼看着会议室就在眼前，罗西北只恨自己不会遁地之法。

正在这个时候，一个保洁员拿着一大袋卫生纸走进来，罗西北急中生智，急忙说道："我去个厕所。"

果然不出所料，保洁员正在检查填补各个卫生间里的卫生纸。罗西北就像热锅上的蚂蚁一般，四下打量一番无果后，突然看见了保洁员放在台面上的洗手液。也只能这样了，但愿能蒙混过关，赶紧逃出去。如此想着，罗西北心一横，趁人不备喝了两口洗手液。

待他再次走进会议室的时候，桌子旁边的白板上，已经贴满了案发现场的照片和案件相关人员的资料。罗西北一下子被这些照片镇住了，这是他第一次真切地理解什么叫倒在血泊中。

一大片血迹仿佛要从照片中溢出来似的，中间躺着一个衣衫不整的女性，仔细再看，会发现她身上有很多处不致命的刀伤，显然生前遭受了痛苦的折磨。这就是"11.15"命案的死者。

罗西北尽量控制自己的呼吸，以免紧张的情绪被周围人发觉。他强迫自己不看照片，只看白板上的字迹。

死者是一名二十八岁的女性，公司文员。11月15日，被发现死在后山，死状惨烈。现场发现了凶器，一把尖刀，在上面提取到了指纹，与她家里除她之外的另一人基本吻合。根据社会关系推断，此人应该是她的丈夫，一名地质测绘员。警方准备拘捕此人时，发现他在妻子遇害的当天失踪了。按程序，这种恶性犯罪的嫌疑人应该马上发通缉令。

但韩东按下了局长的通缉令申请，说自己得到线报，案子另有隐情，死者的丈夫是被人栽赃陷害的。他要单独去会会线人，争取把这个测绘员带回来。考虑到年底大范围传播恶性案件可能造成的社会恐慌情绪，局长同意让韩东先去试试。

然而，韩东竟然就此失踪了，他关闭了手机和汽车上的定位系统，好像人间蒸发一般。

联想到刚才董二雷在车上对他说的话，警队找他的人恐怕一点不比找罪犯的人少。如此说来，那么陈友业刚才说的对韩东发通缉令的事，很可能也是真的。但是韩东为什么要自杀呢？弄丢了嫌疑人，也不至于赔上自己的命啊？

罗西北虽然不是警察，但也觉得这个逻辑说不通。只是此刻，他没时间再纠结这个问题，局长已经把目光投到了他的身上。

“韩东，把这几天的行程先说说吧，就说跟案子有关的就行。”局长说道。

罗西北感觉到局长似乎在为韩东开脱，但满屋子的警察都眼巴巴地看着他，等着听他如何解释自己消失的这几天。在众人的注视下，罗西北忍不住咽了口唾沫。浓烈的洗手液味还没散，满嘴都是又涩又辣的味道。

他慢慢站起身，绕过长长的会议桌，走到白板前，拿起一支马克笔，作势要往上面写点什么。但是，就在笔帽打开的瞬间，在马克笔的味道和胃里翻江倒海的洗手液的共同作用下，还未及开口的罗西北突然口吐白沫地倒在了地上。

满屋的人都震惊了，尤其是董二雷，他从后排一个箭步冲过来，扶起还躺在地上抽搐的罗西北。这时大家才都反应过来，有的说端点水来，有的说没弄清是什么病症的时候最好先别挪动，直接在地上躺平，有的则说直接打120吧……

一阵七嘴八舌之后，会议室响起了敲门声，紧接着三个人走到了局长跟前，出示了一张纸说道：“我们是省厅督察组的，韩东队长因为擅离职守，即刻起停职接受审查。”

局长对这份通知表现得很愤怒：“你们是哪个部门的？想从我这边带

人，必须有徐厅长的签字。”

督察组的人也毫不示弱，他们指了指刚刚出示的那张纸说道：“田局。您看清楚，这就是徐厅长亲自签发的。”说完，几个人不由分说地就架起了摊在地上的罗西北。见他们动手拉人，董二雷几个一分队的警察立马围了上来：“干什么，你们干什么！”

场面一时剑拔弩张，眼看就要失控。这时，一个穿着西装，戴着无框眼镜的男人慢悠悠地开口说道：“田局长，韩队现在的身体状况，根本无法继续坚持工作。与其让他在这儿受罪，倒不如让我们带他回去，先调整好身体，其他一切再说。您觉得呢？”

局长脸色铁青，转头看了看，怒气冲冲地对西装男说：“你是谁？”

西装男对局长的这种态度毫不在意，依旧慢悠悠地答道：“我叫段大川，医学博士，我的诊所上个月刚刚和省厅签订了合作协议，专门对警员们在执行任务过程中受到的精神创伤进行干预和治疗。像韩队长这样的情况，今后要在我这里通过全面的测试和评估，认定他的精神状况恢复正常，才能重新回到他的工作岗位上。”

“你脑子才不正常呢！”一旁的董二雷听了这话骂道。段大川听了一点不生气，他看了看董二雷继续说道：“长期从事高危高压的工作，像你这种易怒易冲动的情绪，会慢慢累积，如果不接受科学的调节和疏导，很可能在执行任务的过程中酿成大祸。你也得小心。我在想，前几天韩队长无缘无故地消失，大概也是这类原因导致的。”

随即，他又转向局长说：“田局，就韩队长现在这个状况，无论如何是不能继续开会了。我那边也有全科医生，不如让他跟我走，身体心理做一次全方位的调整。一旦通过测试，他很快就能重新投入工作。我觉得这比我们在这里无谓地僵持要好得多。您觉得呢？”

一屋子气势汹汹的警察，被一个斯斯文文的医生说得哑口无言。段大川顺势走上前去，跟局长握了握手，说道："感谢您的理解和配合，这么做也是对警员的爱护不是。"说完，他朝督察组的人使了个眼色，几个人带着罗西北离开了公安局大楼。

把罗西北安顿在车上之后，段大川对督察组的人说："人都这样了，先去我那边吧，你们回去跟厅里说一声，人在我这儿，很安全。"

督察组的人应声离开，段大川拉开车门坐在了驾驶座上。他并没有急着启动汽车，反而盯着罗西北反复打量。此时，因为已经把洗手液吐得差不多了，加上离开拥挤的会议室，出来透了口气，罗西北感觉自己比刚才精神多了。

段大川刚刚在屋里说的话，罗西北都听见了。虽然警察们都颇有意见，但站在旁观者角度的罗西北却对段大川的说法十分赞同。如果早一天遇到这位医学博士，也许刑警队长韩东根本不会死。而眼下，对罗西北来说，如果没有段大川出现，他还不知道什么时候才能逃离公安局。

想到此，罗西北对段大川说："谢谢你。"

然而，这句感谢并没有换来段大川彬彬有礼的回应。他紧紧盯着罗西北，半天都不说话。刚刚满脸的斯文转眼间被一股狠毒的阴沉之气代替。虽然一言不发，但罗西北感觉，就这么被他看着，都浑身发凉。

"你这几天干什么去了？"段大川冷冰冰地问道，"关机失联超过24小时，在组织规定内对应的是什么样的惩罚？"说着，他猛地拉起罗西北的手说，"断指。"

罗西北赶忙抽回了手，再也不敢直视段大川的眼睛。

然而，段大川显然不准备这么简单就放过罗西北。他再次拉起罗西北的手说："怎么，害怕了？三合会第二章第七条规定，写得清清楚楚，你关掉手机的时候难道把这些都忘了吗？"

三合会，罗西北没听过这个名字，也不知道这是做什么的。但从段大川的神态语气便可断定，这恐怕不是一个合法的组织。

韩东，一个堂堂刑警队队长，为什么会加入这种组织？他真正的身份到底是什么？难道这些也与他的死有关？罗西北感到事情越来越扑朔迷离，也许遇到韩东根本不是巧合，那他更要想尽办法尽快逃脱。

见罗西北不说话，段大川转身启动车子，嘴角露出一个轻蔑的冷笑。在他看来，身边的只是一个被吓破胆的警察，一会儿到了诊所，更是任由他摆布。

此时，时间还不到九点，早高峰的拥堵还没有完全过去。车子开开停停，一点点地往前蹭。罗西北作势要吐，拜托段大川把窗户打开透透气。许是怕罗西北真的吐在车上，段大川虽不情愿但还是打开了窗户。

罗西北用一张纸巾捂住嘴，眼睛则在四下张望。终于等到路口有交警在巡视，他假装漫不经心地把手里的纸巾扔了出去，不偏不倚正好扔到交警身上。因为车速缓慢，交警三五步就追上了段大川的车，一眼就注意到驾驶座上的段大川没系安全带。

交警示意段大川靠边停车，然后敬了个礼，让他出示驾照。大概还没从对罗西北的态度和情绪中转换出来，段大川对交警也表现得十分傲慢。他慢腾腾地在车上翻找，却不知驾照刚刚被罗西北借着抽纸巾的空当藏在了座椅下面。

交警在车外等得不耐烦了，他拉开车门，命令段大川下车，之后硬是把他带进了路边一个警卫亭内。

整个过程，罗西北都半闭着眼睛，默默观察。直到段大川被警察带走，他才立即下车，穿过行驶缓慢的车流，朝马路对面奔去。他刚刚看到，另一个方向有一辆打着空车灯的出租车正朝这边开过来。只要上了车，然后找个偏僻处把韩东的东西一扔，他就可以彻底摆脱这段诡异的遭遇，重新做回罗西北。

想到此，罗西北禁不住加快了脚步。可他却没注意到，在他身后不远处，一个开摩托车的交警已经在暗中观察了他半天。就在罗西北刚要伸手拦下出租车的时候，交警一踩油门，摩托车一阵轰鸣，横在了罗西北的面前。

“你想上哪儿去！”这位被头盔和墨镜全副武装的交警，伸手抓住了罗西北的胳膊。

第二章 藏尸

罗西北被交警冷不防拦住，瞬间与空载的出租车擦肩而过，懊恼的情绪一下顶到了脑门，他真想问问警察凭什么抓他，难道是因为过马路没走斑马线？但不等他开口，警察先劈头问道：“你手机呢？”

罗西北被问住了，他下意识地掏了掏口袋，韩东的苹果手机还在里面。

交警见他掏出手机，长出一口气：“你带着手机啊，为什么我给你发那么多信息就是不回？”

“哦哦，手机没电，关机了。”罗西北心想，难道又遇到韩东的熟人了？

果不其然，交警一脸无奈地把罗西北让到路边，长叹一口气说道：“韩队长，您也心疼心疼我们这些压马路的兄弟，别老把车往打眼的地方横七竖八地一扔。你那车在天平街那边横了三天，周围的人都报警了，我硬顶着给你贴了个条。你再不挪走，那片小区的人可都要叫拖车了！”

韩东是昨天傍晚自杀的，可车子三天前就被他扔在了路边。他是三天前就决定轻生，还是在这期间经历了重大变故？看在公安局里的情形以及他同事领导的口气，韩东应该是个自信能干，也颇受领导器重的人。他的一句话就能让领导改变主意，案件的侦破方向几乎全由他左右，即便出了事儿，上到领导下到同事，无一不替他想办法打圆场。所以，就因为出手失误，让坏人逃脱了，一个堂堂刑警队队长就不活了？

事情一定不会这么简单。

顺着交警的一句话，罗西北越发觉得韩东的死必有蹊跷。他微微皱着眉头，越想越出神，一边轻轻摇头一边喃喃自语道："不对，不对。"

站在一旁的交警见罗西北神情严肃，还不住地摇头，以为自己刚才的话惹他不高兴了，只好又往回找补："哥，我刚才太着急说话，没过脑子，您别生气。不过，既然这会儿也不忙，要不我送您过去，把车开回来？"说完，交警不由分说地给罗西北套上了备用头盔，把他拉上了摩托车。

一路开到了距离天平街还有一个路口，摩托车停在了路边，"韩队，我别把你送到跟前了，让人看见咱都不好说。"交警客气地说。

罗西北见这附近路边几乎停满了车，有不少都停得不大规矩，也不知道哪辆是韩东的，随口问了一句："哪辆是啊？"

交警诧异地问："你自己的车不认得了？"

罗西北赶忙解释："那天停车的时候喝多了，早忘了停哪儿了。"话一出口，他马上意识到不对——当着交警的面说自己酒驾，这等于直接往枪口上撞。

交警比罗西北还慌张，他急忙掏出执法记录仪看了看，长出了一口气，自言自语道："幸亏没开。"继而，他又四下看了看，见周围无人经过才尴尬地对罗西北说："韩队，刚才你说的话我一句也没听见，车就在前面铁门旁边，你赶紧开车走人吧。"

见交警如此为难，罗西北对自己的口不择言感到有些懊恼，他低着头对交警说了句："口误，那天我喝了酒，找了代驾。谢了啊兄弟。"

“别谢。你是我亲哥，脱了这身衣裳，命我都能给你。可现在总归不是在你手底下干活了，好多事没那么方便。你体谅兄弟就行了。”

罗西北听这口气，意识到这人恐怕和韩东交情不浅，很有可能是老部下之类的关系。如果再说下去，极容易被看出破绽。于是他赶紧挥手告辞，朝他说的那个铁门方向走去。

交警说的铁门，其实是一个旧小区的大门口。今天阳光不错，风也不大，有三个老头在铁门旁边晒太阳边散步。本来就不宽敞的门口，还被一辆斜停着的轿车挡了半截。

这是一辆浅灰色的宝马，庞大的车身跟周围的环境看上去有点格格不入。罗西北心想，住在这儿的看起来都不是什么有钱人，还被一辆豪车堵门口，也真够憋屈了。也不知道韩东的车，是不是也停得这么碍眼。然后他就随手按了一下车钥匙上的开锁键。

没想到这辆斜停的宝马应声开锁，把罗西北和几个老人都吓了一跳。罗西北原地愣了几秒钟，见老头们始终在他和汽车之间来回打量，只好硬着头皮走到了车子跟前。

走近了才发现，驾驶座位那一侧的车门有一道长长的划痕，看样子像是道新伤。罗西北想起刚才那个交警的话，又四下看了看，目光所及的范围内没一个摄像头，怪不得有人敢明目张胆地划车。

他打开车门坐进去，发现车里有点乱，但也掩盖不了豪华内饰的特有质感。罗西北第一次真切地体会到豪车的舒适度，的确跟平时坐的那些脏兮兮的出租车有着天差地别。此时，他已经忘了老头们在车外的注视。

之前韩东有点皱巴巴的皮衣，让他误以为这也不过是个跟自己差不多的普通人。现在看来，韩东的生活怕是比他罗西北高出好几个层次。罗西北甚至想，为了能天天开着高级车，我也绝不会自杀。

罗西北有点惬意地在座位上坐了一小会儿，之后开始在车上打量。后座有个巨大的行李箱非常显眼，把这种豪车停在这儿好几天，里面还放着大箱子，别说车门被划一道，没被砸了窗户就不错了。在他住的那片出租房附近，只要有稍微高档点的车停在那儿，不一会儿就会有人悄悄凑上去，扒着车窗往里看。所以，为了安全起见，还是把大行李箱放在后备厢吧。

但罗西北仅仅往车外面迈了一条腿，便又迅速地抽了回来。因为他发现小区里有几个年轻小伙子正朝他走来，老远就指指点点。有一个老头好像还在招呼他们快点过来，嘴里好像在念叨着“快着些快着些，来人开车了。”

罗西北手忙脚乱地启动车子，已经有一个老头抢先靠近车子，马上就要走到副驾驶一侧的车门旁边。罗西北顾不得许多，一脚油门冲了出去。

小区里走出的人群，立马一阵骚动：“咋开车的，别让他跑了！”从后视镜里看，也似乎的确有人在后面追赶。罗西北不敢分心，不断加大油门，在小路的尽头一个右拐，终于把嘈杂的人群完全甩开了。

此刻，他只觉得庆幸，却没能听清外面人骂骂咧咧的叫喊声：“混蛋，砸烂个脏车，乱停乱放，横冲直撞，臭烘烘的……” 罗西北坐在车上，也不知道该感谢这辆车，还是该怨恨这辆车。如果不是这辆车性能优越，凭他的技术，也许根本开不走，要真被一群满怀怨气的小区居民围住，后果不堪设想。

但这辆车本身对他来说，简直就像一块烫手的山芋。别的不论，单说自己什么时候学会的开车，罗西北的脑子里全无印象，刚刚启动车、踩油门等一系列动作都是下意识完成的。现在他的双手紧紧握住方向盘，胳膊已经完全僵硬了。如果在这期间，万一遇到交警怎么办？

他自己没有驾照，韩东的驾照又在哪儿呢？在不在他随身的钱包里？罗西北很想掏出来看看，但他紧张得连一个手指都不敢动。而且就算一切顺利，接下来他要把这辆车子停到哪儿去呢？

其实刚才他就应该在那个没有摄像头的地方，把韩东的外套往车里一放，转身走人。要不是被几个老头看见，要不是从院里冲出来那一群人，这会儿他也许已经逃出韩东的世界了。现在这辆车简直成了一座牢笼，还是一座马上要锁死的牢笼……

突然，罗西北看见仪表盘上一个红灯在闪，油箱马上要见底了！

幸亏刚刚鬼使神差上了右转道，刚一拐弯，前面不远处就出现了一个加油站。

汽车缓缓停在排队加油的车队末尾时，罗西北觉得自己快要虚脱了。他见前面排着四五辆车，闭着眼睛长出了半天大气。直到后面的车子按喇叭，提醒他往前开的时候，他才渐渐有些放松。前面还有三辆车，后面又排了两辆，罗西北朝前张望了一下，似乎只有一台机器能加油，车队推进的速度十分缓慢。

是不是应该在车上找点什么？罗西北边想边开始在车里搜寻，至于想找到什么，他心里也没有答案。后排的大行李箱又闯进他的视线，也许应该拿到后备厢去，把行李箱和后备厢都检查一遍。

罗西北下车看了看，后车的司机已经百无聊赖地在看手机了。他打开后门一拎箱子，轻飘飘的，似乎空空的什么也没有。他想了想又把箱子放了回去。还是先检查后备厢吧，至少看看后面有没有地方放这个大箱子。

罗西北走到车尾，不知从哪儿飘来一股恶臭。他挥了挥手，恶臭似乎飘走了。再凑近车子一点，臭味又飘了回来。罗西北四下看了看，又低头看了看车，有点疑惑地打开了后备厢。

一瞬间，他又用最快的速度把后备厢重新盖上。随后，罗西北几乎是扶着车门，才重新坐回到了驾驶座上。

如果周围没有那么多车围着，罗西北也许会炸着胆子再去后备厢看一眼。但现在他不敢，也不能再去了。

虽然他感觉脑袋要爆炸了，但最后一丝理智让他明白，对现在的他来说，于众目睽睽之下在后备厢里发现一具尸体，跟纵身跳进万丈深渊，几乎没什么区别，或许直接跳进深渊还能结果得更痛快点。

刚才闻到的那股恶臭就来自后备厢内的尸体，这会儿它如同阴魂一般纠缠住了罗西北。

即使已经回到了驾驶座上，他依旧觉得周围都是臭味。罗西北闻了闻衣领和袖子，有味。他立刻按下车窗，想散散味。但玻璃下来一半，罗西北又把它摇上去了。他怕这味道会引来别人的疑问，譬如现在，前面不远的地方已经有人朝他招手了。

罗西北想调头离开，但后面的车跟得太紧，根本走不掉。弃车逃跑，不出一百米就会有人把他扭送到派出所。或者也用不着这么麻烦，他刚刚已经被人发现了，不然怎么会有这么多车冲他鸣笛，还有人站在外面敲他的车窗玻璃？

罗西北木然地摇下玻璃，见一个穿着制服的人不耐烦地问道：“哥，你加油吗？”原来前面的车已经加满开走了，而罗西北却迟迟没有就位。

“加，加。”罗西北边说边快速关上了车窗，把车子提到了机器跟前。工作人员熟练地打开了邮箱盖问道：“加满吗？”

“二百现金。”罗西北从窗户缝里塞出去二百块钱。加满还得找零钱，但他现在多一秒都不想开车窗。

可工作人员仿佛盯上了他，又执着地敲开车窗问：“哥，这么好的车，加一支燃油宝吗？”

罗西北摇摇头，再次想摇上车窗。油站的工作人员这次干脆用手把住了车窗玻璃：“哎，哥，你等会儿。”此刻罗西北真恨不得自己能杀人，这样他就可以毫无顾忌地冲着车窗前的这张脸扔出一记重拳，而不是只能像现在这样颤抖着听他絮叨。

“哥，你后备厢盖没盖好，你里面开一下，我帮你重新盖。”工作人员说着，便朝车尾走去。

罗西北慌忙开门下车："你刚说的那个燃油宝是干啥用的？"

推销的热情显然盖过了助人为乐，工作人员立马转身回来，继续给罗西北介绍产品。罗西北掏出一百块钱说道："这些够吗？"

"用不了，哥，八十一支，我给你找钱。"

"别找了，去屋里给我拿两瓶玻璃水。"

"好咧，哥。"工作人员心情不错，盖上油盖之后，一溜烟跑进屋里。

罗西北则装作若无其事地走到车尾查看，结果又被吓得灵魂出窍——被夹在车厢盖外面的竟然是尸体身上衣服的一截袖子。刚才到底是怎么关的后备厢，还是根本没关上，会不会被后面的司机发现？

罗西北飞快地瞥了一眼后车，司机仍然在看手机。罗西北顾不上管这些，他用手扶着后盖，防止开锁的时候弹开得过高，然后用身子挡住，一点点从缝隙里把那节袖子塞了回去。

几乎是关上后盖的同时，工作人员拿着玻璃水跑了回来。

"哥，我给你加上？"

"不用了。"

"那你开开后备厢，我给你放后面。"

"不不，要不加上吧。"

"那你开下前盖。"

罗西北看了看车钥匙，上面似乎没有开前盖的按钮。他坐在驾驶座上看了半天，也找不到所谓开前盖的机关。工作人员端着玻璃水等了半天，最终在后车喇叭的催促声中走过来问道："怎么了？"

"我也不知道怎么回事，卡住了吧？"罗西北只好装傻。

"哥你让开，我瞅瞅。"罗西北无奈，只得从车上下来。只见工作人员在方向盘下面摸索了一会儿，然后便听见前盖"咔嗒"一声弹开了。罗西北看着玻璃水冰蓝色的细流，仿佛流了一个世纪。终于等到一切收拾停当，工作人员竟然又殷勤地跑过来：“再送你条毛巾。另外，你车上是不是放海鲜了，有点味，我这有一款除味剂，纯天然的……”

罗西北感觉自己快要控制不住情绪了，他一边抓过工作人员手里的毛巾一边启动车子，以最快的速度冲出了加油站。

早高峰过去之后，路上的车流量有所减少，但宽阔的马路上，罗西北却总也找不到可以逃生的出口。他愈发后悔去开这辆车，后悔自己坐上豪车的时候心里闪过的一丝贪念。

现在一切都来不及了，如果再像之前那样，把车子随便一扔，那尸体散发的臭味，很快就会把警察引来。而只需稍一搜查，他罗西北留在车里的各种痕迹就会暴露无遗。到那时，他是能解释清楚自己并不是韩东呢，还是能证明自己绝对没有杀人呢？恐怕都不容易。

走也不行留也不行，罗西北的脑袋就像一团乱麻，越想择开越缠得紧。因此，他丝毫没注意到前车在人行横道前面停下避让行人，等到他看到车尾的时候，已经迟了。

咣！咣！两声闷响，三车追尾，罗西北的车被夹在了中间。

罗西北恨不得跟韩东一样，把脑袋伸进车轱辘里碾碎，最好再碾个面目全非，可惜来不及了。当他还呆坐在车里胡思乱想的时候，一只手伸过来敲了敲他的车窗。

罗西北紧紧闭了一下眼睛，怀着赌局押大小的心情转头朝外看了看——还好，不是警察。一个穿夹克的男人，边说边比画，罗西北出了口大气，然后尽量平静地下了车。

穿夹克的男人是后车的司机，说话很客气，上来先问了问罗西北有没有受伤，又领着他检查了下两辆车子的撞击情况。说了几句“没事，好商量”的客套话后，夹克男凑到罗西北的耳边，有点尴尬地说：“前面那位有点刺头，你看毕竟你俩的车直接接触，要不你过去找他说说？”

罗西北想不出什么拒绝的理由，为了尽快脱身，他硬着头皮走到最前面的红色轿车旁边。司机是个女的，跟车子一样，穿了一身大红，喜庆得像个新娘子。不过，看表情就不大像了，一张脸不知是妆太浓，还是刚才撞击受到了惊吓，完全是一片惨白。

听见外面有人敲车窗，连头都不回，直接在车窗上举起手机，手机上打了一行字：已报警，等警察。

夹克男见罗西北也被顶了回来，讪笑着走过来说：“就怕遇到这样事儿事儿的老娘们，有啥想法下来商量商量，弄的好像别人都是流氓似的。警察来了咋样，来了也不一定向着她。”

继而他又绕着罗西北的车转了一圈说：“你这车前后都装了行车记录仪了，调出来看看，警察来了以后咱们也心里有底。”

夹克男说着就拉门上了车，坐在副驾驶的位置上拨弄后视镜上的小屏幕。罗西北怕出什么差池，也立刻跟着上了车。

夹克男看了一会儿嘴里嘟囔着：“怎么后面的没有呢？是不是后面的线压着了？要不你开开后备厢，我给看看？”

“兄弟，我跟你说个情况。”罗西北说着掏出了韩东的警官证，“其实我就是警察，刑警队的。我车上拉了重要证物，现在着急去市局。我不怕担责任，赔点钱也无所谓。再说了，过一会儿来的，都是我们一个系统的，我一拿证件，也就走人了。只是等他们出警，还不知道要等到啥时候，我现在着急走，局里领导现在都等着呢。”

说到此，罗西北从韩东的钱包里拿了几张百元钞票，递给夹克男，说：“你这会儿把车往后错一点儿，容我拐出去先走一步，这些钱前后料理应该也差不多了。”

夹克男迟疑了一下，问道：“你是警察？”

“证件你拿去看，就是个追尾，我犯不着大街上冒充警察，逮着不是闹着玩的。”

夹克男又想了想，再看看罗西北抓的一把钱，大约有两千块，便点头拿钱，下去挪车了。罗西北同时也启动了车子，后车刚挪了个空隙，他便立刻打了一把方向盘，从两辆车的夹缝中脱身而出。

如果不是恰好看见车座旁边韩东的警官证，如果不是韩东的钱包里恰好装了几千块的现金，如果不是后车司机见钱眼开，相信了刚才那套说辞，罗西北根本无法想象，他拉着这具发臭的尸体，要如何跟交警在大街上周旋。

重重压力像一条恶狗，在他身后紧追不舍，及至开出去有二三十里路，罗西北才找了个僻静的路边缓缓停车，强迫自己冷静下来，重新整理思路。

看现在这情况，如果仅仅是简单的一走了之，恐怕很难彻底逃出韩东的社会关系网，搞不好还会因为仓皇逃跑被安上个杀人的罪名。按目前的情况，首先他得妥帖地处理好后备厢里的尸体，然后找个合理又不引人注目的地方，把韩东的车安顿好。最后想办法找到韩东的尸体，让周围人都知道韩东已经死了，这样才能证明自己只是个与他面貌相似的人。

正在冥思苦想之际，韩东的手机在口袋里震动了一下。罗西北拿出来一看，是一条短信：您的单号为0009128的快递已经投递到山河湾小区7-3-1302，签收人：本人。

罗西北看着短信，心想，既然能收到自动发送的短信，说明收件人留的是韩东的电话，那这个地址就有可能是韩东的家，先去看看，或许可以把车停在那儿！

罗西北开车在山河湾小区周围绕了两圈。

从外观看，这是个高档住宅区，朝东朝北共有两个大门，供行人出入。北门的旁边，还有一个地下车库的入口，车库的入口并没有专人值守，车辆出入都是靠门口的蓝牙识别。

罗西北慢慢把车开到车库门口，只听“嘀”的一声，车库的栏杆应声而起。韩东果然住在山河湾，罗西北的心稍稍放松了一些。

地下车库分为两层，看起来是新小区，很多车位都还空着。已经有主的车位上方都挂着牌子，标注了车牌号。罗西北在负一层找到了韩东的车位，但他停车四下看了看，并没有把车停进车位，而是缓缓开着下到了负二层。

果然，和负一层相比，负二层几乎没几个挂牌的车位。大概因为卖出去的车位少，灯光也比负一层昏暗很多。罗西北又开车在里面转了两圈，终于找到一个摄像头死角的车位，这才把车缓缓倒了进去。

随后，他从后座取出大行李箱，走到车尾，闭着眼睛按下了车钥匙上的后备厢开启键。虽然灯光昏暗，但这次罗西北看清了死者的样貌——一个个子不高、身材清瘦的年轻男性，头部似乎被暴打过，鼻青脸肿，头发里还有血污。

罗西北咬牙把他从后备厢里抱出来，更加确信了他生前被打过，因为死者的四肢可以随意弯折，看样子骨头都断了。

把尸体塞进箱子后，罗西北把身上穿的毛衣脱了下来，朝尸体的脸上盖了过去，一边盖一边在心里默念：“兄弟，让你受委屈了，我也没办法。不知道谁对你下这狠手，你在天有灵，保佑我早点从这摊子破事里择出去，我一定找个好地方，让你入土为安。”

厚厚的毛衣，塞了半天才弄平整。罗西北心里叨念着对不住，又把尸体的头往一边歪了歪。

这时，他突然发现尸体的耳朵长得有点特别，别人的耳垂或大或小，都是圆圆的，而这个人的耳垂却是个尖儿，仿佛耳朵下面多长出一块肉似的。罗西北又看了看另一侧，也是这样。这样的耳朵并不多见，可怎么印象中好像在哪儿见过呢？未及多想，一辆车开着大灯下来了。罗西北赶紧盖上箱子，把它重新搬进后备厢，哆哆嗦嗦地进了车里。

虽然尸体上的血大都凝固了，但一通搬弄，罗西北的双手和身上还是沾了不少血，这也是他为什么刚才要把毛衣脱下来的原因。他在车上翻出了半瓶水，打湿了刚才加油站送的毛巾，开始使劲儿擦手。放在以前，这点血估计够他晕倒的，可是早上在刑警队会议室见识了真正的血流成河之后……

突然，罗西北想起一个人。刑警队会议室的白板上，除了死者躺在血泊中的照片，旁边还贴了一张死者丈夫——也就是韩东一直在追查的失踪嫌疑人的照片。而照片上的人，和后备厢里的尸体有着共同明显的特征，耳垂上有个尖儿。

这么说，嫌疑人并没有消失，韩东找到了他，只不过晚到一步，此人已经死于非命。那韩东接到线报，独自去找嫌疑人的时候，一定是开着这辆车的，去过的地方行车记录仪也肯定都拍下来了。

罗西北回想着刚才夹克男的操作，开始拨弄后视镜上的小窗口，但刚翻到他开车去过的加油站罗西北就傻眼了：记录仪的画面里清楚地拍到了加油站的一个摄像头。那他打开后备厢的时候，另一个方向会不会也有摄像头，会不会已经把他开后备厢的画面都拍到了？

罗西北登时就不觉得冷了，他决定再去加油站看看。不想车子刚开到负一层，韩东的手机就响了。这次来电的人他认识，就是早上说话冒冒失失的陈友业。

“韩队，你怎么又失踪了？”陈友业说话的风格一点没变。

“刚才在地库里，手机没信号。”

“我就知道你这会儿肯定在家，开车上来吧，我在地库门口等你呢。”说完，陈友业不等罗西北答应就直接挂了电话。

罗西北觉得自己撞进了鬼打墙，千难万险地跑出去几步，抬头一看又回到了原点。一天都没过完，他又跟早上把他抓进韩东生活的警察坐进了一辆车里。

“我把那个什么博士的体检中心的路数都摸清了，听说是厅长前阵子去北京学习，见人家那儿这么弄，也跟着学。本来想把他们都弄进编制内，结果中央现在的指导思想是尽量减员。厅长身边的高秘书给想的现在这个法儿，联合做项目。这帮当秘书的，心眼子多的呀……”陈友业一上车就絮絮叨叨地说开了。

“你怎么知道我回家来了？”罗西北打断他问道。

“我打了一圈电话，你既没去厅里，也没在体检中心。那你还能去哪儿？这么多天没回家，肯定惦记嫂子了呗。”陈友业狡猾地笑了笑。

“那你来找我有啥事？”

“我寻思你这会儿也没啥事儿，跟我去趟停尸房那边。就早上开会说的那案子，局长让我去看看验尸报告弄得咋样了。你到那儿帮着掌掌眼，省得弄出来局长觉得不行，我还得来回跑。”

“陈友业，我现在是停职期间，这样做不合规矩啊。你是不是还有别的事儿？”罗西北看陈友业一脸谄笑，说话挤眉弄眼，觉得里面必定还有缘故。

“韩队，你别老叫我大名，怪瘆人的。真是想让你帮我去看看，顺道就蹭趟车。我再有几个月这不就结婚了嘛，丈母娘发话了，不让我把车开到那些不干净的地方。我刚开车正不知道往哪儿停呢，正好路过你们小区，我一琢磨你肯定在家。”

陈友业说着就要跟罗西北搭肩膀，一拉扯他的胳膊，发现罗西北皮衣里就穿了一件秋衣，赶忙说：“你咋穿那么少啊，韩队。这可不行，一会儿去停尸房，那里面就跟冷库一样。要不你穿我毛衣吧？”

“我上火，热得慌。赶紧系上安全带，开导航。”

“开啥导航，这两步道你不认得啊？”

“我这几天都没咋睡觉，脑子晕得很，开开导航省得走错道。”

陈友业见罗西北答应了他的请求，已经喜不自胜，便没再继续追问导航的事。而此刻，罗西北早已在心中盘算好了一个计划——兄弟，先给你安置个凉快的地方，等我找到风水宝地，再想办法来接你。你可千万要保佑我啊……

法医处和停尸房离市公安局有段距离。罗西北看着导航上的指示，快到门口的时候，让陈友业先下了车。

“你先进去，我把车开到前面洗车行洗洗，里里外外都太脏了。”

“怕回头嫂子看见没法交代是吧？”陈友业嘿嘿一笑，依旧絮絮叨叨，“我就说你以后就还开那辆破捷达，这种高档车让嫂子开。办案子不定去什么地方，怪新的车都糟践烂了。”

罗西北没耐烦听陈友业这些废话，速速把他轰下了车。但他并没有去前面的洗车行，而是一拐弯把车停进了附近的一个小型停车场。

刚停下，一个穿着大棉袄的老头就过来收费。罗西北下车看了看，连个横杆计时器都没有，想来也不是什么正规的停车场。他问收费的老头，能不能保证车子安全。

老头一句话没说，抬手指了指栏杆上挂的一个牌子：营业时间早8点—晚10点，超过时间，车务自理。

罗西北待老头走远，才打开后备厢拿出装有尸体的行李箱。后备厢里还血迹斑斑，这样开去洗车行，保不齐让人家看出什么破绽，万一遇见好事儿的再报警，那可就麻烦了。于是，他又把行李箱前后检查了一圈，确定没有血水流出，才轻手轻脚地拉着箱子走出去。顶着韩东的名头活了多半天，罗西北觉得自己心眼都多长了几个。

待他走进法医处的小楼，见陈友业正跟一个穿着白大褂的人拿着个大夹子仔细查看。两人言语之间，好像还有点不同意见。

“你这么写，局长百分之百得打回来。上回陈屯那个杀小孩的案子，你忘了最后出了多少份报告。”陈友业指着夹子振振有词。

白大褂也不示弱：“陈屯那个案子，是漏化验了几项。但这个血液分析都做遍了，就是没有对应人，我也只能写结果不明确。”

罗西北看着陈友业跟白大褂争执，心想，这人肯定也是韩东认识的，为避免露马脚，还是先从陈友业这套话。

“陈友业，你说话注意点。”罗西北走上前去，客气地冲白大褂点点头问道：“这个案子全由你负责啊？”

“不是，我就负责最后汇总出报告，前期检验廖法医负责。他今天去别的案子出现场了。”白大褂对罗西北说话的口气，显然比对陈友业的时候尊重许多。这也让罗西北进一步确定，白大褂是认识韩东的。他从白大褂手里接过夹子，假装翻看了一番。在抬头一栏，看见上面写着“执行法医：廖百川，报告撰写：刘晓彤”。

“你这是准备交上去了？”罗西北指着报告，再次确认。

“是，廖法医都签字了。你们这边看看没问题，我去找处长签字。”白大褂的名字就是刘晓彤，罗西北确认无疑。

“签字也不管用，局长不管这些的。”陈友业有点着急。

罗西北冲他使了个眼色，转而对刘晓彤说：“这样吧，干脆咱们再去趟停尸房，你把报告里结果不明确的几个地方，再指给我们看看。我们再拍点照片，两厢比对着，这样回去也能说得清。你觉得可以吗，刘法医？”

“叫我小刘就行了，韩队。”刘晓彤被罗西北说的倒有点不好意思了，咱们现在过去吧。”

说着，三个人朝停尸房的方向走去。罗西北怕被看穿，加上又拉着个沉甸甸的箱子，走得有点慢。刘晓彤见他们没跟上，转头说道：“你们慢慢走，我先去前面开门。”

陈友业见罗西北拉着大箱子，赶紧凑过来：“韩队，你箱子里有什么东西吗？怎么还带这儿来了？沉不沉？我帮你拎着。”

罗西北不敢让他接手，贴到耳边小声说：“箱子里有点你嫂子的东西，我怕洗车的搬来搬去弄脏了。你有工夫别在我身边晃悠，去跟着小刘，看看有没有需要帮忙的。常在一起干活，要跟人家搞好关系。我这儿用不着你拍马屁。”

陈友业一伸脖子，点点头，追着刘晓彤走了。

罗西北走到停尸房门口，前后观察了一下。这是整个楼里比较偏僻的一间，临近的楼道还有一道二门，看样子晚上要锁住。

刘晓彤在门口按了一下，费力地推开厚厚的铁门。陈友业牢记队长的教导，见状也跟着一起推门。罗西北走上来，看了看门锁：“你们这都换高级密码锁了？”

“指纹的。”刘晓彤边说边熟练地摸着墙面的开关。开关的地方其实是个变电箱，整个停尸房的几路电都在这里控制。刘晓彤边按着编号寻找，边说：“其实这玩意也不好，觉得没钥匙安全，其实全都是电管着。”

“一断电就自动开门？”陈友业搭腔道。

“一断电就自动锁死，还得再拿保险钥匙，才能打开。幸亏平时这里面没活人。”刘晓彤说着，在中间一排冰抽屉里拉出一个，“找着了，来看吧。”

刘晓彤一句锁死，却一下打开了罗西北脑子中的关窍。他把箱子靠在角落，说了句：“我去厕所，你们先看着。”便转身出了停尸房。

这边刘晓彤边整理报告，边对陈友业说：“我听以前那些老法医说，韩队是局里出了名的较真，活怎么干都是说一不二。以前每次见他，也都特别严肃。今天看样子，倒是挺随和的，跟以前都不像一个人了。”

“那是因为我们韩队现在正在休假期间。”

“休假还往我们这跑，太不珍惜假期了。”

“他这假还不定休到哪一天呢，换你也想早点上班。”

“什么意思？停职了？哎，那他进来看尸体就不符合规定了。”

陈友业见状，立马冲刘晓彤做了个小点声的手势：“别瞎嚷嚷行吗？他不是停职，是身心状态恢复期。行了行了，快对照标注吧。我拍照片。”

两人刚开始没一会儿，突然外面警报声大作，很快楼道里传来了纷乱的脚步声。陈友业放下拍照的手机，朝门口看了看，禁不住对丝毫不为所动的刘晓彤问道：“怎么回事？你们这儿今天演习啊？”

“没有，火灾警报。”刘晓彤淡定地回答。

“着火了，那咱们别在这儿待着了，先出去吧。”陈友业有些慌张。

“没事，肯定不知道是谁又在厕所抽烟了。我们这边刚换了一套全新的烟雾火灾报警系统，特别灵敏。经常因为在厕所或者楼道抽烟，就触发警报。我们领导说了，这样有助于大家戒烟。”刘晓彤说着突然一回头，“哎呀，不是你们韩队在厕所抽烟呢吧？”

“是不是咱俩都出去看看吧，你听听外面乱腾腾的，说不定真有火苗呢。”陈友业恨不得马上跑出去。被他这样一说，刘晓彤也有些心慌了，匆匆整理好报告，把冰抽屉重新推进去，跟着陈友业走了出去。

不想，两人刚一走出停尸房，就撞上了正往回走的罗西北，而且还冲他俩着急地说：“快往外走，着火了。”

陈友业一把拦住罗西北：“韩队，你去哪儿？”

“我再进去一趟，箱子还在里面呢。”说着，罗西北趁刘晓彤还没拉上大铁门，抢先一步挤了进去，趁二人不备，“咣当”一下，在里面重重地把门锁上了。然后以最快的速度，把墙上的几路电闸都拉了下来，密不透风的停尸房立时陷入了一片漆黑。

罗西北定了定神，他听见外面的声音比之前更嘈杂了。不仅有陈友业和刘晓彤焦急的敲门声，还有闻声而来的其他人，加上警报器还在一直不停地响，听上去简直是灾难现场。

但罗西北必须镇定，他摸到箱子，拖行到最里面的一排冰柜跟前。刚刚刘晓彤在找尸体的时候，嘴里念念有词，这排空的，这排空的。虽然没法全记清楚，但他还是真切地看到，最里面下排的一层冰抽屉都是空的。

从箱子里搬出尸体，比从后备厢里搬出来更难。尸体被卡在一个狭小的空间里，连插手的地方都没有。而且，冰抽屉只有很浅的一层，要想严丝合缝地把抽屉关上，就得重新把尸体摆布平整。

这些活儿大白天都很难完成，何况是摸黑操作。而且罗西北的时间非常紧张，他能清楚地听见自己急促的心跳，但更主要的是，他要时刻关注门外的动静。

外面，陈友业一直在不停地叫着韩队韩队，罗西北恨不得上去堵住他的嘴。关了两次，抽屉都关不严。没办法，罗西北只能一点点把尸体往里面推。而这时，门外已经传来了刘晓彤用备用钥匙开锁的声音。

罗西北的手开始有些颤抖，一滴汗顺着头皮流进了脖子里。

停尸房大门打开之后，陈友业第一个冲了进去："韩队，韩队！"

刘晓彤倒是比较镇定，先去合上了电闸。罗西北侧躺在地上，身体缩成一团，大口大口地喘着粗气。这些并不是伪装出来的表现，刚刚摸黑转移尸体，连累带紧张，他的体力和精神真的全都支撑不住了。

大灯一亮，罗西北立刻被晃得睁不开眼。很快有人把他从地上扶了起来，罗西北还是半眯缝着眼睛，他觉得一定是陈友业。但很快，从模糊的视线中，他发现陈友业站在他的对面，还被什么人挡在后面。而把他扶起来的人，力道也没那么轻柔，仿佛押解罪犯似的，从两边架住了他的胳膊。

罗西北意识到情况不对，他努力睁开眼睛，发现把陈友业挡在身后的不是别人，正是几个小时前刚刚被他甩掉的段大川。

此时，段大川正在批评陈友业，声音不大但语气很重："你这样做，违反局里的纪律不算，而且是置韩队长的身体安危于不顾。说严重点，他现在的身体和精神状况，接触这些东西，跟被人打一枪没什么区别。”

陈友业被教训得一句话也没有了，倒是刘晓彤颇有些看不惯段大川的做派，有点轻蔑地说道：“说得有点夸张了吧，韩队是经验丰富的老刑警，见个尸体还至于吓尿了？”

段大川也毫不示弱：“越是经验丰富，说明他内心累积的压力越多，韩队长的身心现在都处于极端脆弱的状态。看活人，我更专业。”说完，他对架着罗西北的两个人说：“把他带走。”

尽管还没从刚才的疲惫与紧张中完全恢复过来，但罗西北已经清楚地意识到，他绝不能任由这个段大川摆布。他使尽全身力气，甩开了架住他的两个人，然后纵身扑到了陈友业的身上。

陈友业没承想他会来这么一下，身体一下失去重心，两人重重摔在地上。罗西北趁机伏在他耳边说：“赶快给局长打电话，关于‘11.15’案的嫌疑人，我有重要情况汇报。”紧接着，他便假装掐住陈友业的脖子，大喊道：“抓住你了，抓住你了。”

众人见状，赶紧把罗西北拉开，七手八脚地扶了出去。陈友业挣扎着坐起来，在人群的夹缝中，看见罗西北朝他投来一道凝重的目光。

罗西北真的出现了幻觉。

在一间密闭的小屋内，两个审查员轮番向他提问，但他却一句话都听不到。开始的时候，他还能看见两个人的嘴一张一合，后来便渐渐看不清了。倒是耳边，一直有嘈杂声，听上去好像是许多汽车不断开过。在这片嘈杂声里，有一个声音越来越清晰。

“再见！”

有人对他说再见，这声音有点熟悉。罗西北努力想睁开眼睛，但却怎么也看不清。一会儿眼前站着个黑衣人，一会儿又似乎有人在冲他挥手告别。

两个人的身影重重叠叠，最后仿佛合成了一个人。

眼前的灯光，一会儿亮一会儿暗。罗西北的最后一丝理智告诉他，这是审查员在用台灯照他。此刻，他几乎已经放弃抵抗了，对审查员反复提出的，诸如在哪里和线人接头，嫌疑人最后一次出现在什么地方等问题，他甚至想编一个答案来满足他们，但他就是张不开嘴，因为他眼前始终站着两个人，不停地在和他说“再见”。

审查持续到了深夜，罗西北最后的记忆停留在了段大川身上。他穿着白大褂走进来，什么都没说，只在他胳膊上打了一针。那之后，所有的嘈杂声都消失了，罗西北陷入了沉沉的睡眠。

“你们这是胡闹！”在听说罗西北被注射了镇静剂之后，田局长拍了桌子。两个审查组成员虽然拿着省厅的尚方宝剑，但见田局长大发雷霆之后又直接拨通了厅长的电话，心里未免也有些打鼓。甚至连罗西北都是被田局长骂人的声音给吵醒的。

陈友业和董二雷都守在他的床边，见他醒了，董二雷立刻起身去给田局长送信儿，陈友业则悄悄凑过来说：“放心吧，田局发飙了，肯定能保你出去。”

大约十几分钟后，田局长、审查组成员以及段大川都来到了罗西北休息的房间。

“起来了，感觉怎么样？”田局长见罗西北坐在床上，关切地问道。

“没事，已经睡醒了。”罗西北这会儿还真有点早上起床神清气爽的感觉。

田局长转身说道：“刚才我已经和厅长确认过了流程，韩东可以接受审查，也可以接受心理康复治疗。但是具体什么时间来安排这些事儿，由我们刑警队说了算，你们更加没有权力限制他的人身自由，他不是罪犯，他现在依旧是我们刑警队中的一员。所以，现在我就要带他回一趟局里，讨论案件的最新调查情况。”

“罗西北现在是停职期间，他的话应该不能作为案件侦破的依据。”审查组的其中一人说道。

“他的话能不能作为依据，我们办案警察会自行判断，至少我还没有被停职吧。”田局长毫不客气地反驳道。随后他一挥手，示意董二雷和陈友业带着罗西北离开。

段大川站在审查组成员的后面，表情似乎有些尴尬。罗西北从他身边经过，尽量避免和他对视，但他能感觉到段大川的目光一直没有从他身上离开。

此时，田局长的手机响了，他的脚步也随着电话那头的声音而逐渐停了下来。

“确定就是死者的丈夫吗？”田局长的口气有些疑惑，在得到了肯定的答案后，他回头看了看罗西北，欲言又止。董二雷想问什么事，田局长只说了句“先回局里吧”，之后又快步向前走去。

罗西北和董二雷、陈友业只能紧随其后。

谁都没有注意到段大川的脸上露出了一丝不易觉察的冷笑。

第三章 回家

韩东，1983年6月22日出生，籍贯甘肃省平凉市崆峒区。2004年毕业于甘肃省警察职业学院，同年进入兰州市靖远路派出所担任民警……

这份简历，段大川已经看过无数次。但任何一个人都不像简历上的字迹一样简单明了，尤其是干他们这行的，哪怕知道再详细准确的信息，也似乎永远无法看清一个人，比如韩东。段大川曾经问过上级，为什么选中韩东，但得到的答案却是似是而非。

说韩东身在刑警队，能比较方便地获取一些情报。但从获取情报的方面来说，刑警队的作用远比不上安全局，为什么不直接策反或者安插一个人在安全局呢？而且，据段大川的调查，韩东是在参加工作五年之后，从基层派出所直接调入了市刑警队。当时的调令上写的理由是，韩东参与破获了片区内一起入室盗窃案，表现突出，直接上调进市刑警队。不过一年，就升任队长，在市局甚至省公安厅里都备受器重。对一个没什么背景关系的普通民警来说，这样的升迁之路似乎太过顺利了。

段大川在潜意识里有些排斥这样的人，说得再直接一点，就是嫉妒。

他从小学习成绩优秀，可是因为相貌丑陋，总是不受老师同学的喜欢。冷漠、排挤，几乎伴随了他的整个求学生涯。在阴差阳错加入组织之后，他用第一笔活动经费做了微整容手术。本以为可以凭着自己无敌的专业手段，得到认可与尊重，哪怕这些都是见不得光的，但是现实再一次对他展现了无情的面孔，他的直属上级在招募他之后半年被远调出国，从此音信全无。段大川则是在各地辗转，不停更换身份，但主要任务就是根据指示汇总线人情报，同时用药物控制一些有可能不听指挥的人。

兰州是他的第五站，在这里他的权限得到了一定程度的扩大。行动方案，人员配置，他尽可以全权做主。尽管如此，他的干劲儿却没有前几年那么大了。所有这些也不过是之前小打小闹的升级版，距离组织的核心他已经越来越远了。更别提当初招募他时上级的许诺：组织内的首席科学家。

不过，段大川没那么容易被击倒。就像上学的时候，导师再怎么不待见他，他也能抢在所有人前面完成作业，发表的论文甚至比其他人加起来还要多。只要有绝对快的速度，就可以在最外道强行超车。

而这次，他甚至找到了内道留出来的空隙——韩东。

越是看不清，这个人就越可能成为向上走的台阶，只看有没有人敢踩了。对段大川来说，这没什么好怕的。更何况，韩东也不过是捏在他手里的风筝，一个小小的针管就能让他乖乖就范。

楼道的尽头，远远地传来了脚步声。段大川抬头看了看时钟，十点四十五。距离公安局长田建民气势汹汹地来带人已经过去了一个多小时。

田建民也是一线警察出身，在省里都是出了名的硬派。能顶着省厅的压力，强行带人离开这么长时间，除了他怕是没有第二个人敢这么做了。可是，那又能怎么样呢？没有第二种结局，段大川想要的人，一定会回到他指定的地方。脚步声在门口略作停顿，段大川听到了一声微微的叹气声。他闭上眼睛，等着韩东走过来向他低头。

站在段大川的办公室门口，罗西北用一个深呼吸强令自己平静下来。即使已经搬运过尸体，但面对段大川还是最令他紧张。别人的眼神里多少会有一丝轻松明亮，而段大川的眼睛里只有阴霾，哪怕他看上去总是不疾不徐，彬彬有礼。

可是他逃不了，罗西北几乎是被押送到了段大川的办公室外面。许是有了前几天突然消失的前科，这次田局长派了陈友业，叫他开车把罗西北送到了段大川的小院门口，并反复叮嘱要看着罗西北走进去。

当然，田局长也不免要劝慰他几句："韩东，你是老同志了，很多事情都跟破案一样要讲究策略。今天大张旗鼓地带你出来，是明知不可为而为之，否则下次被带走的说不定就是我。但程序既然已经得到省厅的确认，那我们也只能遵守。没有他的签字，你没法复职，最后被动的还是我们自己。"

其实，罗西北这次没打算跑。围绕着他的谜团越来越多，迷迷糊糊逃走，说不定会跳进更大的坑里。所以，哪怕再怵再紧张，他也要再来会一会段大川。

走进办公室，罗西北见段大川坐在转椅上假寐。他扫视了一圈，似乎并没有准备让他就座的地方，便站在办公桌前，干咳了两声说："段博士，治疗什么时候可以开始？"

段大川没吭声，伸手在桌子上摸到一个遥控，轻轻一按，屋里的灯光瞬间阴冷昏暗了下来。之后，他慢慢站起身来，走到罗西北的身后，突然猝不及防地把罗西北按倒在桌子上。

罗西北挣扎了几下，却根本没想到段大川力道十足，自己根本无法挣脱。段大川一只手扭住罗西北的胳膊，一只手刚好掐住他的喉管。罗西北登时便张大了嘴，但他既不能出气也不能出声，不过几秒钟便觉得脑袋发蒙，两眼发黑。

也不知过了多久，就在罗西北感觉自己几乎要失去意识的时候，段大川猛地松开了手。罗西北“啊”的一声，喘了口气，然后踉踉跄跄地倒在了地上。只见段大川走到他跟前，用手指扒了扒他的眼皮，轻蔑地“哼”了一声，然后推过一把椅子，对罗西北说：“坐吧，韩队长。”

罗西北挣扎着坐到椅子上，依旧觉得胸口发闷，四肢无力。段大川看着他的样子，把他连人带椅子推到办公桌旁，又倒了一杯水放在旁边，继而从抽屉里掏出一支针剂，似笑非笑地说：“还没缓过来，要不来一支？”

罗西北想起昨天曾被注射过不明药物，心中一惊，赶紧咬牙坐直说：“不用了。”

段大川看出了他的紧张，笑着把药放回抽屉：“放心吧，这不是你的药。喝点水吧。”

罗西北瞄了一眼水杯，他的嗓子被掐了半天，现在直冒烟。但是这杯水，他犹豫了，生怕里面又有猫腻。

“这就是一杯白水。”段大川说着端起杯子喝了一口，“你最好喝点，不然一会儿你说不上三两句话，嗓子就要完全失声了。”

罗西北见状，端起杯子猛喝了几口。只听段大川在对面问道：“你跟着去河滩现场了？”

“没有，我还没获得复职批准，不能出现场。”罗西北抹了抹嘴说道，但很快他就感觉到了不对劲儿，“你怎么知道河滩现场？”

段大川似乎比罗西北更加莫名其妙：“2018年11月22日清晨，有路过群众向警方报警，在新区灌溉渠南岸，发现一具男性尸体。据法医初步检查，尸体死亡时间超过七十二小时，具体情况待法医进一步检查后确定。也希望广大市民群众积极提供线索。”见罗西北依旧一脸茫然，段大川继续问道，“你出来的时候，这则警情通报还没写好吗？”

“没有，还没有。”罗西北失神地摇摇头。的确，清早田局长接到的电话，正是有关河滩发现尸体的事。因为案件影响恶劣，之前对全市的各个派出所都发布了有关嫌疑人的详细特征情况。加之，嫌疑人有比较明显的体貌特征（耳朵尖），所以出警巡警很快联系到了刑警队。

从段大川的办公室出来后，有一批人直接就去了现场，很快现场消息传来，死者就是“11.15”案一直在寻找的嫌疑人。

罗西北几乎搭上半条命，才找了个暂时的安置地，还没想好下一步该如何是好，可偏偏有人就能轻而易举地转移尸体，仿佛比夹带张纸条出来还容易。罗西北乍一听上去，觉得这事简直比变戏法还神奇。但刚刚听到段大川的发问，乃至他连草拟的警情通报都能分毫不差地背出来，罗西北愈发觉得这事儿不仅是神奇，简直是分外可怕。

段大川见罗西北眉头紧锁地出神，半天也不发一言，终于有点不耐烦地说道：“韩队长，还没看明白这里面的关窍吗？你铺下的烂摊子，我已经帮你收拾干净了。”

“是你把尸体从太平间转移到了河滩上？”即使已经把这个想法说了出来，罗西北依旧有些难以置信。

“没这么简单。先得抹了你在太平间留下的所有痕迹。随后转移尸体，布置抛尸现场，安排目击者和报案人。不仅如此，还要编织好结局，方便警方尽快结案。没有意外的话，这个案子的最后结论应该是家庭伦理惨案。丈夫长期在外工作，妻子耐不住寂寞红杏出墙。丈夫得知真相后，一气之下将妻子打死后潜逃，但抵不住巨大的精神压力和世俗的羞辱，最后畏罪自杀。细节上也许有出入，但大体上，就是这个套路。”

“‘11.15’案可是省厅督办的案件，只要找着一个死了的嫌疑人，就能简单结案？”

“当然没这么简单，这里面的每一步都需要安排。不过这些跟你已经没关系了。”

“可我是‘11.15’案的执行负责人，怎么可能在我不知情的情况下就结案呢？”

“今天河滩现场没让你去，已经说明这个案子和你没关系了。”

“那是因为我还暂时没有复职，一旦我……”

“在‘11.15’案结案之前，你是拿不到复职通知的。而且你没发觉，已经有人开始刻意地把你排除在外了？你有和案件相关的重要情况需要汇报的时候，你们田局长是怎么问的你？”

经段大川提醒，罗西北恍然想起，他来之前，田局长曾随口问了他一句，有什么情况要汇报，但还没等他说出来，景天城不知从哪儿跳出来，说有个机密文件需要局长签字，便匆匆拉走了田局长。罗西北本来挖空心思编造了许多模棱两可的话，不想田局长再出来，对案子的事儿却没怎么多提，只一个劲儿地劝他快去接受检测，争取早日复职。罗西北当时自觉逃过一劫，便没再细想，经段大川这么一说，里面似乎的确有些蹊跷。

他想再对段大川追问，但段大川的心思却已经不在这上面了：“韩东，这里不是刑警队，而是三合会兰州站点。你也不是什么刑警队长，是三合会兰州站的行动队员。关于‘11.15’案，虽然之前要求你密切追踪，但是现在上面下达的最新指示就是，到此为止，所有善后工作我会安排解决，你和这个案子撇开的越干净越好。另外，我希望你下次单独行动的时候，能准备得更缜密一点。刑警队的太平间也亏你想得出来，你觉得一具没有编号的尸体能在那里放多久？还是你觉得即便被发现了，也不会有人往你身上怀疑？”

没等罗西北回答，段大川连珠炮似的接连发问：“你已经加入三合会四年了，虽然不是我亲自招募你进来，但是四年前组织的招募培训制度已经比较完备了。像你这样屡屡犯下低级失误的人，我真不知道当初是怎么通过测试的？即便你这次无故失联，组织竟然没有采取任何处罚，还叮嘱我一定要保护好你的安全。我为组织尽心尽力，从来没人关心过我的死活。想想真是讽刺。”

段大川的语速比平时要快一些，他的情绪也有些微微地波动：“当年，我刚进入组织的时候，我的招募人曾热血沸腾地对我说，三合会一定会发展为全世界最强大最先进的谍报组织，哪怕是外太空传来的消息，我们也要第一时间掌握。现在组织的站点遍布世界各地，连中情局也时不常要用到我们的消息源。可谁能想到，现在组织里还养着你这样的废物，还当宝贝一样供着。也是，林子大了什么鸟都有，也许在不知道的什么地方，更匪夷所思的人也跟你一样混着！”

段大川的话既凶狠又讽刺，不知道韩东听了会是什么感受，但坐在椅子上的罗西北惊得几乎魂飞魄散。如果说，之前韩东刑警的身份让罗西北感觉到不安和危险，那窝藏在刑警队伍当中的间谍这个身份，简直让他成了国家公敌。

间谍，情报，这些词像是深不见底的漩涡，把罗西北裹挟得喘不过气来。从站台遭遇韩东自杀，到阴差阳错卷入这一连串的案件当中，罗西北开始时时刻刻想逃跑，后来意识到自己择不干净也逃不掉，现在他才明白自己根本是无处可逃，一重警察身份，一重间谍身份，韩东用死亡找到了出路，却一把将他拉进了这张错综复杂的暗网。

发泄够了近日来积攒的不满，段大川见罗西北低头不语，只当他是被自己说得无地自容。但是，即便有再多的牢骚，他也不能违背上面的意见擅做主张，至少现在还不行。

韩东，这个在他看来只会惹麻烦的刑警，现在还得继续给他派任务。段大川把电脑屏幕转向罗西北，指示道：“这是上面布置的最新任务，还是由你执行。你看看吧！”

罗西北抬头看着电脑，只觉得屏幕上的字像是长了脚的小人，一个个在跳旋转舞。他忽然想起，自己已经很久没去姚静的诊所做康复治疗了。他觉得自己的意识马上就要游离到身体之外，但很快他又拼命提醒自己，不能在段大川面前倒下，这不仅会让他产生怀疑，说不定又会拿出什么药物来注射到他身体里面。

罗西北拼命集中精神，边看屏幕边听段大川说：“和‘11.15’案几乎同时，兰州市测绘局发生了一起盗窃案。一个保洁员盗窃了几份图纸，很快被抓获了。这个案子因为不涉及重大财产损失，所以几乎没什么动静。现在需要你做的是，把这个案件的卷宗拿到手。给你一个星期的时间，但速度越快越好，因为现在案卷还在刑警队存放，如果上报市局封存，获取的难度就更大了。”

罗西北点点头，此刻他已经从刚才剧烈的眩晕中缓解过来，又喝了一口杯子里的水，向段大川问道：“‘11.15’案轰动全省，之前追踪了那么久，最后就这么虎头蛇尾了？这么个小小的盗窃案有什么值得追查的？”

“这就和你没关系了。你只要完成我安排的任务就好，至于其他的，不该问的别问。你应该知道，我有的是办法让人闭嘴。”段大川的语气变得更加低沉，同时又从抽屉里拿出一支针剂。

罗西北意识到再多问下去也没什么结果，段大川阴晴不定，一下惹恼了他，局面恐怕更难收拾。

正在这时，口袋中韩东的手机响了，罗西北拿出来一看，屏幕上显示了一个字，霞。他有些慌乱地想挂掉，却被段大川拦住了：“家里的电话还是要接的，要不然，她会更疑心你。”

罗西北突然意识到，这人十有八九是韩东的妻子，而段大川显然对这些信息了如指掌。

电话甫一接通，另一端便传来一个女人的质问：“你在哪儿？”

“我还在单位。”罗西北瞟了一眼段大川，见他一直盯着电脑，随口问道，“你呢？”

“我刚到家，你赶紧回来吧，我就今天半天时间。”女人说完，便直接挂断了电话，把罗西北编好的几句词都堵在了嗓子眼。

这时，段大川头也不抬地说：“先回去吧，尽快把后院的火灭干净。维护好自己的家，才不容易被怀疑，也才能专心干正事。”

罗西北当然不能错过段大川松口的时机，赶紧起身离开。但是，灭火？难道家里也不安生？但是，刀山火海，硬着头皮也得往前走，难道还能比段大川更险恶？罗西北鼓足勇气，准备去见见这位素未谋面的“妻子”。

山河湾小区7-3-1302。

罗西北再三确认了楼号，这次他把车停在了韩东的专属车位上，从地下车库直接上了电梯。

电梯行至一楼，又上来一个人。男的，看上去和罗西北年纪相仿，背着个双肩电脑包，戴着一副黑边眼镜，半长的头发，显然是疏于打理的结果。

他走进来的时候，半低着头，下意识地伸手去按电梯，见十三楼的按钮已经亮了，便放下手，抬头看了看罗西北。罗西北猜想，必定是住同一楼层的邻居，抬头不见低头见，至少也是个面熟。于是，他冲着男人点头一笑，小声说了句：“回来了。”

男人并没有回答，只是把罗西北上下打量了一圈，便又半低下头，不再言语。一路无话，电梯也没再停顿，直接到了十三楼。电梯门缓缓打开，罗西北瞟了一眼男人，见他丝毫没有挪动脚步的意思，便冲他点点头，先一步走了出去。正在此时，他突然觉得身后人影一闪。那男人从背后突然发动，一手抓腕一手扳肩，膝盖轻轻一顶，口中闷闷地喊了一声：嗨！

罗西北还没明白过来是怎么回事，已经感觉到肩头一热，膝下一酸，随着“嗨”的一声，半边脸“啪”地贴在了楼道冰凉的墙壁上。而且因为脸贴得太紧，鼻子、嘴也被挤变了形，所以也只有出气的份儿，没有出声的劲儿了。

罗西北心里直想抽自己大嘴巴，怎么好好的就去贪图韩东那一点富贵，现如今到了家门口还是龙潭虎穴一样。想到此，罗西北背后的男人见他既不挣扎也不出声，竟凑上脸来说道：“怎么样，这回我这擒拿手的出招节奏对了吧？果然一招制敌。”说完，慢慢松开了手。

罗西北揉着手腕、肩膀，转头再看这男人，只见他满脸得意的神采，对罗西北说道：“你出门这几天，我成天在家琢磨你教给我的动作要领，用枕头反复演练，这一下连你都制住了，能出师了吧？”

能一言不发就下这么重的手，想来必是熟得不能再熟了。所以，尽管被扭得生疼，罗西北也只好隐忍不发，还赔着笑脸硬说了几句不错。

这时，电梯旁的一间房门“咔嗒”一声响，罗西北循声看过去，门虽开了一条缝，却并没有人出来，也没有其他的声音。

男人见状拍了拍罗西北：“你媳妇听见咱俩的声音了，催你进屋呢，快回去吧。”说完，头也不回地继续朝楼道里面走，打开了旁边的房门走了进去。

罗西北站到拉开缝的房门前面，抬眼瞄了一下门牌号，果然是1302。

他拉开房门走了进去，目光所及的房间里却并没有人。

罗西北被这一出出的意外之戏搞得有点紧张，他站在门口犹豫着，一只手还背在后面扶着大门的把手，门还没锁死，现在转身逃跑还来得及。

这时候，从一扇玻璃门中走出一个女人，浴袍，拖鞋，头上还包着毛巾，显然是刚洗完澡的样子。长相算不上美艳，但清冷中透着一丝秀丽。见罗西北背手站在门口，她有点不高兴地说：“把门关上。”

罗西北自遭遇事故后，近距离接触的女人只有姚静，而且还都是正襟危坐的工作状态。见到女人只穿着浴袍站在跟前，已经开始有些紧张，再一听说话，虽然声音算不上婉转，但也似被电了一下，没等大脑反应，条件反射一样，便把大门关上了。

女人并未再向罗西北靠近，而是转身又回到浴室，开始整理头发。

趁着这个空当，罗西北四下打量了一下韩东的家：两居室的楼房，装修布置不算豪华，但格调还是有的。

客厅的墙上，错落有致地挂了几幅画，窗边有一株造型奇绝的千年木。往里的两个房间，其中之一被布置成了书房。到顶的书柜，有书有摆件，似乎好久没人打理，但也算乱中有序。另一间是卧室，大大的欧式床，旁边有个梳妆台，远看过去，上面也随意放着两本书。

女人此时已经从浴室走了出来，见罗西北在卧室门口张望，冷冷地在背后说："让开点。"罗西北赶紧闪身。女人进了房间，在衣柜里翻了一会儿，抬头见罗西北还在门口，立时面有怒色，甩手把门关上，还从里面反锁起来。

罗西北自觉有点不好意思，讪讪地回到客厅沙发上坐下。转念一想，不对啊，此人一定是韩东的妻子，且她并没有识破自己的身份，怎么妻子多日不见丈夫，态度冷淡不说，还跟当街遇到流氓似的？是怨他工作太忙，忽略了家庭，还是另有隐情？

正琢磨着，女人已经穿戴整齐从屋里走出来："走吧，把东西都带上。"罗西北完全不明就里，随口问道："什么东西？"

不想女人脾气急得很，眼眉立时就拧了起来："别跟我在这儿装傻，今天说什么也没用了，婚必须离。"

罗西北傻眼了，还没弄清自己家大门朝哪儿开，媳妇就要离婚。韩东这顶帽子实在太难戴了。

可现在他也没有回头路了，况且刚刚段大川还叮嘱他，要维护好家庭才能干正事。这句话多少还是有些道理的，怎么也得把四下的家人朋友都捋顺了，他才能不露馅儿。

想到这儿，他肩膀一缩，窝在沙发上，懒懒地说道：“我知道咱们都说好了，可我这几天出去办案子，真的太累了。不光这样，折腾了半天嫌疑人没抓着不说，还被像犯人似的拉去审查。真跟审犯人似的，不让吃饭，不让睡觉。要不是我们局长顶着压力把我捞出来，我非死在自己人的审讯室里不可。我现在真是寸步难行。你洗得干干净净出门了，我这原身打原身滚了小一个礼拜了，整个人都馊了。我为什么不靠你太近，真的，我怕熏着你。”

女人上下打量了一下罗西北，见他果然形容邋遢。虽然依然面色难看，但好歹眉头稍微舒展，顿了顿，似乎不再紧催着他出门了。

罗西北见自己装可怜略有成效，心中稍微有些安心，接着说道：“现在上面的领导真不把我们一线的警察当人，脑袋别在裤腰带上拼死拼活抓坏人，多辛苦多危险都不说了，稍微一不合适，停职审查。刚我不告诉你，他们不让我吃饭睡觉嘛，不光这样，他们还给我用药……”

“你说什么？”听到这里，本来在椅子上刚刚坐下的女人呼一下又站了起来。

罗西北说得尽兴，并没注意到她神情的变化，边撸起袖子，边继续说：“都不知道用的什么药，一针下去，我就觉得晕晕乎乎，整个人像飞起来似的。你看你看，这针眼还在这儿呢。”

说着话，他刚要伸着胳膊站起来想凑过去让女人看，只见女人急急上前两步，突然一抬手，抡圆了给了罗西北一个大大的耳光。

啪！

罗西北觉得耳朵都叫唤了，晕头转向又一屁股坐在了沙发上。再抬眼看时，女人的表情，已是伤心大过愤怒，双眼噙满泪水，牙齿紧咬嘴唇，使劲儿不让自己放声大哭。忍了半天，这才从牙缝里挤出一句：“别编了，我不想听你的脏事儿！”

罗西北彻底蒙了，怎么刚才明明奏效的说辞，转瞬间就成了编的。他努力回想着自己刚才的话，却怎么也找不出哪一句说错了，还错到要立刻挨一个耳光。正在这时，女人的电话响了，她拿起来一看，立马擦了擦眼泪平复呼吸接了起来。电话那边的声音外面听不真切，但语气似乎非常着急。女人这边听着，边答应边点头，最后说了一句："别着急，我马上到。"

说完话，她迅速穿上外衣，拿着包往外走。临出门的时候，她又看了看沙发上的罗西北，依旧是又急又怒的表情，但什么也没说，便关门离开了。

罗西北捂着脸，坐在沙发上好一会儿，才渐渐缓过神来。他长出了一口气，意识到，这是几天来，他第一次在没有危险不被追踪的安全环境下独处。虽然是在陌生人的家里，但这个陌生人现在也不算陌生了。不仅如此，他还应该更进一步地了解韩东，这样才能让自己更安全。

罗西北先找了个充电器，给韩东的手机充上了电。继而打开了桌上的电脑，电脑里也并没什么新鲜的东西，有几张照片，都是风景，只有一张里面有刚才那个女人的半张脸。

虽然是半张脸，但她笑得很开心，和刚才动不动眉毛拧成一团的似乎根本不是一个人。

他又在各个房间转了转，卧室的门后面有一张放大的结婚照，看样子之前一直挂着，但是现在已经快变成垃圾了。

在书房的一个抽屉里，罗西北找到了一个档案袋，里面装着办理离婚所需要的各种证件资料。其中一份是离婚协议，罗西北粗略看了一下，上面的条件对男方极为苛刻，不仅要求韩东净身出户，而且还要在离婚后向女方支付抚养费，若女方因身体原因需要男方出门配合，男方需无条件同意，如此等等。

在协议的最下面，女方已经签好了字，时间写的是五个月前。男方的签字处，还空着。

这说明，快半年了，韩东还并没有同意离婚，或者至少对离婚协议还有异议。罗西北想了想，把所有材料重新装回到档案袋里，刚想放回抽屉，又停了停，最终把这个袋子塞进了书房小床铺的下面。不能离，照着这条件离了，他拿什么给女方支付抚养费？他连自己都快养不活了。

藏好了档案袋，回头看看手机也快充满了。下一步要做什么呢？罗西北有点茫然，他坐在餐厅的桌子旁。想象着，曾经有一个和自己一模一样的男人，坐在这里和妻子亲亲热热地吃着饭。按照身份证上写的，罗西北今年也三十五岁了。这个年纪应该也有过妻子，甚至孩子。那他自己的生活是什么样的呢？是也像韩东这样，和妻子的感情慢慢变淡，甚至快要反目成仇，还是依旧平淡温暖，有说有笑？他无从得知，无从想念。

罗西北又拿起韩东的手机，点开启动键。手机的屏保是一双紧紧握住的手，背景是蓝色的天空。罗西北举着手机，呆呆地看着这张图片，突然发现屏幕上出现了一行小字，面部识别成功——韩东的手机解锁了！

原来，手机的密码就是韩东的脸，而罗西北因为做贼心虚，这几天就没敢把手机举到眼前看。突如其来的快乐，迅速冲淡了刚才胡思乱想的伤感。韩东的手机里，一定藏着很多秘密。

他得好好研究一下。

罗西北边想着边拿起桌上的杯子喝了口水，一兴奋嗓子都要冒烟了。可是水没喝两口，他觉得味道有点不对。他低头闻了闻，是不是好几天的旧水不新鲜了？再回头看手机，怎么上面的字迹有点模糊，是手机出问题了吗？还是水有问题？罗西北再也来不及多想，便一头栽倒在了地上……

天色渐暗，韩东家门外响起了一阵敲门声。半晌无人应答之后，门从外面被钥匙打开了，一个人走到罗西北的身边，停住了脚步。

深夜，段大川的办公室还亮着一盏小灯。临近十一点半，他的手机上收到一条数字信息。段大川从抽屉里拿出另一部手机，按照信息上发过来的号码打了过去。起初他只是听着对方说话，时不时点点头，对对方的提问也多是回答“没问题，错不了”这类成竹在胸的话。

但不一会儿，电话那头的声音让他开始感到不快。他虽然尽力隐忍，但最终还是用抱怨的口气问道：“他们找了三年找不到断指，现在把任务派给我是什么意思？以前，他们觉得这是手到擒来的肥肉，结果三年时间把项目经费倒了个精光，现在让我空手套白狼去找断指，这有点欺人太甚了吧！”

对方显然早就料到了段大川会爆发，所以很快用一套方案来安抚，当然从段大川的表情上就能看出，这个方案和段大川口中三年前的计划，还有不小的差距。但是又有什么办法呢？他早就明白，自己就是狼群里最受气的那一只，别人不把肉啃干净，他连骨头都捞不到。

但段大川不怕，他觉得自己有啃硬骨头的能力，所以尽管内心诸多不满，他还是应下了这个任务。

许是听出了段大川的语气有所缓和，电话那头又抛出了另一个让段大川气不打一处来的话题。

而段大川也果然再次被激怒了：“不要再跟我提蝙蝠，关于他以及相关案子的善后，我只能做这么多。你们下重手的时候，想过我的意见吗？现场打了个稀巴烂，各种线索留了一大堆，能善后到现在的程度，我敢说除了我再没第二个人能做到了！我曾经说过，我有信心把他争取过来，但是现在人已经死了，说什么都没有意义了。”

最后这句话一说出口，段大川觉得浑身都没了力气。他又听对方唠叨了一阵，随后默默挂断了电话。之后他拔掉电话卡，把手机重新锁在了抽屉里。

此时已经过了十二点，以前蝙蝠总是在这个时候向他传递消息，但是现在那个号码不会再响起来了。

段大川自诩看人很准，但蝙蝠他始终看不透。这个看不透又与韩东不同。韩东的模糊来自他的背后，似乎总有一股神秘力量在推进他、保护他。但蝙蝠的心甚至整个人就像一团灰暗的乌云，你越走近他越觉得他面目模糊。

在他背叛组织的身份被揭穿后，段大川曾经秘密跟他通了一个电话。电话里，他问蝙蝠，你是什么时候决定离开组织的？蝙蝠迟疑了一下说，我一直在原地，既没来过，也没离开。

最终，他没有按照段大川的暗示逃跑，死在了那帮凶狠的杀手手里。

段大川打开电脑，打开了一个叫蝙蝠的文件夹。之前，这里面放着蝙蝠的个人档案和他传递情报的代码汇总。在他死后，按照组织的规定，这些资料需要全部销毁。

组织里，关于蝙蝠的传言很多，有说他是国安局的卧底，有说他可能隶属于某个外国政府的间谍组织。但段大川不再关心这些，他最后在河滩上见到了蝙蝠的尸体。因为才从太平间的冷冻柜里拿出来，他浑身再度僵硬起来。双眼半闭半睁，跟他活着时的神态没什么不同。

现在这个文件夹里，只有一张段大川偷偷留下的照片。照片上，蝙蝠还有点学生样子，唯一不变的，就是耳垂上长长的尖儿。也是因为这个，他的代号叫作“蝙蝠”。

罗西北睁开眼睛的时候，天已经亮了。在他自己的感觉里，就像睡了一觉，最后被周围嘈杂的声响吵醒了。他眯着眼睛，四下张望了一下，到处都是雪白一片，这是哪儿呢？还没等他搞明白，耳边一个姑娘的声音响起：“哎呀，醒了，快去叫武大夫。”

待罗西北把眼睛彻底睁开的时候，四下里已经围了不少人。最前面的就是韩东的妻子，她穿着白大褂，胸前别着工牌：兰州市人民医院急诊科，武霞。

她一改之前满脸的怒气，对罗西北表现得关怀备至。先是检查了各项仪器上的指标，又把之前各种化验结果都看了一遍。一边的小护士半开玩笑地说："早上主任来过一次，说各项指标都下来了，应该不大要紧。现在武大夫又亲自看了一遍，怕是连主任也信不过了。"另一个医生说："你们懂什么，主任看病靠技术，武大夫看病靠的是爱心。"

武霞在一旁微笑着不置可否，只是一只手一直紧紧握着罗西北的手。大家玩笑了几句，也便各忙各的了。

武霞见别人走远，站起来把三边的隔离帘全都拉上，病房成了一个小单间。罗西北一时还无法适应武霞的转变，见她拉帘更有点不知所措。但帘子拉上之后，武霞一下子又变成了家里的模样。虽然帘子外面并没有别人，但武霞依旧俯下身子，凑到罗西北的耳边，尽量压低声音问道："你在家里干什么了？"

"没干什么啊。"罗西北被问得莫名其妙。

"那怎么会突然晕倒？"

"我怎么知道！我就喝了两口不大新鲜的水，然后再睁眼就到这儿了。"

"你明知道那个杯子是我平时用来化药的，还要乱动？你以为跑到医院来演这一场戏，我就又会相信你，又对你发善心了吗？我现在明确告诉你，绝对不会，我对你已经完全失去信心了，只要你出院，我们马上离婚。你要是不签字，我就去法院起诉离婚。"

武霞越说越急，眼睛里的泪水一个没忍住，滴到了罗西北的脸上。两人都有些尴尬，武霞赶忙直起身子，却不知道什么时候，隔离帘被人从外面拉开，一个护士端着搪瓷盘子，站在了武霞身后。

"你来干什么？"武霞对这个护士的语气，比对罗西北还要冰冷，非比寻常的冷漠。

"病人该打针了，主任早上下的医嘱。"护士脸上带着狡黠的微笑，走进来，边配药边说，"刚才我还纳闷，又不抢救，把帘子拉这么严实干什么，原来是武大夫等不及了啊。”

罗西北躺在病床上听着这个护士的话，虽说都是玩笑打趣，但她的话里却似乎满满都是呛人的火药味。

再看看一边武霞的脸色，果然红一阵青一阵，她似乎想再抢白几句，但瞪着护士看了一会儿，终究没说出什么来，气呼呼地转头走了。

护士脸色露出得意的神情，对罗西北问道：“她刚才拉上帘跟你干什么呢？”

“没干什么，检查身体啊。”两个女人看来关系特别，这个护士和韩东似乎也格外地相熟，罗西北不明所以，只能应付地答了一句。

“我看她是受了一阵子冷落，又开始想男人了吧？整天装清高，装女神，其实还不都是一样。你知道吗，你跟她摊牌之后，我以为她会来单位跟我大吵一架呢，结果人家跟没事人似的。我倒看她能装到什么时候。”

护士说着举起了针管，示意罗西北侧侧身。然后，在帮他脱掉裤子的时候，顺手在罗西北的屁股上拧了一下。

罗西北吓了一跳，想转身问她这是干什么，却不想护士一推他：“打针呢，别乱动。”话音未落，罗西北的屁股上结结实实挨了一针。

上午挂完了水，罗西北的精神好了很多，身上连着的仪器也都摘了，整个人都轻快起来。除了屁股还是隐隐作痛，也不知道早上打的什么药，半天都缓不过来。在请示过护士之后，他决定下床溜达溜达，希望能让又麻又疼的屁股尽快恢复。更主要的是，他想去医生办公室看看武霞还在不在，看看人前她是不是又会对自己换一张脸。

办公室里，只有武霞一个医生，除此之外，还有个穿西装的男的，一直围着武霞喋喋不休。武霞倒显得很镇定，手里拿着一本图册，仔细翻阅着。

罗西北远远看过去，觉得这人并不像病人或家属，连他递给武霞的那本图册都看上去有点眼熟。突然，屋里的这个男人百无聊赖地朝门外看了一眼，正好跟罗西北四目相对。罗西北立时回过神来，顾不上屁股的疼痛，一瘸一拐地往病房走。

怪不得那些图册看上去那么眼熟，那不就是罗西北之前刚加入的医疗器械公司的产品图册吗？而那个给武霞殷勤介绍的人，正是之前坐在罗西北隔壁工位的同事——刘全。

当了几天颠沛流离的韩东之后，罗西北几乎忘了还有一个属于自己的身份，而那个身份也不是孤家寡人，他的生活圈子正在一点点扩大。至少，已经大到足以让现在的他露馅。罗西北回到病房，但想到刘全一会儿可以根据病床上的卡片找到自己，便觉得还是不妥，情急之下，只好一头躲进了厕所。

大概躲走了十多个人之后，罗西北试着打开厕所隔间的门。旁边的隔间都没有人，外面的水池旁也没有人。正当他试图向楼道里张望的时候，刘全站在卫生间的最外层大门外说道："别找了，我在这儿呢。"

罗西北一把把刘全又拉进了厕所："小刘，今天的事儿千万别声张。主要这里面有好多误会，我一时半会儿也给你解释不清……"

"解释个啥啊，罗哥，我举双手双脚赞同你！谁傍上富婆还愿意干咱们这活儿？都说武大夫是未来的科主任，哥哥你有两下子。我一早就来医院蹲点，武大夫亲自给你看病的热乎劲儿我都看见了。就冲这一点，这破工作，扔了也值。"

"什么把工作扔了，你说我吗？"罗西北不大相信刘全的话，毕竟作为他自己来说，这个工作是他目前拥有的最有价值的东西。

"你那封抄送了全公司的辞职信，我顶礼膜拜了三天。把老板干的那些克扣员工奖金福利的事，骂了个遍。公司上下，都偷着乐呢。不过，兄弟们没哥你这么有志气，也没这么好的运气，可以骂爽快了拍拍屁股走人。我们还得混饭碗。以前你负责的那片，现在都已经划给我了。千万记得在武大夫面前说说我的好话，兄弟真是感恩不尽。至于你的事儿，你放心吧，只要对你和武大夫不利的事儿，刀架脖子上我也绝不吐露一个字。”

好不容易把同事打发走了之后，罗西北又看一遍同事发来的自称是他写的辞职信。

看了两行，罗西北便知道这肯定不是自己写的，因为这里面列举的好些事情，他是到现在看了信才刚刚知道。之前，就算辞职，他也绝写不出这样的信来。但奇就奇在，从原始邮件看，这封信确实是从自己的手机邮箱里发出去的。这又是怎么回事呢？手机明明没离开过自己，即便别处登录他的邮箱，也需要手机验证，但这几天他的手机可以说出奇地安静，甚至连一条垃圾短信都没收到。

罗西北越想越不对劲儿，他拿起韩东的手机，给自己的手机拨了个电话，比发辞职邮件更不可思议的事情出现了——电话另一边竟然显示自己之前用的手机号是空号。

他怕是误拨错了，又挂断电话重拨了几遍，结果都是一样，空号。

冒充身份，辞了工作，停了电话，罗西北觉得这不像是普通的捉弄。如果说，之前偶遇韩东，并误打误撞闯入他的生活，是有人在背后推了他一把。那么现在这些所作所为，就是要彻底切断他作为罗西北的后路。

罗西北感到后背发凉，这究竟是什么人干的，他们的真正目的是什么？罗西北一时还想不通，但是他突然想到，在那个被几个警察破门而入的早晨之后，他再也没回过自己的出租屋。工作没了，电话停了，那住处呢？罗西北有种不好的预感。他趁人不注意，偷偷溜出了住院大楼，打了辆出租车，奔向出租屋。

然而一切都太晚了，等他赶到的时候，他所能想象到的最坏结局出现在眼前——出租屋被搬空了，房东正在打扫，准备招收新的租户。见罗西北突然出现在门口，房东还颇为吃惊：“你怎么又回来了？”

“我的东西呢？”罗西北呆呆地问道。

“你东西早都被你朋友幺鸡拿走了啊。你五天前就退租了，不过多交了几天的钱，我可是完全按合同办事啊，交着钱的那几天，我连这屋里的头发丝都没动过。今天到日子了，刚开始打扫。”房东说着，拿出收费条来自证清白。

五天前，也就是说他前脚被警察带走，后脚就有人把他的房子退了。而多交了几天的钱，大概是怕他中途跑回来。现在，他在韩东的身份里，几乎走上了正轨，而这间屋子就再没有保留的必要了。辞工作，销号码，退房子，这一系列动作，肯定是同一伙人所为，而现在唯一能把自己和这伙人联系起来的人，就是拿走他行李的幺鸡。

罗西北走出出租屋的院子，掏出手机想打给幺鸡问个究竟。但不等他拨号，手机倒先响起来。他一看屏幕，熟悉的号码，正是幺鸡打来的。但就在罗西北下意识接起电话的一瞬间，他突然意识到，幺鸡打的是韩东的手机。

罗西北小心翼翼地把手机放在耳边，轻轻喂了一声，对面果然传来幺鸡的声音。

“你好点了吗？”幺鸡问道。

“没事了。”罗西北说，但他又发觉，几天没见面，幺鸡怎么突然这样问话，难道他知道自己晕倒进医院的事情，那就更不对了。罗西北告诉自己要冷静，一切还是先从电话说起，于是他接着问幺鸡，“你现在在哪儿呢，怎么知道这个电话号码？”

“你自己发信息告诉我的啊，还让我帮你去收拾行李。你什么时候有空，过来拿吧。不过你现在住哪儿啊？”

未等罗西北回答，幺鸡那边似乎响起了敲门声。幺鸡说了句“等会儿”，电话那头很快传来一阵杂乱的声音，突然幺鸡大叫一声，电话被猛然挂断了。罗西北觉得心头一阵发紧，一个极其可怕的念头出现在他大脑中。

他顾不得多想，拦了辆出租车，直冲向幺鸡的家。

幺鸡家在城区的一片平房里，早年间，这里曾热闹一时。邻居们之间，也都热情地来往关照。后来，条件好一点的，都买楼房搬离了这里，留下极少的一些老住户和大部分的外来打工租房的人。所以说，虽然这里与新盖的商业区仅仅一墙之隔，但却成了一个被遗忘的角落。

幺鸡家在一条小巷的尽头，罗西北赶到的时候，周围静悄悄的，完全看不出刚刚发生过打斗的痕迹。幺鸡家的大门虚掩着，罗西北走进去，穿过一个被搭成棚子的小院，推开了幺鸡的房门。

眼前的景象，让罗西北震惊地说不出话来。屋子里并没有比平时更乱，反而似乎还有被刻意收拾过的痕迹。而他有记忆以来唯一的朋友幺鸡，蜷缩着躺在地上，身子下面的血似乎都快要凝固了。

罗西北冲上前去，扶起幺鸡，只见他双拳紧握，一息尚存，似乎想说话，却怎么也说不清楚。罗西北掏出电话想打120，却被幺鸡死死拦住。只见他双拳渐渐松开，用手指了指自己的嘴巴。罗西北把手伸进幺鸡满是血污的嘴里，轻轻摸索着，最终拿出了一把小小的钥匙。

钥匙取出来后，幺鸡用最后一丝力气对罗西北说：“我护了你三年，但也只能到这儿了。这是个圈套，他们的下一个目标就是你。之后，他从衣服口袋里拿出一张一寸的照片，上面是个年轻的小伙子，眉目和幺鸡有些相像。”

“这是我弟弟，也是被他们骗走了。拜托你，帮我找到他，救救他。”最后幺鸡把照片递到罗西北的手中，说道，“从这里走出去，刚刚看到的一切，不要对任何人说。后面的路，只能靠你自己了。走吧，现在就走，也许他们一会儿就来了。”

幺鸡用最后一丝力气，推了罗西北一把，仿佛要把他推向世界的尽头。之后便在罗西北的眼前，咽下了最后一口气。

三年前，罗西北浑身伤痕住院的时候，浑浑噩噩看不到过去未来的时候，甚至几天前莫名其妙被卷入韩东的生活中的时候，他都没有过此刻这种巨大的孤独感。多少困难恐惧出现在眼前，他的潜意识里都有一个念头，实在不行去找幺鸡，他总能帮我。幺鸡就是罗西北的救命稻草，而今这棵救命稻草折了，碎了，而且很可能就是被自己压碎的。

但是罗西北没有时间悲伤，刚刚出现在耳边“砰砰”的声响，并不是自己沉重的心跳，而是小巷尽头传来的脚步声。

来者不善，脚步声越来越近，仿佛就要走进小院的大门。罗西北又看了一眼幺鸡，手里攥紧带血的钥匙和照片，打开后窗，翻墙逃了出去。

第四章 疑影

罗西北感觉前方有一盏灯。

他在心里告诉自己，只要跑到灯能照亮的地方，他就逃脱了追杀。那盏灯很近，近得几乎能看清形状；但那盏灯又确实很远，因为罗西北感觉自己几乎要跑断了腿，但灯还是在那个地方，一点没向他靠过来。

在这条幽暗曲折的路上，他一步也不敢停顿，因为追随在他身后的脚步没有停。

可能是追赶他的人也有些累了，因为脚步声听上去也有些蹒跚而犹豫。有时候，仿佛已经停下来放弃了，可不等罗西北喘匀一口气，那双脚就又追赶了过来。

罗西北不敢放弃，哪怕立刻就累死在这里，也无所谓。累死了，也就像幺鸡一样解脱了。但很快，他又把这种绝望的念头从脑袋里驱散。他还不能死，幺鸡临死前的托付还没有完成，包围在他和韩东周围的谜团还没有解开，他必须活下去，必须跑赢所有人。

可现实的情况，往往比想象中糟糕。那双徘徊在身后的脚步，不知从哪里抄到了罗西北的前头。

难道这里还有其他的路？罗西北迷茫地朝两边张望了一下。一定有的，这是一片老平房，贯穿其中的道路本来就四通八达，加上一些私搭乱建的遮蔽，简直就是一座活生生的迷宫。

坚定的求生欲虽然没有让他停下脚步，但却阻碍了大脑的思考。本来胜利已经唾手可得，但对手却在最后关头抢先一步到达了终点。

是的，前面就是胡同的出口，一直指引他前行的就是胡同口的路灯。再向前，他甚至看到了大马路上来来往往的车辆。

那个人就站在灯下黑的地方，背对着外面的光亮，看不清面目。他似乎朝罗西北走了两步，但很快又停住了。

罗西北下意识地哆嗦了一下，他朝身后看了看，又朝胡同口的人看了看，突然咬紧牙关朝前方猛冲过去——与其在深不见底的黑暗中挣扎，不如在明处拼个鱼死网破。罗西北把一直攥在手里的照片和钥匙，放进贴身的口袋，大喊着朝胡同口的人身上撞了过去。

“啊呀！”

一声惊叫和一阵散落，罗西北翻倒在了明亮的马路边。他像那天在医院里醒来的时候一样，仰面躺着，看着眼前渐渐有人围拢过来。

很快，一个熟悉的面孔出现在了他的视线中，是姚静。罗西北猛然坐起身来，一把拉住姚静的胳膊。刚刚经历的恐惧和疲累，让他很难辨别眼前人的黑白善恶，只有姚静是安全的，也是目前他唯一可以相信的人。

四周的人已经开始对罗西北颇为怪异的行为指指点点，甚至还有人上来询问姚静，需不需要帮助？

幸而，姚静见惯了罗西北的各种反常行为，所以表现得十分冷静。她先是用眼神安抚了罗西北，继而对周围的人说道：“这是我朋友，从外地来省人民医院看高血压的，刚才买东西跟我走散了。”

见姚静表情轻松，丝毫没有被胁迫的迹象，人群便渐渐散去了。姚静扶起罗西北，让他在路边的台阶暂时坐下，直到这时，罗西北的手仍旧紧紧抓住姚静不肯放松。

“你这是怎么了？”姚静小声问道。

“有人追我。”罗西北哆哆嗦嗦地回答。

“追你？追你干啥？”

“要杀我！”罗西北抬起头盯着姚静说道。

“你说的这是什么时候的事？”

“就是刚才。在胡同里，他一直追我。最后我马上要冲出来的时候，他抄到前面堵住了我的路。我也急了，就一头把他撞翻了，”说到这儿，罗西北有些恐惧地四下看了看，“你看没看见那个人？”

姚静抓住罗西北的双手，温柔而坚定地说：“没有这回事，也没有这个人，你刚才冲出胡同，撞倒的是我。”说着她朝身后一指，“你看，我刚在超市买的东西，被你撞得撒了一地。”

罗西北心里一震，刚刚撞倒的人为什么会是姚静，他脱口问道：“你为什么会在这儿？”

姚静自然看出了罗西北的怀疑，但她不以为意，依旧用冷静的语气说道：“你不认识这儿了吗？前面就是我的诊所，下午没有预约，我出来买点东西。”

经姚静如此一说，罗西北的依稀觉得眼前的道路和街景有些熟悉了。这确实是姚静诊所的附近，每次过来，他就在前面的路口公交站下车。那每次来找幺鸡呢？为什么他们两个离得这样近，自己却从来没有觉察到呢？

见罗西北一脸困惑的神情，姚静拍拍他的肩膀说：“无论如何，先跟我回诊所吧，大街上冷飕飕的，也不是说话的地方。再说，你把我的购物袋都扯烂了，帮我把这点东西拿回去吧。”

走进诊所的时候，天色已经完全暗了下来。

从窗户向外看去，星星点点的灯光闪亮又温暖。虽然这间屋子，罗西北已经来过无数次，可这样的景色他竟是第一次看到——之前都是预约好时间，等他到达的时候，姚静已经拉好窗帘，调试好室内光线，把所有可能的干扰都阻隔在外，尽可能让他快速而舒适地进入状态。

罗西北甚至有点懊恼，怎么现在才看到这一窗景色呢？那些曾经隐没在淡青色窗帘背后的时光，与幺鸡的生命有过多少次重叠？他是知道罗西北在接受治疗的，那他知道这间屋子吗？他有没有从这窗下不经意走过，甚至驻足朝这边张望呢？

罗西北的视线渐渐模糊了，直到这一刻他才真切地意识到，幺鸡走了，永远都不会再回来了。这件事，让他伤心欲绝。

姚静把一杯白水放在罗西北面前的窗台上。尽管她的动作已经非常轻巧，但茶杯底和窗台接触的时候，还是发出了轻轻的清脆碰撞声。罗西北别过头，不想让姚静看到他眼底的眼泪。

姚静也极其善解人意，并没有朝罗西北看过来，而是也淡淡地望向窗外说："因为工作原因，这边的窗帘长期拉着，我很少看到外面的景色。你如果也喜欢的话，我们今天可以开着窗帘进行。"

窗外的景色也并非全然美好，当罗西北擦去眼泪再次望出去的时候，路边有两辆电动车发生了碰撞，两位车主似乎也不大友好，争吵不休，甚至有点要动手的意思。

罗西北的思绪呼地一下被带回到这几天的疯狂和疲惫之中，好像有一个炮仗在他脑袋里突然炸开了一般。他一边痛苦地双手抱头，一边自言自语道："为什么让我突然变成韩东？什么车子、房子、家庭、事业的统统都见鬼去吧，我就想当我自己，为什么把我的退路全部堵死？为什么？！"

见罗西北的状态突然失控，姚静赶紧把他扶到催眠时的大躺椅上，闭合窗帘，调整光线，引导他进行深呼吸。但罗西北今天的情绪格外激动，他用力抓住姚静的双手，歇斯底里地喊道："你是不是觉得我脑子又乱了，是不是觉得我在凭着幻觉胡说八道，是不是想马上给我催眠让我安静下来？我告诉你，不需要！我比任何时候都清醒。我被人害了，变成了另一个人。他叫韩东，是个警察，他和我长得一模一样，但是已经死了，这几天我一直在假扮他。开始，我以为是碰巧，但现在我明白了，是有人故意引我入局。他们从一开始就没想放过我，把我变没了，逼我变成韩东。为了这个目的，他们可以不择手段，包括杀死了幺鸡！"

罗西北说完这些话，嗓子几乎已经沙哑了。

这时，诊室响起一阵轻轻的敲门声，像一盆冷水，兜头浇在了罗西北的身上。他禁不住一激灵，整个人瞬时安静了下来。姚静倒是保持着一贯的镇定，慢声问道："怎么了？"

"姚医生，我从外面听见声音有点大，需要帮忙吗？"门外说话的是诊所的护士。

"不用，病人戴着耳机呢，说话声音有点大而已。"

门外的人没再搭腔，只听到一阵远去的脚步声。姚静又沉默了几秒钟，她的手腕被罗西北紧紧攥了半天，这会儿双手已经有点发麻了。她默默地做了两下攥拳的动作，希望能提醒到罗西北。

而眼前的罗西北，虽然没有了刚才的亢奋，但因为被敲门声摄住了情绪，一下子又陷入了极度的低沉。他两眼放空，脸上呈现出一种沮丧又茫然的神情。

姚静轻轻出了一口气，用尽量平和的语气说道："我相信你。因为你的思维从来不会在你朋友幺鸡这个点上产生混乱，三年来，只有这个人是你唯一确认无疑的记忆点。所以，你刚才说他被人杀了？可以再把这件事跟我说得详细一些吗？"

罗西北沉默良久，他逐渐松开了双手，但最后依旧摇了摇头。接着，他身子朝后一仰，整个人深深地陷在了躺椅之中。

姚静不动声色地观察着罗西北，过了很久，在感觉到他呼吸渐匀的时候，用一种轻柔又稳定的声音问道：“现在可以出发了吗？”在看到罗西北点头确认之后，姚静随手把办公桌上的一个沙漏翻了过来。

黑暗中，罗西北又来到了那个站台。

路面崎岖湿滑，稍不留神就有可能摔倒。但不知道为什么，今天前来给他送行的人，却走得格外匆忙。以前，罗西北只记得他仿佛会边走边拍拍他的肩膀，但今天他几乎是拽着罗西北的胳膊向前一路小跑。从沿路经过的车窗望进去，车里似乎已经坐满了人。里面的人也向外看着罗西北，仿佛在对他说，快点吧，车马上就要开走了。罗西北趔趔趄趄地走到了属于他的车厢门前，里面依旧和平时一样，空空如也。但送行人却好像面对千军万马，使劲儿一推，把罗西北推进了车厢。

罗西北不大明白，送行人为什么要这么做。不过在他站稳又转过身之后，他意识到这么做也许是对的，因为车厢的大门竟然已经开始闭合，而此时，送行人甚至还没来得及向他挥手告别。

“罗西北！”熟悉的喊声从远处传来。在隔壁车厢拥挤又喧闹的人群中，幺鸡不知什么时候钻了出来。他双手紧紧抓着车厢的隔板，身体被后面的人群挤得东摇西晃。

见到幺鸡，罗西北心中一阵激动。他下意识地想朝他走过去，但还未曾迈出脚步，便被幺鸡用摇头的动作制止了。人群越来越拥挤，幺鸡几乎要失去立足之地，他拼尽力气对罗西北说道：“记住，一定要找到断指！断指！这不是梦！”随后，他便像陷入了沼泽一般，没一会儿就被人群吞没得无影无踪。

这是罗西北第一次在车厢里听到这句话。他忽然想到了什么，马上转头朝车厢门口望去。几乎在车门闭合的同时，送行人挥了挥手向他告别，那只匆忙举起的手上，有根手指头断了一截。

列车在一阵尖利的汽笛声中，突然快速开动，巨大的惯性让罗西北重重地摔倒了。他感觉自己从高处翻滚着下落，碰撞了好几次，才被一只手拉住，屁股着地，稳住平衡。

是幺鸡又来找他了吗？罗西北这样想着，不顾自己还有些晕头转向，急切地睁开了眼睛。

可惜，眼前的场景让他失望了。他歪倒在诊室的地上，身边蹲着企图搀扶他的姚静。罗西北又试着闭了闭眼睛，这是他第一次不愿从催眠的梦中醒来。他想再去车上找幺鸡，想问他更多的问题。

但在姚静看来，这却是最沉闷的一次催眠，无论怎么引导，罗西北始终一言不发。身体动作显示了他焦躁的精神状态，

最终，他一挺身子，竟然从躺椅上摔了下来。姚静既想知道刚才梦境的内容，又不敢过分刺激罗西北，生怕他的情绪再次失控，只好先将他从地上扶起来，重新坐回躺椅。只见罗西北一直出神地自语："这不是梦，这不是梦。幺鸡说得对，这不是梦……"

"你刚才看到幺鸡了？"姚静在一边试探性地问道。

"他告诉我，这不是梦。"罗西北边点头边说，"一定要找到断指，这不是梦！"

"这是他刚才对你说的话吗？"

"不，这是他临死前对我说的最后一句话。"无数的幻影在罗西北的脑海里不断拼接，终于把他拉回到了现实当中——在狭窄的小屋里，倒在血泊中的幺鸡用尽力气对他说出了最后的遗言，一定要找到断指。

这绝对不是梦！罗西北的意识中，从来没有一个念头被如此清晰地确定。所以，当姚静再次问起来"能不能告诉我，断指现在在哪儿？"的时

候，罗西北几乎想要脱口而出。但是答案却在嘴边消失了，他有些茫然，同时又多了一分警觉。

“你也要找断指吗？”罗西北猛然抬起头，盯着姚静问道。

昏暗的诊室内，姚静似笑非笑，双眼却闪现出凌厉的亮光。但仅仅是一瞬间，她便恢复了如常的神色，摇摇头说道：“我找他做什么，一个只在你脑子里出现过的人。”说着，她递给罗西北一杯温水，“不过，刚刚你说看到幺鸡了。这是你第一次出现梦境与现实的交叉，而且是两个对你来说非常关键的人物，在你的意识里产生了交集。我想这是个不错的开端。如果像你刚才说的，断指真有其人，那么你的确应该找到他，很可能他就是打开你记忆之门的关键人物。”

对于这个积极的信号，罗西北还未来得及仔细体会，此时，韩东的手机突然响了起来。

罗西北心里一惊，立刻就要掏出来查看消息，但姚静还在身边，她会不会发现自己竟然拿着一个全新的手机呢？罗西北攥着手机的手，在口袋里悬了下来。

“我去倒点水。”姚静举了举杯子，朝一边的饮水机走去。虽然背对着罗西北，但这一点也不妨碍她从墙面的镜子上看到罗西北查看手机消息时吃惊的表情，以及他手里崭新的苹果手机。

手机上的消息来自韩东刑警队的同事，关于河滩尸体的检验结论是，死者系自杀。

这确实有些出乎意料，罗西北还记得之前转移尸体的时候，死者身上很多骨头都断了，而头骨却还是完整的。一个人如何让自己浑身筋骨断裂而死？罗西北给同事回复说，不能轻易下结论，其中还有疑点。但同事让他放心，说局里已经基本确认了这个结论，只等整理完各种证据材料，马上就可以结案了。

罗西北把手机放回口袋，脑子里刚刚有了点确实的意识，现在又被这些奇怪的消息搅和得一片浑浊。韩东不知何故自杀，自己莫名其妙地被卷进谜团，而幺鸡更是不明不白地惨死，仿佛心中还装着无尽的秘密。

刚才，他已经在心中坚定信念，要待在韩东的身份之中不再逃避，他要利用韩东的身份查清幺鸡的死因。但这个任务对他来说，似乎过于艰巨了。能完成吗，会不会最终把自己也搭进去？焦虑的情绪再次袭来，罗西北叹了口气：“这该怎么办啊！”说着，两眼一闭又一头倒进了躺椅里。

不知何时，姚静已经走到了躺椅的旁边：“虽然我只是个医生，没有能力也没有权利干涉你的生活。但作为你的主治医生，我必须对你的健康负责，不论你如何抉择，只要能帮你摆脱梦魇般的病痛，获得平稳幸福的生活，那我都会支持你，必要的时候我也会帮助你。”

姚静总能在他最需要的时候，送上熨帖的安慰，这是罗西北最喜欢她的地方。他睁开眼睛，想说声感谢，却看见姚静的手又伸向了桌子上的沙漏计时器。

“不，今天就到这儿吧。”罗西北赶忙制止道，“太晚了，不要进行第二阶段了。而且我是从医院偷跑出来的，还没办出院手续，我得赶紧回去。”

姚静理解地点点头，继而关切地问道：“你怎么住院了？是旧伤又发作还是……”

“没事，一点小毛病，医院大惊小怪，非让住下。”罗西北随口搪塞了两句。

“看你穿的病号服，应该是市人民医院。我有个朋友就在那儿上班，要不要我帮你联系一下，照顾照顾。”

“不用不用，已经快出院了，而且主治医生就……”话到嘴边，罗西北突然咬住了舌头，关于武霞以及她背后复杂的来龙去脉，他一时还不能告诉姚静，也根本说不清楚，也只好一边捂着嘴嘟囔着“上火了上火了”，一边匆忙离开了姚静的诊所。

从诊室的窗户望出去，罗西北的身影穿梭在晚高峰的车流之中，就像被投入湍急河流中的一粒小石子，上下翻腾了一会儿，很快便被淹没。姚静在窗边凝视了一会儿，但此刻，在她脑子里徘徊的却是另一个人——一个被装在了袋子里的人。

这时，刚刚的护士又走了进来，悄悄地整理诊室，准备关门下班。

“今天动静够大的。”护士边整理罗西北打翻的物品边自言自语道。

“嗯，遇到个坎儿。”姚静有一搭没一搭地说着，走到资料柜前，开始扫视一排排的档案袋。

“刚开始那么大声嚷嚷把我吓了一跳，赶紧跑过来跟你问问情况。听你说话的口气还比较镇定，我才回去的。后来又是一阵叮叮当当，我都走到门口了，可你没叫我，我也没敢进来。”

“不用这么紧张，需要帮助的时候，我会按铃的。没按铃，就证明我还能控制局面。”

“我知道，可怎么说你也是女的，万一那些病人发起疯来，就跟之前那个cy3……”

“苏雪！”不等护士说完，姚静突然喝止了她，眼神中再次闪现出凌厉的光，“这件事不要再提了。”

“我以为这里并没有别人，我也只是担心……”护士显然被姚静刚刚的态度吓坏了，说话都有些结结巴巴。

“这里是没有别人，但这件事不要再提了！”姚静把刚才的话又重复了一遍，语气又加了一倍的严厉。

护士点点头，匆忙整理了一下，迅速离开了诊室。

姚静有些疲惫地坐在了椅子上，把刚刚从柜子里找到的档案袋重重地扔在了桌子上。作为一名顶尖的心理治疗师，她极少这样发脾气。但刚刚护士提到的这个人，几乎是她职业生涯中最大的失败，也是经过了这件事，她才不得不面对一个残酷的事实：无论再高级的科技或者药物发展到什么阶段，永远都有无法掌控的灵魂。

姚静扶着额头，沮丧了好一阵子，直到目光落在档案袋中滑落出的一张旧照片上。

照片历经岁月，已经泛黄模糊。姚静小心翼翼地拿起来，端详着上面一大一小两个女孩。大一些的那个，约莫十三四岁，已经出落成少女的模样，脸上虽带着笑，但却隐匿着一层腼腆的愁容。相比之下，小的那个显得更加单纯活泼，她看上去只有六七岁，对着镜头咧嘴大笑，丝毫不顾忌自己缺了一颗门牙。

姚静的思绪仿佛又被带回了二十年前尘土飞扬的操场。“姚静姐姐，你快来啊！”小女孩清脆的声音又回响起来。她就是那么爱跑爱笑，像一只无拘无束的小鸟。青涩的回忆，让姚静的嘴角几乎要扬起来了，但只过了一秒钟，档案袋中的资料就又让她恢复了刚才的阴沉……

编号cy3301，姓名：武霞……

罗西北回到医院的时候，已经将近晚上九点，医院大楼比白天显得安静了一点。

罗西北走到医生办公室门口，想看看武霞还在不在，可惜办公室却关着门。他正在犹豫要不要敲门进去看看，突然感觉肩膀被人蹭了一下。白天那个举止奇怪的护士，扭动着腰身，挡在了他的面前。

罗西北下意识地低下头，目光刚好落在护士胸前的名牌上：护士，袁媛。罗西北迅速回想了一下这几天接触到的信息，在韩东的关系网里还没出现过这个名字。

不过，刚刚在回来的路上他翻看韩东的手机通讯录，发现了一个标注了星号的名字：yy。同样的星号标注，在段大川的名字前面也有。这个袁媛会跟通讯录里的这个名字，甚至谍报组织三合会有什么关系吗？

发现罗西北的目光一动不动地停留在了自己的胸前，护士袁媛就像是发现了猎物的蜘蛛一般。她抬起手来，假装不经意地在胸前划过，然后手指一勾，顺势把衣领向下拉了一点。配合着手上的节奏，脚下也紧着上前两步，整个人都要贴在罗西北身上似的。

这一套动作，猛地一下把罗西北从思索中拉了出来，他赶紧往后退了几步，把头别向一边，仿佛在躲避对面发射过来的暗器。

见罗西北如此尴尬的举动，袁媛心满意足地笑了，她反身倚在楼道的墙壁上说道："看把你吓的，真来也不能在这儿啊，牛排味道怎么样啊？"

"牛排？"罗西北重复完这两个字便有点后悔。韩东的生活里本来就陷阱重重，他初来乍到，随便露出一点马脚，都可能引来意想不到的危险。

"下班前查房，主任见你没在。你那位贤妻说，你情况稳定，明天就能出院了。今天是你们的结婚纪念日，你去餐厅占位子，吃你俩最喜欢的牛排。怎么，又惹她生气了，没吃上牛排？还是你另有安排，根本就没去呢？"袁媛边说，边直起身子，又一步步向罗西北逼近。

"当然去了，"正在罗西北不知如何应对的时候，身后传来了武霞的声音，"味道很好，我俩都撑了。在外面散了会儿步。"

罗西北转身看过去，只见武霞悠然地向他走过来，手里拎着一个塑料打包袋。她走到罗西北的身边，抬头冲他笑了笑，然后举起打包袋向袁媛说："袁护士，你值夜班饿了吧，这还有点我吃剩下的，你要不嫌弃就拿走吧。"说完，她又把目光投向了罗西北，但这次脸上却没有了刚才温柔的浅笑，更像是盯着学生回答问题的老师。

如果说，袁媛刚才的挑逗和试探只是冷不丁的偷袭，那现在武霞的三言两语，简直就是要明刀明枪拉开架子对打。而罗西北就夹在敌对双方的中间，而且手无缚鸡之力。这种火星四溅的场面，韩东遭遇过吗，他会怎么应对？会不会也像现在的自己一样，只想溜之大吉？

幸好，对决的一方决定放弃了。袁媛冷笑了一声，脑袋一扬，说了句“借过”，愣是硬生生从罗西北和武霞的中间挤了过去。

武霞的脸上一阵铁青，她瞥了一眼袁媛的背影，头扭到另一边，半天都不说一句话。罗西北站在一边，也不敢有什么动作，之前在家里武霞说来就来的巴掌他还记忆犹新。

想到此，他小心地挪动着脚步，一点点朝病房的方向蹭过去。

“别去病房了！”武霞看出了罗西北的动向，阻拦道，“晚上回家睡吧，我已经跟主任和值班医生都打过招呼了。明天你也不用过来了，我这边可以直接帮你办出院。病房里也没你什么东西了吧？”

“没，没有了。”又要回家，罗西北心里有点没底。

武霞开的车是一台老款的捷达。灰色的车身沾了不少灰尘，跟武霞干净整洁的医生形象十分不般配。尤其，当车子停到地下车库那辆闪亮的宝马旁边，更显得反差强烈。

车子熄火之后，两人都没有立刻下车。罗西北坐在副驾驶上，手里捧着武霞带回来的打包袋，袋子上印着“印象西餐”的字样。他用余光扫了一眼身边的武霞，她直直地靠在座椅上，仿佛在等着罗西北对她说点什么。

“你喜欢吃牛排啊？”罗西北觉得自己还是没有很好地掌握搭讪这门技术。

“你刚知道吗？”武霞紧跟着反问道。

“不是，其实我是想谢谢你刚才帮我解围。”

“你以前教的，忘了？做媳妇的要懂得识趣配合。以前我总觉得自己学不会，现在似乎有点进步了。你说呢？”

“是。不不不，我不是，我是说……”罗西北结巴了半天，不知道话要往哪头说。

“是不是都不重要了，反正我很快就不是你媳妇了。”

“其实，有些事我觉得还是应该慎重点，毕竟婚姻也不是儿戏。”

“三年前的今天，你拉着我去登记的时候，我在民政局门口曾经跟你说过一模一样的话。我现在就用当时你说的话来回答你，放心吧，我都想好了。”

原来今天真的是韩东夫妇的结婚纪念日。罗西北本想顺着这个话题，再跟武霞拉点好感，但刚有点起色的对话，很快又走进了死胡同。罗西北再无心恋战，打开车门先一步走了下去。

“还有件事。”武霞跟着说道，“你上次出门之前拿走了我的箱子，现在用完了吗？”

罗西北一惊，上次在太平间转移完尸体后，他就被段大川直接拉走了，之后便再也没见过那个箱子。段大川说他已经把尸体相关的问题都处理干净，那个箱子想必也被他收走了，现在还在他那儿吗？

可是即便就在眼前，因为装尸体留下的各种血迹，他也不能把箱子拿出来交给武霞。所以，他干脆说：“我前几天拿箱子装案卷资料了，纸片摞成一堆最沉了，一不小心，把一个轮给压坏了。再说，那个箱子也旧了，我给你买个新的，你喜欢什么样的……”

“那箱子把手上的登机条呢？”不等罗西北说完，武霞追问道。

所有箱子出现过的场景，几乎都和紧张慌乱联系在一起，罗西北实在想不起把手上的登机条这样的细节，只好无奈地回答：“我再给你买个新的。”

“嫌碍手，扯掉扔了是吧。”武霞脸上立刻显现出落寞的神色，“那是结婚旅行时留下的，我一直舍不得撕掉。现在它跟我一样，都成了碍手的玩意儿了。”说完，她转身冲进电梯间，不等罗西北跟上来，就一个人先上了楼。

罗西北有点沮丧，谁会喜欢这样没来由的争吵和别扭呢？况且他这么累，现在只想找个地方安静地休息一下。早知道回来也这么不太平，还不如刚才索性留在医院。不行，医院还有那个烦人的护士。

这种无处可逃的心情，让罗西北心中一阵烦躁，他随后甩了一下外卖袋子，里面装牛排的盒子散开了——盒子是空的，里面什么都没有。武霞干吗拿回一个空盒子，她跟韩东之间有什么早就商量好的暗号吗？

这个问题，罗西北暂时还想不明白。但顺着刚才的谈话，他想到，除了箱子他还应该再检查一下车子的后备厢。虽然当时把尸体装进箱子的时候，他简单清理了一下，但有备无患，还是再检查一下好。

果然，在车厢盖的上面，还有几处没清理干净的血迹。罗西北仔细地擦拭着，却不想在后盖的最内侧，发现了不同寻常之处：天水路汽车站3排8，50812。

这一行字迹用血写就，非常细小，加上血迹陈旧暗淡，不仔细查看很难发现。在这个地方用这种方式留下消息，除了曾经躺在后备厢里的那具尸体，罗西北想不出还有谁。他躺进去的时候，一定还活着。可他自知等不到再见天日的时候，就用这种方式留下了讯息。这些讯息是留给韩东的吗？可是他本是韩东要抓捕的嫌疑人啊？

罗西北把这个地址记录在手机里，然后擦掉了盖子上的字迹。一切答案都待明日吧，他一整天都在疲于奔命，连一顿正经饭都没吃。刚才经过小区门口，他看见有个卖羊肉粉汤的摊子，这个才是他现在最渴望的正确答案。

从电梯里出来，罗西北迎面见到了武霞。“你要去哪儿？”罗西北好奇地问道。武霞见是他，没理会问话，转身朝家里走去。

“你要出去找我吗？”虽然刚刚说了许多绝情的话，但显然武霞的心里还是惦记丈夫，这让罗西北也跟着有点高兴。他紧跟在武霞身后进了门，想顺势再说两句增进感情的话，但话未出口武霞就把他拒到了千里之外：“我是想看看什么时候可以锁门。等了半个多小时，这是最后一次。”

“对不起，我今天实在太累了，刚才撑不住在下面整了口粉儿。”罗西北话音刚落，武霞的脸色风云突变。

“这就是你不上楼来的原因！”

“我本来想直接上来，但实在顶不住了。再说，这么晚了在家弄也怪麻烦的，我怕打扰你休息……”罗西北越说越慢，因为她发觉武霞又突然陷入了之前急躁的状态，而且看上去比上次更严重。

眼看着她在冰箱、柜子、书房里乱翻了一通，最后冲到罗西北的面前，抓着他的胳膊大声喊道：“你把那东西放哪儿了，放哪儿了！”之后，武霞的面部表情很快从崩溃变成了僵硬，呼吸越来越急促，双手越抓越紧，最后双眼一闭倒了下去。

罗西北慌了，他想打120，但武霞抓在他胳膊上的双手不仅没有因为晕倒而放松，反而越攥越紧。身体也一直不停抽搐，嘴巴紧闭，牙关咬得死紧。罗西北几次想掰开她的手指，都没成功。手机刚进门的时候，被掏出来随手放在了桌子上，虽然走过去只有两三步，但现在这个情况却像是远在天边。

正当罗西北焦急万分的时刻，外面传来钥匙开门的声音。罗西北转头看过去，大门真的被人从外面用钥匙打开了，走进来的不是别人，正是那天在电梯门口对他使擒拿手的邻居。

邻居打开门，丝毫没有理会惊讶的罗西北，径直走向柜子，在右手边靠上的一格里，拿出一个黄色的药瓶，取出一片药，掰开武霞的嘴塞了进去，整个过程迅速又熟练。

在这期间，他一点都不在意罗西北的眼神，也似乎根本没打算解释什么，只是认真地观察着武霞的反应。

过了一会儿，罗西北感觉武霞的手慢慢松开了。他小心地抽出胳膊，想把武霞搬到床上，却被邻居制止道：“先不要动，再等一会儿。”说着他起身倒了点水，用一把很小的勺子，顺着武霞的嘴边几乎是一滴一滴地往里送水。直到武霞的嘴唇也放松下来，可以一口送进去一勺水的时候，邻居放下杯子，指示罗西北："我抬上面你抬下面，注意，要让她的身体保持水平。"

安顿好之后，邻居又叮嘱道："一般情况下，睡一觉应该就没问题了。但刚开始你要再守她一会儿，因为刚才嘴咬得太紧，不知道送进去多少，如果不够量，怕会反复。如果有情况，你随时去我家敲门找我。"说完，邻居转身就走，连罗西北的一句谢谢都没听到。

罗西北在武霞的身边守了四十多分钟，见她睡得越来越熟，才轻轻地退了出来。刚才邻居拿出来的黄色药瓶还放在地上，他捡起来看了看，里面已经什么都没有了。他又打开刚才取药的那个柜子，里面只有一些杂物，并没有其他的药。韩东夫妻失和，之前好像是男方有了外遇，但现在一个男邻居竟然有他家里的钥匙，还对妻子的病情药物都颇为熟悉。看他刚才仔细嘱咐的样子，这些情况恐怕韩东也不知道。

不过，回想之前此人对自己动手时说的话，他与韩东之间应该也很熟络，业余切磋功夫，这不是点头之交的邻居间应有的交流。既然如此，那干脆当面问个究竟，总是比这样闷葫芦瞎猜来得痛快。

所以，当罗西北敲开邻居的大门时，他尽量表现得一脸轻松，想自然而然地走进去。但邻居却紧张地拦住他问道："是不是武霞又犯病了？"

"不是，她睡踏实了。我过来跟你道个谢，顺便聊两句。"

听了罗西北的话，邻居拦在门框上的胳膊并没有立刻放行。他皱着眉头，回头朝屋里看了看，似乎不大痛快。

"不欢迎，还是不方便？"罗西北追问道。

邻居又朝屋里看了看，勉强地把罗西北让进了屋里。和韩东家一比，这里就像个土房子。灯光昏暗，布置陈设也是杂乱无章，有些家具甚至看上去都有些破破烂烂，而且很多地方都用旧床单遮盖着，仿佛平时这里根本没人住。唯一醒目的，就是桌子上的一台老式座钟，钟摆左右摇晃，发出沉重的嘀嗒声。

虽然把他让了进来，但主人并没有要招待的样子。罗西北摸索着找了个坐的地方，刚坐下又从屁股下面掏出一个记事本，封面上写着一个名字：邱海。两个男人尴尬地坐了一会儿，罗西北先开口道："这几天又练功夫了吗？"

"没有。忙，没时间。" 邱海回答得很干脆。

"我前几天也挺忙的，这一病倒得空歇了两天。"

"你也没病，就是记性不好，吃错了东西。"这个回答让罗西北有些惊讶，但没等他发问，邱海就接着说，"我那天听到动静，以为武霞在家里晕倒了，就打开门进去看了看，没想到是你。是我给武霞的医院打了电话，他们来人把你带走的。"

见邱海说话如此直截了当，罗西北也干脆说道："说到钥匙，我前段时间确实太忙，对家里疏于照顾。不过现在开始休假了，大把时间留在家里，所以还是把家里钥匙拿回去吧。"

"不行。钥匙是武霞给我的，她当时对我说，除了她本人，谁也无权向我取回钥匙，包括你。"

"可我是她丈夫，这是我家……"

"我知道，其他的我也没什么要跟你说的，你请回吧。"邱海站起来走到门口打开了大门。罗西北也不得不站了起来，可想问的事儿一点儿没问明白，他有点不甘心就这么走了。

这时，桌上的老座钟响了起来。邱海一听马上上前几步，拉住罗西北就往外拖，边走边说："我每天十一点必须睡觉，你赶紧走吧。"罗西北被推到外面，用手肘顶住门说："咱们熟归熟，可你这样拿着别人家钥匙还拒不归还，是不是有点不合理也不合法啊？"

“合法不合法你说了不算，信不过的话你可以让警察去我们单位调查我，一〇三所邱海，让他们随便查！”说完，“砰”地一下关上了门。

罗西北吃了个结结实实的闭门羹，心里着实窝火，真想一脚把门踹开。可大半夜里真闹起来，惊动了四下的邻居，他自己恐怕麻烦更大。想到此，罗西北也只好悻悻地走回了韩东的家。

没想到，一进门就看见武霞正扶着柜子往前一点点挪动。罗西北赶忙上前扶住她，关切地问：“怎么起来了？”

武霞被扶到了沙发旁边坐下，喘匀了气才回答：“想喝点水。”

罗西北调了多半杯温开水，端到武霞面前。武霞想接过来，但手举到一半又无力地垂下去了。罗西北想起刚才用过的小勺子，也拿起来学着刚才邻居邱海的样子，一点点地喂武霞喝。之后他见武霞歪坐的姿势有些不舒服，又想给她后面塞个靠垫，但调整了半天效果也不理想。武霞冲他摇摇头，示意让他坐下。

“干脆我还是扶你进去躺下吧。”罗西北说。

“你坐下，我想问你点事儿。”

罗西北只好沿着沙发坐下，也不知是因为刚才受了气，还是一下坐得太猛，只觉得一口浊气上升，他没忍住，打了个大大的响嗝，伴随着声音出来的还有一股浓重的羊肉粉汤的味道。武霞朝一边歪了歪头，罗西北十分不好意思，赶紧用手扇腾了几下：“那会儿羊肉粉汤吃太多了，味有点大。”

“多会儿吃的粉汤？”武霞问道。

“刚才上楼之前啊，太饿了，在小区门口吃的。”

“那你之前说，在楼下整了点……”

“就是去吃粉汤了，我寻思这么晚再回家来做太麻烦，就在楼下吃了点。你不喜欢，我以后不吃了。”

武霞似乎还有些疑虑，她看了罗西北一会儿，又问了一句：“粉汤？没有别的？”

“还就了个烧饼，别的没了。”

武霞的神情放松了一下，但目光却躲避着罗西北，好像有些不好意思。之后，她站起身向卧室走去。罗西北想扶她，却被拒绝了，不过她的脚步看上去倒是比刚才轻快了一些。

“你不是有事要问我吗？”罗西北想起来。武霞停住脚步，却没回头，过了一小会儿轻轻摇了摇头，然后进卧室关上了门。

这一夜，罗西北睡得很沉，中间似乎做了几个梦，但后来也都想不起来了。早上，他被武霞起床洗漱的声音吵醒。

“你去哪儿？”罗西北问道。

“上班。”武霞又恢复了往常的神态。

“你行吗？要不再休息两天？”

“没事。我在医院工作，真有病，在那儿更方便。”话还是有点冷，但武霞的声音比之前柔和了一些，临出门前，还嘱咐罗西北：“你再歇会儿吧。”

罗西北觉察出了武霞微妙的变化，但是现在他没时间再歇着了。他不想再被事情追得疲于奔命，这次，他决心要主动出击了。

天水路汽车站面积不大，大概当年修建的时候完全没想到，交通运输业会发展到现在的规模。加上缺乏规划，整座车站到处乱到处堵。罗西北有点害怕眼前的场景，几天前，就是在人多车多的地方，韩东突然跳进了他的生活。

不过，这里是长途汽车站，它的威力远远大于之前的那座公交枢纽。罗西北仅仅踌躇了几分钟，就被一个车站工作人员一把拉住。

“你去哪儿？车票呢？”环境嘈杂，工作人员显然已经习惯了嘶吼着说话。

“我没票。”

“没票先买票去。你要去哪儿？”

“3排8在哪边？”

“什么3排8，你到底要去哪儿？”

见罗西北支支吾吾说不清楚，旁边另一个工作人员上前问道：“你是不是要取行李？寄存处在候车厅最北边。”

一句话提醒了罗西北，这确实像是个柜子的编号。穿过拥挤的人群，罗西北好不容易找到行李寄存处，叫醒了沉迷在手机游戏里的工作人员，还没来得及报号，旁边忽然挤过来一个黑衣男子，说道：“取件，3排8！”说着他递给工作人员一个手牌。工作人员头也没抬，接过手牌有点不大情愿地走向里间，不一会儿拿出一个普普通通的蛇皮袋子。

虽然还没搞清楚到底怎么回事，但罗西北抢先上前，一把抓住了袋子。

“你要干啥？”男子警惕地问道。

“兄弟，你是不是拿错东西了？”罗西北还是不撒手。

“没有啊，手牌对着呢。”

“那你说说里面装的是啥？”

“你管我装的啥！”

黑衣男子虽然嘴上硬气，但却一直偷偷向别处张望，不敢直视罗西北。罗西北鼓起勇气，从兜里摸出了韩东的警官证：“警察，你把包打开看看。”

黑衣男子彻底慌了，一句话没说转身就跑。“抓贼！”罗西北在身后喊了一嗓子，人群迅速骚动起来，不一会儿黑衣男子便被围拢的群众和及时赶来的车站民警共同抓获了。

一个五十多岁的老汉看见蛇皮袋子，主动对民警说：“这是我的行李。”

“里面装的什么？”民警问道。

“就是些衣服行李，不过里面有身小孩衣服，是给我小孙子带回去的，黄上衣，灰裤子。”

民警打开了袋子，里面的东西跟老汉说的差不多。民警又问道：“刚才是谁喊的抓贼？”

罗西北根本不想惹上这些麻烦事儿，但事已至此，也只好亮明身份，跟民警讲述了刚才的情况。一见是刑警队的，民警收起了刚才严肃的表情，客气地让罗西北去办公室休息。

“不用了，我还有事儿，改天咱们再坐。”罗西北本想婉言谢绝，但禁不住几个民警热情地连拉带拽，最终还是去了车站驻警点。

一进门，车站派出所的所长已经等在那里，他又是敬烟又是倒水，东拉西扯说了许多客套话，最终才委婉地问道：“刑警队怎么也盯着这种车站碰瓷的小案子呢？”

虽然不知道对方说的是什么，但罗西北还惦记着刚才的蛇皮袋子，便含混地答道：“嗯，你们这儿有什么进展吗？”

“刚才抓的这个就是关键人物！”所长面露得意之色，将来龙去脉告诉了罗西北。原来，这是车站附近活动的一个诈骗团伙，他们盗窃手牌，偷换走别人的行李，然后等被害人出现，就谎称拿错了，约到其他地方交换，然后说对方弄坏了他包里的东西，伺机敲诈。每次要的也不多，有时一两百，最多四五百。车站鱼龙混杂，人又着急赶车，所以很多就私了了。

“这种案子不好破啊。”罗西北说。

“是呀，风声一紧他们就躲了，很难抓着人。”所长又是一顿诉苦，最后绕来绕去才终于亮明态度，希望刑警队不要插手这个案子，破了案算是派出所的功劳，“韩队，这个案子我们所里确实下了大力气。当然，韩队功不可没，不过你们破大案子的机会有的是，这点鸡毛蒜皮你们也不会放在眼里。”

罗西北无心与他们纠缠，痛快地做了顺水人情：“都是兄弟单位，不分彼此，这个案子肯定算你们的，需要我配合随时说话。不过，有个事儿我想问一句，为啥寄存处非弄个手牌啥的，没人偷也容易丢啊。写个密码啥的，往手机上一记，多方便。”

“你说的那是自动投币寄存箱，在车站最北边有几组。不过走去那边比较远，再有些岁数大的玩不转，所以还是在这边存的人多。”

罗西北心中的疑问解开了，折腾了半天竟是个乌龙。事不宜迟，他连忙告别了所长，一路向北去寻找那几组自动寄存箱。

一个拳头大小的纸盒子，里面装着一袋醋。

这比之前那个装满破烂行李的蛇皮袋子更让人看不懂。袋子里也许还能藏点什么，可这个盒子，罗西北翻来覆去看了好几遍，甚至把缠在盒子外面的好几层保鲜膜都拿到阳光下照了一遍，结果仍然一无所获。

他坐在车里，有些失望地把这两样东西往副驾驶上一扔，然后清晰地听见了自己肚子里传来的咕噜声。时近中午，他有点饿了。要是眼前有盘饺子该多好啊，可惜只有醋。

罗西北忍不住又拿起那一小袋醋，端详起来，慢慢发现了蹊跷。这袋醋肯定不是什么正规产品，生产日期、厂家等信息一概没有。除了袋子正面印着一个大大的醋字，背面只印着两行浅浅的小字：东乡饺子馆，富强路19号，15232102000。

第五章 日记

虽然写着门牌号，但东乡饺子馆其实是藏在富强路一个岔道口的胡同里。

店面很小，最多只能坐四桌。门口一个小黑板上写着，店里卖三种水饺和两种馄饨。开店的是夫妻俩，

罗西北进来的时候，已经过了最忙的饭点儿，夫妻两人都坐在柜台后面包饺子。一个十来岁的小男孩，穿着肥大的旧校服，正在收拾桌子上的杯盘狼藉。

“饺子都卖完了，只剩鲜肉馄饨。”听见有人进来，老板头也不抬地说道。

“来一碗吧。”罗西北边说边坐到了一张刚收拾干净的小桌子旁边。小男孩收完桌子，开始扫地。顺着他手里的笤帚，罗西北隐约看见一个透明塑料袋，好像和他收到的醋袋子差不多。他又看了看桌上，醋瓶子上只贴了个白纸签，上面印着一个大大的醋字，仿佛也跟袋子上的字迹有些相似。罗西北打开醋瓶子闻了闻，又倒在小勺里尝了一点。

“你家醋味道不错，在哪儿买的？”

“我这儿就卖，”老板说着从柜台里拿出一瓶一袋，“这是我们老家村里的手工醋，在我们当地很出名的。七块一瓶，四块一袋，东西都一样，差在包装上。”

“你这连个生产日期和地址都没有，不会是过期产品吧，不能吃出什么问题吧？”罗西北试探着问道。

“出任何问题，你给我拿回来。我在这儿卖饺子快十年了，附近住的都吃我家的醋。我表弟搞生鲜运输，一个礼拜给我送一回，这都供不上卖，根本不可能过期。你放心吃吧，绝对粮食醋，跟醋精勾兑的不是一回事。”老板自信满满地回答道。

罗西北点点头，掏出五块钱留下了袋装的。老板转身回了后厨，去给罗西北下馄饨。罗西北拿着袋装醋，反复端详，和纸盒子里那袋几乎看不出差别。之前，他还一度担心盒子里装的液体有毒，现在看来这么简单的包装，应该也很难做手脚。小男孩拿着笤帚扫到了他的脚下，见罗西北拿着醋反复看，往后厨瞟了一眼，小声说道：“我家的醋可以变戏法，你想看看吗？”

罗西北点点头。只见小男孩跑到旁边一个装书本的塑料袋旁边，背对着罗西北鼓捣了一阵，然后拿过来一张空白纸条：“看，上面什么都没有吧。”之后，他往自己手心里倒了点醋，用手指蘸着醋抹到纸条上，不一会儿，纸条上渐渐显现出一个饺子的形状。

可惜，还没等纸上的细节完全展现，老板端着馄饨从后厨走出来，冲着小男孩吼了一句：“干啥呢！一边去！”说完，把馄饨放到罗西北跟前，还一个劲儿道歉。

小男孩虽然挨了说，但还是得意地看了罗西北一眼。罗西北当然看穿了小男孩的把戏，这是一种简单的字迹隐形笔，跟医院用的酸碱试纸原理差不多，醋只是障眼法。可这毕竟不是玩具，这个小孩怎么会有呢？罗西北决定套套他的话：

“你这不算什么，字显不显还得靠醋。我写的字，手心里一焐，说没就没。”

“写一个看看。”小男孩虽然一脸轻蔑，但还是忍不住好奇心。

“今天演不了，没带着家伙。”

“吹。就知道你是吹。”

“用不着吹，这种糊弄小孩的玩意，我们单位有的是，有时间给你带一堆过来。”

“真的！”小男孩眼睛一亮，“你跟蝙蝠是一个单位的吗？”

这次轮到罗西北眼睛一亮：“谁？”

但不等小男孩回答，他就被再次从后厨走出来的老板呵斥住了：“你咋还在这儿跟人瞎搭话呢，后面盛了碗饺子汤，喝完上学去！”

小男孩吐吐舌头溜走了，老板有些歉意地说：“别介意，孩子淘。”

“没事，挺机灵个娃娃。他刚给我说什么跟蝙蝠一个单位，啥意思？”罗西北下意识地觉得这句话背后有玄机。

“是我们店里的一个常客，不言不语的一个小伙子，偏就爱跟我家小子逗着玩，有时候给他点新鲜物件。我也不知道他叫啥，光听小子管他喊蝙蝠。”

“他耳朵有尖，跟蝙蝠似的。”小男孩不知道又从哪儿钻了出来，“他说他们单位的人都管他叫蝙蝠，你跟他是一个单位的吗？”

老板作势要打，小男孩一溜烟跑走了，之后他又朝罗西北笑着点点头，继续回到柜台里包饺子去了。罗西北也没再说话，他明白此行的目的已经完全达到了，于是迅速吃完，留下钱离开了饺子馆。

耳朵有尖，这一定就是死在汽车后备厢里的那个人。

隐形笔、袋装醋、饺子馆，临死之际煞费苦心地留下线索，这背后隐藏的一定是个非常重要的信息。可是，只有显影的醋，那些隐身的字迹究竟在哪儿呢？罗西北坐在车里，又把盒子从里到外检查了三遍，连个纸片都没发现。眼看着这个比拳头稍微大点的纸盒子，就要被揉搓得散架了，罗西北的脑袋里突然灵光一闪，这个不太结实的盒子，本来就是一张纸板啊。

想到这儿，他小心翼翼地撕开棱角的接缝处，把盒子铺平成了一个大的“十”字形。之后，他用手指蘸了醋，一点点抹到上面。

段大川cy3401，袁媛cy3403，罗成cy3404……

随着醋液的渗透，一份携带着奇怪编码的名单逐渐显现出来。罗西北粗略地一看，大概有将近二十个人。除了段大川和袁媛，其他的名字都还尚未出现过。如果根据段大川之前的说法，这很可能就是他口中所说的谍报组织三合会的成员名单。

可这里面为什么没有韩东呢？而这个自称蝙蝠的人，又为什么拼死要把名单信息传递给韩东呢？他们二人是什么关系，韩东的真实身份究竟是什么呢？

正想着，韩东的电话响了，是段大川。

“马上到我办公室来一趟，有两个重要任务。”段大川的口气还是一如既往的冷酷和不容置疑。罗西北被他的话打断了之前的思路，低头再看纸盒，发现最上面的一排字迹已经开始变浅。他连忙打开手机，把名单拍了下来。之后找了个公共厕所，连纸盒带醋，全部丢弃。

尽管如此，罗西北还是觉得不放心。虽然手机是随身之物，但难免也会当众打开看消息。如果这张照片不小心被段大川发现，恐怕又是个大麻烦。到底放在哪儿最安全呢？这个问题罗西北整整想了一路，可偏偏一进门，段大川说的第一句话就是：“把你手机拿出来。”

罗西北感觉脑袋嗡嗡作响，他上下摸了摸口袋说：“好像落在车上了，我下去拿。”

但他还没走到门口，段大川的助手敲门进来：“段博士，会议室那边人都到齐了，就等你过去呢。”

段大川嘴里一边说着“马上”，一边冲着助理挥挥手。待他离开后，段大川接着对罗西北说：“算了，给你，自己回去贴手机上吧，把旧的替换下来。”

罗西北接过来一看，是一个很小的不干胶胶贴。他回想了一下，韩东手机的背面似乎的确贴着一个类似的东西，只是已经在口袋里磨得不像样子。他试探性地说了一句：“是该换新的了，我那个快磨烂了。”

“皮烂了，芯片烂不了。你看看背面，这次是换编码了。”段大川提醒道。

cy4402，新的贴片背面印着一排小字，和刚才纸盒子上写的编码类似。“为什么要换编码？”罗西北继续问道。

“拜你车上的死鬼所赐啊。”段大川一边准备开会的资料，一边说道，“想不到他把我们这条线上的人名和编码都摸清了。他要是再晚死半天，我们这些人就要被一网打尽了。不过，现在他搞到的信息也没用了，编码一换，之前的就全都作废了。”

“这么重要的身份信息，就随便往手机上一贴，也太不安全了。”

“谁说不是。科学处就会搞这种愚蠢的把戏，什么高科技识别系统，可笑至极。我提过几次关于安全性的事，这次名单泄露就是很明显的例子。但最后的结果依旧是这样——换编码。我现在没有多余的精力跟他们纠缠这些事，今天把你叫来也是要提醒你一件事。之前，你开车去加油站，曾经差点打开后备厢。虽然当时没有被识破，但你最好去查查加油站的摄像头，如果不小心被拍上了，还是会有点麻烦，一定要想办法给删除掉。”

从段大川办公室出来，罗西北感到后背一阵阵冒冷汗。不仅仅是担心当日的尸体被摄像头拍到，更是惊讶于段大川对自己行踪的了如指掌。看他每天工作繁忙，应该不会一直人肉盯梢。那他究竟是怎么做到的呢？罗西北想起刚才拿到的编码胶贴，这个小玩意有那么神奇吗？

加油站的负责人连罗西北编的借口都没听完就不耐烦地打断了他：“你说你掉的什么东西，我们这儿没人捡着，摄像头是集团统一安的，采集的影像都是内部资料，外人无权查看。”

说完不由分说地把罗西北推到办公室外面。罗西北吃了个结结实实的闭门羹，还听见屋里有人说：“是人不是人都来看监控，拿自己当警察了。”

“警察来看，也得走正规手续，不可能他说啥是啥。”

罗西北被加油站几个人嚣张的样子气得够呛，摸着兜里韩东的警官证，恨不得冲进去砸在他们的脸上。但警官证还没拿出来，手机在旁边响了。他掏出来一看，是陈友业。这时刚刚紧闭的办公室门突然打开：“加油站不能接打手机！”

虽然气不过，但这条无法反驳的理由，让罗西北也只得挂掉手机，回到车里。可刚刚走出来的那个人还是不罢休，远远指着罗西北的车嚷嚷：“你还赖在这儿干啥？”

“我要加油！”罗西北也没好气地说。见他调转车头排到了机器旁边，那人才翻了个白眼重新回到屋里。

可能是因为刚才跟里面的人吵了几句，几个工作人员都不愿过来给罗西北加油，虽然手里没活，但也都远远地站着。最后，从另一台机器旁边跑过来一个，罗西北一看还是前几天他第一次来的时候给他加油的小伙子。小伙子并没有认出罗西北，还是习惯性地热情推销：“哥，加满吗？要不要加一支燃油宝？”

“前几天你不是刚给我加了一支嘛。”罗西北着意看了一眼这个人，心想兴许这是个突破口。

听了罗西北的话，小伙子后退一步看了看车：“想起来了，人我记不住，车我认得。”

“你是不是有销售任务啊？”

“都有，再说多卖多拿提成，挣钱嘛。”

“那看来就你挣钱心切了，我看人家别人也没你推得那么起劲儿。”罗西北说着朝屋里瞟了一眼。

小伙子会意地一笑：“屋里那几个是有编制的正式工，而且在总公司里都有靠山，他们的工资跟我们都是分开发的。其他的虽然不是正式的，但也都拼命想留在这儿，所以也不敢得罪他们，都是看脸色行事。”

“你倒不怕得罪人？”

“我干到月底就走了，怕啥。再说，我也不是省油的灯，他们都心里有数，不敢惹我。”小伙子说着，脸上露出得意的神色。

“看来你能量不小啊，那我求老弟办点事儿吧，办成我包销几箱燃油宝。”

“好说好说，不过现在不行。”小伙子说着给罗西北找了零钱，递过来的时候使了个眼色，“钱的背面是我手机号，今晚上我值夜班，你来之前给我发个消息。屋里朝这边看了好几回了，现在啥事你也办不成。”

罗西北还想再确认下时间，可手机偏又响了起来，还是陈友业。无奈他只好迅速开车离开了加油站。

“你咋不接电话呢，韩队！”陈友业听上去非常着急，“赶紧到局里来一趟，幺蛾子又找上你了。”

“什么事？局长让你找我的？”

“等局长给你打电话就晚了，我这是提前给你通风报信。你赶紧过来，啥事见面再说。”

罗西北刚走进单位大门，陈友业就神神秘秘地迎了上来：“你去车站抓小偷了？”

“没有啊。”罗西北不知这话从何说起。

“那怎么车站派出所的人把你点了？”

“哪个车站派出所？”

“天水路汽车站，你没去过？”

“哦，去过，不过我是去办点自己的事儿，碰巧遇到个偷行李的，我就帮忙抓人了，他们派出所的人都知道，点我什么？”

“那个偷行李的案子是市里重点督办的，派出所怕有波折，今天先把案件进展报上去了。”

“这我知道，上午我们聊的时候，他们也表达这个意思了。我当时已经让他们放心了，我不会抢功。”

“都知道你不抢，可事赶事，派出所往市里汇报的时候，顺便提了你一嘴。结果市里有人说你停职期间不配合审查，还擅自参与此类重大案件，反正就是一堆罪名吧。”

“这都谁说的啊？”

“话说到这份上，谁说的你还不知道吗？”

罗西北真不知道，可陈友业的小眼睛一直冲他使眼色，仿佛料定他早就猜到的样子。

“你是说，不会是他吧？”罗西北含糊其辞。

“不是他还能是谁啊。整个市局，除了他景天城就找不出第二个干这种事儿的人了！”陈友业往四下看了看，“韩队，你就是太老实。我早听人议论过了，当年你刚调到刑警队的时候，景天城就到处说你是水货，根本一个案子也办不成。眼见着你这些年越干越好，他能不到处给你使绊儿嘛。连你们在警院上学的时候你挨处分的事儿都抖搂出来了。”

“我刚到刑警队的时候，你还在高中刷试卷呢吧，怎么这些事你倒比我还清楚。”

“所以说你太老实啊。其实，他的黑料我手里有的是。他到处败坏你，说你上学的时候挨处分，我早通过警院的学姐问明白了。其实，就是他仗着家里有背景，欺负家庭条件不好的同学，你看不过去替同学出头，最后才背的黑锅。学姐说，他当时非让他爸爸找院长把你开除了，后来你成绩太优秀，这才改了个记大过。要不然当初你也不会被分到那么偏僻的派出所，说不定现在已经进省厅了。这些事你都没提，他还到处说，脸真是够大的。”

“陈友业，我看你别在刑警队干了，直接当狗仔队吧。十几年前的陈芝麻烂谷子，你也能翻出来。办事男人点，别跟个老娘儿们似的。”眼看着陈友业越说越来劲儿，罗西北却越听越烦。

虽然这个景天城是有点麻烦，但对他来说，比这还紧急好几倍的事儿还没干完呢。天色已经不早了，他还想着加油站小伙子的夜班之约。所以尽管陈友业还一直在耳边叨叨着“韩队，你老这样下去不行啊”，罗西北还是大踏步地走向了局长办公室。

田局长的脸色不大好看，景天城也没像往常一样坐在椅子上，而是笔直地站在办公桌旁。见罗西北敲门进来，他的脸色更难看了。

“局长，您找我？”罗西北已经强烈感受到了办公室紧张的气氛，说话也有点没底气。

“我没找你！”局长生硬的回答让罗西北摸不着头脑，他下意识地“啊”了一声，没等他再开口，局长便更加严厉地说：“我没找你，你不也来了吗？你们两个消息倒都比我还灵通，干脆你们来当这个局长好了！”

“局长，其实我也不是有意把韩队停职的事儿说出来的。当时那个情况……”

“当时有人拿刀架在你脖子上了？你明明知道审查流程的事儿刚刚搞起来，省厅的人都在兴头上，他们正愁抓不到典型呢。现在你多一句嘴，你能得到什么好，今后你手下的人包括你自己难道就能保证一点不违规一点不犯错吗？还是看着我被审查组的人训得跟孙子似的，你觉得逗乐开心！”

“局长，我绝没有这个意思。”景天城被局长教训得脸色红一阵白一阵，罗西北在一边听着，都有些不好意思。

许是觉得自己话说得也有点重，局长沉默了半天，才又说道：“你们两个人都是我看重的得力干将，工作能力也都毋庸置疑，我希望你们把这股劲儿都用到工作上。现在局里都传你们不合，八卦流言满天飞，这不是咱们这支队伍该有的风气。这件事包括这些流言，我希望到今天就此结束。回去吧，韩东你留一下。”

景天城经过身边的时候，虽然点了点头，但罗西北依旧能感受到他眼睛里射出的带火的目光。看来此人确实和韩东积怨深厚，不是局长一句话说了就能了的。

“你是怎么回事！”景天城出了门，局长马上转头质问罗西北。

“局长，真的只是误会，我去车站……”

“我没说车站的事儿，我说你准备给自己放假放到什么时候？审查组的人今天都跟我讲明白了，他们提交的审查报告厅里已经基本通过了，现在就等你的体检结果。本来，今天我想拿这个事儿问问他们，现在倒让人家给问上了，说是不是对审查有情绪，不愿恢复工作。”

“怎么会不想恢复呢，不过我一直没接到体检的通知。”罗西北没敢提住院的事儿，怕越描越黑。

“他不通知你，你就主动去找人家嘛。这件事混不过去，拖的时间太长，可能会有意想不到的乱子再出来。你明天开始，就去那个博士的诊所等着，什么时候拿到体检结果什么时候下班。”

刚走出局长办公室，陈友业就挤眉弄眼地冲他走过来。想着刚才局长的话，罗西北冲他摇摇头，示意他别过来。原来再光鲜的生活，背后也免不了琐碎和不堪。事业有成的另一面是嫉贤妒能的同事，美貌娇妻的另一面是忽隐忽现的绿帽子。罗西北一时之间甚至有点同情韩东，想着自己之前虽然一无所有，但至少生活简单。韩东简直就是活在一个华丽的泥潭里，搞不好还会遭受灭顶之灾。

罗西北站在楼梯间，痴痴地想了一会儿，正待离开，景天城手里拿着烟突然走了进来。突然而来的碰面，让二人都有些尴尬。罗西北怕说多错多，又不好转头就走，倒是景天城突然凑近小声问道："听说你血检一直没过，是不是有什么……困难？"

"没有，我前几天生了场病，刚好。血检还没做。"

听了这话，景天城又恢复了以往有点傲慢的神色，点上香烟说："那抓紧点吧，后续的事情还多着呢。"

血检，对于这个大家都催着办的任务，段大川倒显得不紧不慢起来："这不是抓紧的事儿。药物在体内代谢需要一个过程，现在关于你的体检报告，各个方面都盯得很紧，我必须保证万无一失。再过至少48小时吧，你来我这儿做一下试试。"

挂断段大川的电话，罗西北心中升起一丝恐惧。段大川为什么惧怕他体内的药物被检测出来？前几天审查的时候，他以为段大川打的那一针只是镇定药，现在看来也许没那么简单。

武霞对罗西北两次突然的爆发，现在想来，似乎也都和打针、粉儿这些事情有关。甚至，刚刚景天城都是犹豫了一下，才含混地说出"困难"二字。

把这些事情都联系到一起，罗西北很难不往那个可怕的方向考虑。对韩东的药物控制很可能已经持续了一段时间，他现在成了韩东的替身，难道也要替代他继续接受药物控制吗？

终于，罗西北拨通了姚静的电话："你现在方便吗？我想让你帮我做个身体检查。"

“不太方便。”电话那头传来一阵吵闹声，姚静的语气也有些慌张，“明天再联系吧。”

这是罗西北第一次被姚静拒绝得这么干脆，他有些不习惯。虽然知道自己只是个麻烦的病号，但一直以来，姚静给他的感觉总是让他以为自己是被期待的人。是不是这段时间去的少了，姚静又有了新的病号了？想到这儿，罗西北意识到了自己的荒唐，病人和医生，能怎么样呢？他拍了拍自己的脑袋，开车往加油站的方向驶去。

姚静举着针管，从一间密不透风的房间走出来，关门声把她和房间内的哭嚎隔绝开来。但还不等她走回诊室，身后就传来助手的询问：“姚医生，好像没什么效果。”

“这个药至少十分钟起效，你们先按住他吧。”姚静疲惫地答道，随手把针管扔进一个黄色的垃圾箱。

回到办公室，她掏出手机，又看了看来电记录，排在第一位的是一个未记录的陌生号码。她冷笑一下，把这个号码的名字存成了罗西北。

刚才他从电话里听出些什么了吗？cy3402，即便思维意识已经完全混乱，但是他依旧记得自己的编码，这样的药物控制究竟是成功还是失败呢？是不是有人想把罗西北变成第二个cy3402？姚静下意识地摇摇头，她绝不允许这样的事情再次发生。

罗西北在加油站附近等了好一阵子，小伙子才匆匆忙忙跑过来。

“说吧，什么事儿。”

“你们加油站有几个监控摄像头？”

“两个，出入口各一个。”

“能不能把监控记录调出来我看看，我丢了点东西，想看看是不是掉在你们这儿了。”

“这么简单？看看就完了？”小伙子的语气中透露出一丝狡黠。

“完不完也得先看看再说嘛。”

“明说吧，就跟我们卖油卡一样，不同价位享受不同额度的优惠。五百，我帮你做到第一步，看看。一千，想看的给你看了，不想看的帮你删了。两千，除了基本操作，还奉送惊喜大礼包。怎么样，选选吧。”

罗西北想起白天的时候小伙子说的话，他果然不是省油的灯。好在，他是聪明人，罗西北决定一步到位，直接拿出两千块钱，拍到了小伙子手上。

“够意思！这事儿你找我算找对了。知道白天屋里那几个人为什么不给你看监控录像吗？因为他们根本就不会操作。摄像头的存储卡特别小，基本一天多就覆盖了。所以一般的记录栏里，已经看不到你上次来的那天的影像记录了。不过，软件会随机自动生成一些截图，存储七天的记录。这些除了我，整个加油站也没人知道。我刚才去电脑里找了找，还真有一张你的截图，我拷到手机上了，你看看。”

图片记录的正好是罗西北打开后备厢的一瞬间，回想起来罗西北还是有些冒冷汗。

“就这一张？”

“对，我翻遍了就这一张。”

“这能看出是我吗？”

“说实话，我看不出来，找着这张图全凭对车的印象。”

罗西北点点头：“我刚才给了你两千块……”

小伙子笑了笑：“放心吧，哥，今晚上我把电脑格式化，重做一遍系统，保证里面的东西消失得无影无踪。”

“那你手机？”

“信得过我，我现在当面删除，信不过我把手机可以给你。”

“不必了，删了就行。”罗西北觉得图片暴露不了什么，不想做得太绝，以免更引起他人的疑心，“你刚才说，还有超值大礼包。”

小伙子朝车窗外指了指："看到旁边那家小超市了吗，他家门口的摄像头正冲着我们加油站入口，虽然距离远点，但角度非常好。而且我以前去买东西的时候见过，摄像头清晰度特别高。你最好去他家再看看，以免有漏网之鱼。"

正说着，小伙子的电话响了，接起来里面一个女声着急地喊："里屋电脑咋蓝屏了，你又瞎鼓捣啥呢？"

"没事，中毒了，我正修复呢，你别乱动啊。"小伙子挂了电话有点得意地对罗西北说，"没骗人吧，不过我得走了，多谢了，哥。"

罗西北的心放下了一半，如果超市那边也能这么顺利解决该多好啊！可惜，这个愿望落空了，而且还是将落未落的悬空，因为超市老板给了他一个意想不到的答案。就在昨天，有一个警察来到店里，说在附近调查盗窃案，想通过他们的监控取证，把电脑里存储的所有记录都拷走了。还说，要作为证据封存，要求老板把电脑里的记录全删了。

"那位警官说，如果再有什么情况，要随时跟他汇报。你丢啥了，要不跟这位警官联系问问？"

老板把手机号念给罗西北，输入到韩东手机上之后，匹配出的名字竟然是景天城。

罗西北在车里呆坐了半天，始终想不通这里面的逻辑关系。直到武霞的电话打过来，才把他重新拉回现实。

"你在哪儿呢？"武霞的声音听上去没那么冷淡。

"到楼下了。"

"那快上来吧，我等你吃饭。"

武霞坐在餐桌旁，对着一盘宫保鸡丁出神。究竟要不要这么做，她在心里反复掂量了几十次。她一时会觉得，也许是自己情绪紧张胡乱猜疑，在这个她生活了几十年的世界里，大变活人只是一项供人娱乐的魔术。一时又会觉得，如果真的换了一个人，生活是不是就可以重新开始呢，就像当初她被选中，走出了农场……

农场！武霞只觉得脑袋里一阵嗡嗡的噪音，许多孩子呼喊着四处奔跑。哪里都是空旷的，但又都是拥挤的，最终都变成混乱的。她皱着眉摇了摇头，仿佛想把这两个字从大脑中甩掉似的。

“又不舒服吗？”不知道什么时候，罗西北已经进来了。

“没事。”武霞连忙打起精神，“洗手吃饭吧，菜有点凉了，我去热一下。”

两个人分别忙了一圈，重新坐回到餐桌旁，虽然都很想维护气氛，但还是不免陷入尴尬。武霞给罗西北夹了三四回菜，罗西北也只能不住地夸赞武霞的手艺好。吃完饭后，两人又抢着收拾刷洗。一阵忙乱之后，武霞端着水果放到了茶几上。

“来吃点水果吧。”武霞招呼道。罗西北上前拿了个橘子，想回书房休息。不想又被武霞叫住了：“在这儿坐会儿吧，刚吃完饭就躺下，对身体也不好。”

说着她还拍了拍沙发，示意罗西北坐到她旁边。

如果说，韩东的生活是由一个个谜团组成的，那武霞就是隐藏在这些谜团中的一颗明珠。有时候，她会闪现迷人的光芒；有时候，又会转眼变成伤人的武器。罗西北当然感觉到了武霞是有意为之，但女人的好意谁能拒绝呢，尤其她还是名义上的妻子。

“其实，今天叫你回来吃饭，主要是想和你道歉。无论如何，我前几天跟你大发脾气都是不礼貌的，对不起。我其实……”

“没事没事，你不生气不犯病就好。”说到此，罗西北又想起奇怪的邻居邱海，便借机问道，“你什么时候把家里的钥匙给邱海的？”

“前一阵子。”武霞没想到话题会拐到这上面来，有些不知所措，“你那段时间老不在家，不是，我是说其实邱海是个好人，他拿着咱家的钥匙，完全是为了帮我。”

“我明白，但是现在我也回来了，最近这段时间应该也不会出差，是不是应该把钥匙拿回来呢？我那天去找他说这个事儿，他非说钥匙是你给的，要收回去也得你去要。”

“这事儿回头再说吧，今天也太晚了，现在去人家敲门也不大礼貌。”武霞说着往罗西北身边靠了靠，拉起他的一只手，把衣服袖子往上撸，一边抚摸一边检查。

罗西北慌了，这样的暗示他再呆也明白是什么意思。他本想换个话题，把武霞的注意力转移一下。但话还没说清楚，就被武霞打断了：“先别说话。”只见她的表情越来越迷惑，摸了一边的胳膊，又摸另一边，最后干脆解开罗西北衬衫的袖子，脸贴在他胸前，边摸边问：“你痒不痒？”

“痒。”罗西北感觉大脑快要停止工作了，刚才还在思考这样浑水摸鱼地和武霞睡了是不是不道德，但现在他已经顾不得了。

“哪儿痒？”武霞突然一抬头，盯着罗西北追问。

“你摸的那儿。”

武霞又趴到他胸口前，嘴里嘟囔着：“没有啊？”

“还有……”

“什么？”

“还有心里也痒！”话一出口，仿佛水库的闸门顷刻打开，洪水奔涌而出，不可遏制。罗西北扶住武霞的肩膀，纵身一扑，便把武霞压在了身下。

那一刻，不知道是不是动作太猛，他觉得脑袋有点眩晕，眼睛也似乎看不清东西，只是觉得武霞乌黑的头发和白皙的脖子纠缠在一起，而他只能靠着寻觅柔软身体散发出来的香气来控制自己的动作和方向。但同时，他又在心里不断提醒自己，这样会不会太粗鲁，会不会让她透不过气，甚至强迫自己微微腾起身子，不使自己全部的重量都压在武霞身上。这么做非常累，但罗西北依然感觉很美。美到被武霞使劲推倒在地，依然还有些晕头转向，又被扇了一记响亮的耳光，罗西北这才终于清醒过来。

“你要干什么！”明珠的光芒熄灭了，转眼变成了随时可能爆裂的炸弹。罗西北感到有些沮丧，美好的时光为什么总是那么短暂。他想不通，也懒得辩白，站起身来朝书房走去。

“站住！”武霞在身后喝道，“你是谁？”

罗西北僵直在原地，果然还是枕边人，第一个发现了他的破绽。可他的破绽在哪儿呢？刚才亲热的时候跟韩东不一样吗？可如果没什么怪癖，这种事能相差多少？

不等他想明白，武霞已经走到眼前：“你到底是谁？”

“你说我是谁？我还能是谁？”

“我不知道，但你一定不是韩东。韩东对花生过敏，吃一点会全身瘙痒，你刚才吃的那些，已经足够让他休克窒息了。”

“我做了长效抗过敏治疗。”虽然已经被逼到死角，但罗西北还是咬死不承认，现在还不是合适的时机。

“据我所知，现在还没有哪种疗法对过敏有这么长期显著的疗效。况且，你做治疗，为什么我一点都不知道？”

“省厅里专门给刑警队外聘的医生，是刚刚从国外回来的医学博士。兰州市不止你一个医生，我的事儿也不必什么都让你知道！”罗西北几乎要恼羞成怒了。

武霞还想继续追问，她的手机突然响了，就在她拿起手机的一瞬间，罗西北发现武霞的手机上也贴着一个段大川给他的那种胶贴。

“这是什么？”不等武霞接起电话，罗西北一把抓住了她的手腕。这一抓也正好看见，打电话来的是邻居邱海。

“你管不着！我的事儿你也不必什么都知道。”武霞没好气地说。

“别的事儿可以，这个不行。这贴纸从哪儿得来的，必须告诉我，这关系到你的人身安全。”

“我的人身安全我自己负责，这玩意儿我不要了行吧！”武霞说着把贴纸从手机上撕了下来，扔到了地上。然后迅速回了卧室，关门接听电话。很快，她穿戴整齐走出来，拿起背包准备出门。

“这么晚了，你去哪儿？”罗西北问道。武霞没搭理他，径直打开大门，邱海已经在外面等候。见罗西北在屋里，邱海欲言又止。武霞有些不耐烦，带上大门，和邱海离开了。

罗西北小心翼翼地捡起武霞扔掉的贴纸，对着灯光看了看。背面写着编号的地方，字迹已经全磨平了，镶嵌在里面的金属丝也已经磨得快没了。罗西北又和自己手机上的贴纸比了比，武霞的那个更大一点，边上还装饰了一圈闪亮的水钻。也许就是个普通贴纸也说不定呢？

罗西北禁不住这样想，毕竟如果不是段大川说了那些玄乎其玄的功能，他手机上贴的这个看上去也就是个毫不起眼的贴纸。

罗西北把这个贴纸夹在一本书里，心里觉得非常憋屈。现在看来，韩东不仅死得不明不白，连活得也是不明不白。出生入死，还保不齐要戴绿帽子，就这样媳妇还要求他净身出户。自己就更倒霉了，不过睡了几天暖和屋子，开了几天好车，光是大耳刮子都挨了好几个。

罗西北越想越气，掀起床铺上的被子，找之前被自己藏起来的离婚资料。可被子都掀开，他才发现，在床铺最里面更隐蔽的地方，还放着一个笔记本。拿出来一看，第一页就是武霞的遗书：

“我死之后，请把我带回农场埋葬。和朋友们睡在一起，那里才是真正属于我的地方。”

厚厚的日记本，断断续续地书写着疾病给武霞带来的痛苦与绝望。但这一切与家庭的突然变故相比，似乎又显得微不足道了。武霞的父母都是大学教授，在武霞十五岁的时候，因为实验室发生事故，父亲意外离世。母亲受不了这突如其来的打击，精神失常，不久之后便走失了。

罗西北觉得，也许在那段时间，武霞也患上了某种精神疾病。在她的日记中，经常会出现迷幻如呓语的描述：

“今天，我服了双份药，但很快就被发现了。他们马上派人来家里帮我洗胃、清理，并带来了最新指令，不能死。

我第三十五次申请，返回农场。然后申请被第三十五次拒绝了。好消息是，不会再有第三十六次，带来指令的人说，我们可能永远都回不去了。

上次说的事情变成了现实，指令部队都撤离了。我们被要求变成现在的样子，永远。这是最后的指令。”

类似的描述穿插在对日常生活的记录之中。总体来说，父亲曾经供职的单位对武霞其实十分照顾。派专人照顾她的日常生活、上学等的一概费用，也就是解决了她的全部负担。但不知道为什么，武霞却多次要求离开这里。大概是不想继续留在这个伤心地，终于在考上大学之后，她带着自己的户口和档案离开了父母生活工作了几十年的地方。

也许是因为她的情况极为特殊，在户口迁移到兰州之后，原籍所在地的民警甚至联系了一位兰州的民警，来专门接洽武霞。这个民警就是韩东。一个满身伤痕的女孩，一个不得志的新手民警，两个人就在这种微妙的同病相怜之中，渐渐走到了一起。

“已经连续一星期，自觉按时服药，所以今天复查的结果也很好。回来的路上，韩东雀跃得像个小孩。我们一人买了一根冰棍，边走边吃。他忽然说，你知道怎么让冰棍越吃越甜吗？我说，不知道。他拉起我的手，一边走一边说，这样就越吃越甜了。”

这大概就是两人感情的起点，虽然还是伴随着反复的病痛，但是从恋爱到结婚，武霞与韩东度过了几年美好的时光。如果非说有什么遗憾的话，那便是武霞因为身体的原因，没能保住他们唯一的孩子。武霞甚至一度又开始呓语式的记录，虽然次数并不多。

此后不久，韩东调入了市刑警队。但工作上的晋升没能带来家庭的幸福，夫妻关系甚至是急转直下。武霞记日记的次数开始明显减少，每次都是寥寥数语，满是对丈夫的指责甚至谩骂。

在去年，记录了一次争吵之后，日记就此停止。而那次争吵的原因，是武霞怀疑韩东和护士袁媛有不正当男女关系。

这篇日记比较长，罗西北反复看了几遍，并没有在里面找到实质性的证据，大多是武霞捕风捉影的怀疑。但按眼前的情况来看，女人的直觉还是非常准确的。袁媛对罗西北的举动，已经远远超过了正常的界限。不过，日记虽然言辞激烈，但只字未提离婚的事。

看来，夫妻关系在后来的一年之中没有得到任何修复，反而误会越来越多了。可惜韩东也没有留下日记什么的，他是否知道妻子武霞可能也走上了出轨的路。罗西北想着，手里下意识地翻动着日记本。忽然，一张旧照片滑落。

照片的背景似乎做了处理，人物景致一概模糊不堪。唯有镜头聚焦的地方，两个小女孩清清楚楚地站在那里。其中一个略年长些，大概十三四岁，另一个略小一些，大概六七岁。年长的女孩嘴角微微上扬，似笑不笑，而较小的女孩，眼睛圆圆的，直愣愣地看着镜头，没有任何表情。

罗西北觉得年纪稍小的女孩可能是武霞，那双圆圆的眼睛跟她现在盯着他看时的眼神几乎一模一样。至于那个稍微大点的，感觉有点奇怪。好像有点面熟，但又想不起来究竟像谁。

当罗西北准备把照片重新夹到本子里的时候，在日记本的最后一页，出现了两个手机号码。号码写得有些潦草，但在两个号码中间，画了一个小小的心。

罗西北拿出手机对照了一下，发现这并不是武霞和韩东如今尚在使用的号码。罗西北把号码抄了下来，重新藏好了离婚资料和日记本。他本想躺在床上再重新整理一下思路，但疲惫的睡意很快袭来，甚至都没听到手机短信的声响……

“明天，随时可以过来，我等你。——姚静。”

第六章 梦中人

马凡综合征。

在武霞深夜离开两天之后，罗西北收到了姚静发来的短信，这个陌生的名词让他一时之间有些不知所措。当时，他刚刚从段大川的诊所拿到体检通过的报告单。因为想得有些出神，竟不知不觉地把这个名称说出了声。

“你刚才说什么？马凡综合征，谁得了这个病？”段大川边看着电脑边向罗西北问道。

“一个同事的孩子，怀疑是。我也不太懂。”罗西北慌忙应对。

“这是一种罕见病，家族遗传的染色体异常。”

“有什么有效的治疗方法吗？”

“目前还没有，头疼医头，脚疼医脚，看看具体在什么部位发病，就有针对性地治疗一下，不过一般预后效果还可以，大部分都能活到中年吧。”

“中年！”罗西北心中一惊。

“绝大部分的人死于心衰，因为这种病会合并许多心血管疾病。”段大川说着抬眼看了看罗西北，见他嘴巴半张眼神放空，仿佛被施了定身法，

“你怎么了？”

“没什么，让你说得有点害怕，这个病太可怕了。”

“比这可怕一万倍的疾病也有的是，在对人类身体构造的研究方面，你们落后太多了。”段大川语气中透露出一丝得意。

“啊？我们？谁？”罗西北感觉这话听上去有点别扭。

段大川的脸色马上又阴沉下来：“这不重要。拿到报告你马上就可以复职了，赶紧回去报道吧，别忘了我交给你的任务。”

回到车里，罗西北的心绪还是有些飘忽。他找出一个小药瓶，一边端详一边回想武霞离开之后发生的一切……

第二天早上起床后，罗西北发现了武霞的踪迹。她应该刚刚回来过，洗了个澡又离开了。卫生间的地面还是湿的，洗衣机旁放了几件新换下来的脏衣服，正是武霞昨晚离开时穿的。

虽然觉得不太好，但罗西北还是翻了翻脏衣服的口袋，结果一无所获。妻子和其他男人一夜未归，早上回来洗了个澡又匆匆离开，这件事放在哪个男人身上，都很难接受，哪怕罗西北只是个假冒丈夫。

好在这没来由的干醋，罗西北只吃了几分钟，便想起来昨晚从日记本上抄下来的电话号码。他拿起手机想拨一下试试，但按完了数字，又挂掉了。被特意记录的电话号码，必然有特别的含义，或者牵扯了特别重要的人。绝对不能让对方轻轻松松地发现打电话的人是谁。

罗西北开着车绕了挺长时间，在离韩东家很远、几乎快到郊县的一家小卖部外面找到了一部公用电话。电话看起来像座机，但并没接线。罗西北问看店的人，这部电话打出去对方显示什么样的号码，可这位五十多岁的中年妇女，甚至连罗西北的问题都听不懂。

罗西北懒得再费口舌，拿起听筒先给自己的手机拨了两遍，显示的是一个手机号码。

随后，他把日记本上抄来的电话，依次拨了两遍。其中一个已经显示为空号，但另一个则是通的，只是对面一直无人接听。罗西北又把这个号码连拨了两遍，在最后快要放弃的时候，电话突然接通了。电话两边的人大概都缺乏心理准备，彼此默默地听了几秒钟的呼吸声。尽管十分紧张，罗西北还是用尽量放松的声音率先说道："你好！"

"你找谁？"回答的是一个女声，罗西北觉得声音有点像武霞。

"女士，请问需要办理无息贷款吗？无抵押放款快……"情急之下，一张贴在小卖部大门上的传单启发了罗西北，但不等他多说几句，电话就被默默地挂掉了。

罗西北有点后悔，刚才自己还是太紧张，只顾着找说辞掩饰身份，却没能让对面的人多说几句话。他不甘心地又拨了两遍，可对方一直显示占线。怕是没机会了吧？正当他灰心想要放弃的时候，不想手里的座机突然响了。罗西北使劲儿蹭了蹭满是灰尘的显示屏，认出来电的正是自己刚刚拨打的号码。

"您好！"罗西北尽量回想着刚才的语气说道，"请问您……"

"你是谁？怎么知道这个电话号码的？"对面竟然换了个男人，而且根本不想与其纠缠，上来就单刀直入地问道。

"我们是××银行下属的信贷公司，您之前在银行预留过手机号码吧，这次来电主要是针对……"

"这个电话号码我没有留给过任何一家银行，你到底是谁？"对方的声音依旧冰冷强硬。

"我们的产品还是很不错的，我耽误您几分钟做一个简单的介绍……"

罗西北手里紧紧地攥着贷款传单，强作镇定地侃侃而谈。对方一言不发地听了一会儿，直接挂断了电话。

罗西北长出了一口气，离露馅儿只差几秒钟的时间，幸亏周围没人看见。罗西北一边这样想着，一边重新走进小卖部的屋里，他发现柜台里看店的换成了一个不停摆弄手机的小伙子。

罗西北递过去十块钱，转身想要离开，却被小伙子叫住："这不够啊。"

罗西北马上意识到，可能遇上黑店了。他不想与其多争辩以免再惹出麻烦，就掏出了一百元放在柜台上。

"想不想找到电话那边的人呢？"小伙子终于抬起头来，见罗西北停下脚步，他笑了笑接着说道，"手机定位、通话详单，你想要的都能查出来。"

"这些我去移动公司也能查。"

"你是机主本人吗？有没有他的身份证。没有证件现在想在营业厅查这些恐怕不大容易。"

"那你查需要什么？"

"什么都不需要，再加两张这个就行。"小伙子说着指了指柜台上的一百元。

罗西北在心里抉择了几秒钟，拿出钱拍在了柜台上。小伙子二话不说从脚底下的包里掏出一台笔记本电脑，在黑屏和数字一顿操作之后，他给出了罗西北两个答案：刚刚打过的号码长期关机，具体精准的位置不好测算，但应该没有出本市。最近与这个号码联系过的，除了刚刚的那部公用电话，还有一部座机。而这部座机，显示属于一家名叫"爱维健康院"的疗养机构。

小伙子又在网上搜索了关于爱维健康院的介绍，除了详细地址、联系电话等信息，介绍里显示这是一家集托老、医疗康复、临终关怀为一体的机构。

临走，小伙子非要退给罗西北一百块钱，说电话没定位成功，不能收钱。罗西北见他够仗义，还是把钱都留下了。

"哥，留个我的名片吧，以后有用的着的，尽管找我，价钱好商量。"罗西北想了想，带走了这张名片。

回到车上，罗西北本想直接开车前往疗养院。但到了疗养院要找谁，说什么？如果这其中确实牵扯到有关武霞的事，他贸然出现会是什么结果呢？罗西北思量了一下，决定把疗养院之行暂时往后排。至少得先弄清楚，武霞与这家疗养院是否有关。

想来想去，他决定先从武霞吃的药上面入手。

罗西北偷偷把武霞的药拿出来交给姚静，让她帮忙化验成分和治疗的病症。姚静现在给出了答案，但话里似乎还有隐情。罗西北拿着药瓶想了想，决定先去一趟姚静的诊所。

“也没那么吓人，”姚静听了罗西北对马凡综合征的描述之后，表现得倒是颇为轻松，“这个病人是不是身高臂长，看着像个打球的运动员？”

罗西北摇摇头，武霞虽然身材修长，但也只是正常人的身高，看上去没有什么异于常人之处。

“那就是了，这证明她的病在根本上得到了控制，坚持服药，应该不会有事。得病的是什么人？”姚静看着罗西北好奇地问道。

话到嘴边，罗西北又咽了回去。虽然上次他在被追杀后慌乱中对姚静透露了几句韩东的事儿，但他现在还是觉得不要对姚静和盘托出的好。于是，他避开姚静的目光，简单回了句：“一个朋友。”之后便起身想要离开，回局里报道。

“时间这么赶吗？我本来还给你安排了一次催眠治疗。”姚静挽留道。

“没那么赶，只不过还没到治疗的时间吧。”罗西北对姚静突然的热情有点怀疑。

“上次你找我，没能帮到你有点抱歉。更主要的是，你刚才说得病的是一个朋友。要知道，这三年时间，除了幺鸡，你没有结交过任何朋友。最近这段时间，我感觉你的生活圈子似乎扩大了，这对你的生活还有病情恢复，都是好事。所以，我一直想尽快给你做一次治疗，看看能不能有什么突破。

你说呢？”

姚静给出的理由，加上她和煦如春风般的态度，让罗西北失去了拒绝的能力。他点点头，喝了点水，躺到那张熟悉的躺椅上，看着天花板，听着姚静的启发，渐渐进入了梦乡……

一切似乎又回到了从前的样子，没有焦急的催促，疲惫的奔跑，送行的人从容地走在罗西北的身旁，关切地把他送上车厢。车厢即将关闭的时候，他依旧挥了挥有一截断指的手，向罗西北告别。

罗西北记得，上车前他还在心里提醒自己，一会儿要想着看看断指的模样。但此刻，他却顾不得了，因为车厢里跟以往不大一样了。

从前空空荡荡的车厢，在车门关闭的时刻，不知为何渐渐热闹起来。一个个脑袋渐次从各自的座位上探出来，向罗西北张望。每个人都似乎在压低着嗓音窃窃私语，整个车厢里仿佛一台巨大的噪音机器，还不时地传来一阵忽远忽近的嗡嗡声。

罗西北慢慢穿行在车厢内，一边寻找座位一边打量着这些第一次出现的乘客。这些人里，有些他经由韩东认识，比如一直在单位和韩东明争暗斗的景天城，比如惨死在韩东后备厢里的测绘员，比如手里拿着韩东家钥匙还和他媳妇不清不楚的邻居邱海。

这些人在罗西北经过的时候，并未表现出什么异样，有的抬眼看看，有的干脆视而不见，仿佛身边经过的就是一个毫不相干的陌生人。

但在车厢的更远处，还有许多罗西北完全不认识的人。他们面目模糊，看上去没什么活力，一双双眼睛却一刻不离地盯着罗西北。罗西北心中觉得古怪，想与他们对视，但不等捕捉到眼神，对方就迅速隐匿到了人群中。过一会儿，又不知从哪个角落中探出头来，继续朝罗西北看过来。

在人们的簇拥中，车厢变得比以往都要长。罗西北感觉走了很久，车厢的尽头依旧在很远的地方。他停住脚步，努力朝那边张望了一下，发现人群中有两个穿白大褂的人。之后，他又发现，原来陌生的人群一直在暗示他要上去找这两个白大褂。

他们是谁？罗西北不知道，除了两个模糊的轮廓，他什么都看不清。

正在犹豫着要不要继续向前的时候，罗西北忽然感觉有人拉住了他的胳膊。他心中一惊，想把胳膊抽回来，但回身一看，拉住他的竟是武霞。

“你是在找我吗？”武霞既不像初见时的冷若冰霜，也没有人前故意表现的虚假恩爱。她满脸笑容，像个亲切的朋友，见罗西北张口结舌地不言语，便又接着问道，“还是在找她？”说完，她一闪身，一个小女孩有点怯生生地出现在罗西北面前。

罗西北不禁皱了皱眉，这个小女孩是谁，怎么好像在哪儿见过？武霞摸摸小女孩的头：“别怕，这人咱们都认识的。”小女孩看了看罗西北，露出了浅浅的笑容。

罗西北忽然想起，这不就是武霞日记本里的那张照片上，年纪稍小的女孩吗？武霞刚对她说，咱们，那小女孩就是小时候的武霞吗？罗西北仔细端详着小女孩的容貌，越看越觉得和武霞相像。

“你到底在找谁啊？”见罗西北半天都不答话，武霞又问道。

“我找一个有断指的人。”罗西北说着抬手向武霞比画了一下，生怕她听不懂似的，“你见过这样的人吗？”

“当然见过了，他不就在那儿嘛。”武霞依旧笑吟吟的，朝前面一指。罗西北顺着她的手看过去，果然见一个人背对着他朝前走。可这个人的穿戴打扮并不似刚刚给他送行的那人，两只手掩在袖子里，亦是看不分明。

“这是有断指的人吗？”罗西北禁不住问武霞。

“怎么不是，就是他。”武霞口气坚定，还示意罗西北朝前看。前面的人并未停下脚步，但仿佛听见了他们的对话。他并未回头，只是高举起一只手。这下罗西北看得真真切切，这只手上确有一根断指，只是这断指的地方应该是刚刚被切断，伤口新鲜到不住地淌血，鲜血顺着手臂慢慢流下来，不一会儿连衣袖都被浸湿了。

罗西北有些慌张，觉得无论如何，还是应该先给这人包扎伤口。但其他人似乎不以为意，武霞一个劲儿地追问道：“是他吗？是不是你要找的人？”

“不是，我是说，先给他……”罗西北觉得四周的气氛开始变得紧张。

“怎么不是？你要找断指，他就是断指，你找的就是他。”武霞的语气开始变得有些急躁，脸上的笑容也慢慢消失了。不仅如此，连四周那些不认识的人也纷纷向罗西北涌过来，都对武霞的话点头附和：“就是他，就是他！就是他！就是他！”

罗西北感觉百口莫辩，他努力朝人群外看了一眼，但已经看不见断指人的身影，只是远远地有只手臂还在高举着，鲜血从伤口处不断流下来。而此时，周围说话的声音越来越迫近，武霞不见了，小女孩也不见了，只剩下那些面目模糊的陌生人，将他围拢得越来越紧。

人群里还是嗡嗡作响，但罗西北早已经听不清他们说的是什么，甚至连呼吸都越来越困难。他仿佛陷入了黑暗的沼泽，在即将遭遇灭顶之灾的时刻，他拼尽全力地一挣扎，把自己从可怕的梦境中带了出来。

“啊……”

姚静坐在罗西北的身边，在确认大喊一声的他已经彻底苏醒之后，用手帕轻轻擦去了他额头密布的汗珠。之后，又递上一杯温水，轻轻地拍了拍罗西北的肩膀。

罗西北知道自己已经回来了，但刚刚梦中的情景还像电影一般历历在目。他接过水杯，猛灌了几大口，想彻底摆脱刚才那些可怕的画面。可那些梦里的人如同鬼魅一般，越想挣脱，越纠缠得紧。

罗西北放下水杯，双手抱头，过了好一会儿才叹了口气说道：“太累了，太苦了，他心里住着鬼，怪不得要自杀。”

“你说的他是谁？”姚静在一边小心翼翼地问道，“你之前跟我说你变成了另一个人，叫韩东，说的是他吗？”

罗西北点点头：“我现在也说不清整件事究竟是怎么回事，唯一能确定的就是他已经死了。他生前身后有许多看不透的人和事，其中任何一个都可能导致他死亡。甚至还有药物，他生前被人用药物控制，不知道是不是用药之后产生幻觉，才无意中走上了绝路。”

“如果真是这样就好了，一帮蠢货。”姚静突然说道，冰冷的口气把罗西北吓了一跳。意识到自己失言，姚静紧接着说道：“我的意思是，比起被生活中的艰难困苦逼死，被药物控制，至少死的时候还能少些痛苦。不过用药物控制他人不仅残忍，更是愚蠢。一旦沾染了成瘾性药物，人就废了，聪明的头脑，坚强的意志，在药物面前早晚都会化为乌有。纵然一时为我所用，但终究也没什么价值了。”

姚静的话，让罗西北感到一阵胆寒。他们刚刚谈论的不是别人，是韩东，而韩东就是现在的罗西北。从挂在身上的这身行头，到跟在身后的一堆烂事，罗西北的命运已经和韩东紧紧纠缠在了一起。韩东一死了之，可罗西北现在该怎么办，他不想变成为人所用的瘾君子。

“能不能拜托你一件事？”罗西北感觉已走投无路，姚静成了他唯一的救命稻草，“帮我验个血。”

离开诊所之前，姚静安慰道：“别太紧张，凭我医生的直觉，你应该问题不大。这边血检结果一出，我马上给你发消息。”

罗西北依旧不能全然放心。开车离开的时候，他忍不住又朝诊所的楼上张望。冬日的午后，难得有些许阳光。诊所大概在通风，有两扇窗户都打开了。一阵风吹过，白色窗帘的后面，忽然闪现出一张脸。虽然离得比较远，但罗西北觉得自己看清了，那就是幺鸡临死时留下的照片上的人。

罗西北惊呆了，他摇下车窗想再看得真切一些，但人影一闪而过，窗帘再飘起来的时候，后面已经空无一人。

伴随着身后其他车辆催促的鸣笛声，罗西北带着新的疑问离开了诊所。幺鸡临死时，除了照片，还留下一把钥匙。罗西北一直把它放在最贴身的地方，但连日的忙碌让他几乎忘了这件事。今天忽然看到这一幕，他忍不住思索，等待这把钥匙打开的锁，究竟在哪儿，里面又藏着什么秘密呢？

直到段大川又打来催促的电话，罗西北才醒过神来。虽是不情愿，但他也只能把这个秘密暂时埋藏好，待时机成熟再来破解。眼下，他首先得应付催命的段大川。

回到单位，韩东队里的几个同事一拥而上，争相祝贺他复职。陈友业挤在最前面，嬉皮笑脸地说："韩队，兄弟们想你想惨了，今天晚上出去聚聚吧。"

"行，你去订饭店吧，晚上没任务的，大家都过来。"罗西北招呼着。

"嘿嘿，红焖羊肉锅，已经订好了，就等着您晚上过去结账了。"这回除了陈友业，还有好几个年轻警察都在一边偷笑起来。

"你们这帮猴崽子，早打听好了是吧，我今天要是不来呢？"

"不可能，韩队一心扑在工作上，一复职，哪有不立刻杀过来的，是吧，队长。"

"行行行，算你精，那赶紧工作，手头的活儿干不利索，酒和肉都没有。"

一声令下，一伙人才算散了场，各忙各的了。罗西北坐到韩东的办公桌前，想打开电脑看看。但开机之后，他突然意识到自己没有韩东电脑的密码。工作电脑，一般都是个人设置密码，这又不好问别人，罗西北一时没了办法。

他假模假式地按了几遍，包括韩东的生日、武霞的生日之类的，但都不对。正在挠头之际，陈友业端着水杯从他身边经过，不明就里地说："队长，你怎么不插密钥，按数字有瘾啊。”

“密钥找不着了，好几天没来不知道放哪儿了。”罗西北嘴上答应着，心里却不停叨念，密钥是个什么东西。

听得这话，陈友业停了下来，盯着罗西北看了一会儿，之后又凑过来小声对罗西北说：“队长，是不是那个什么博士给你打针打傻了？”

“你才傻了。”罗西北心下一惊，怎么这件事陈友业知道，还是自己露出了破绽，被发现了。

“那怎么你连放密钥的地方都忘了？”陈友业说着用手一抬电脑显示器，在支架下面放着一个无线接收器似的东西。他拿出来往机箱上一插，屏幕上立马显示了打开的界面。

罗西北心中暗暗松了一口气，但紧接着又把陈友业叫到身边：“我没在这几天，你没在我电脑上瞎鼓捣什么坏事吧？”

“这破电脑开机都得十多分钟，没事谁爱鼓捣它啊。再说，我又不知道你内网密码，能干什么坏事。”

内网？罗西北感觉自己刚刚侥幸过了火焰山，马上又掉进了盘丝洞。偏偏内勤马小芳看见罗西北回来，立马跑过来：“队长，你快登到内网上，我这一堆上传的案卷等着签字通过呢。”

罗西北彻底没法了，他打开内网的登录界面，却不敢输入任何一个字符。这周围坐着的，都是破案的高手，稍微一点蛛丝马迹都能从中看出端倪。他就这么公然地找不着密钥，再忘记密码，难保没人怀疑。

马小芳转了一圈回来，见罗西北还对着电脑发呆，着急忙慌地冲过来问道：“怎么还没登上啊，这半天我以为你都批完了。”

“你别吵，我想别的案子呢，一会儿再给你弄。”罗西北假装不耐烦，起身想出去躲躲。马小芳见状一副无可奈何的样子，罗西北刚离开座位，她就一屁股坐在了电脑跟前，在键盘上噼里啪啦敲了一串，罗西北的内网哔一下打开了。

“哎，你怎么知道队长内网密码的？”陈友业在一旁问道。

“猜的。”马小芳赌气地说。

“这能瞎猜呢，快说，到底怎么回事？”罗西北退回来问道。

“你还问我啊，上次审批，你忙着案子没工夫，就说把密码告诉我，让我自己上去弄。我说这不合规矩，你说没事，用完你重置一下，改个新的。说是说了，可我看你一直也没搭理这事儿，心想估计是没改。今天一试，果不其然。”马小芳在网页上点了几个按钮便把内网关了，紧接着拿起桌上的电话：“技术部，把我们韩队长的内网密码重置一下，谢谢。”

挂了电话，马小芳立正站在罗西北跟前，低头说道：“五分钟后，密码就成四个零了，您自己重新设置一下。您刚回来，违反纪律这些小事就算我头上吧，要怎么处分我都听着。不过我可以发誓，这期间我从没有向任何人透露过这事儿，也没利用便利登过您的内网，不信可以让技术部的人来查。”

小姑娘说得委屈，倒叫罗西北尴尬得不知所措。一旁的陈友业凑过来：“行了行了，这点小事你较什么真啊。队长也没说要处分你啊，是吧队长。快别在这儿嚷嚷了，一会儿让二队的人听见，又因为这些鸡毛蒜皮的小事给咱们穿小鞋，这不是自己找别扭嘛。”

罗西北悬着的一颗心终于暂时放下了。待大家各归各位之后，他打开内网，仔仔细细地翻看了一遍，并没找到段大川所说的测绘局盗窃案的相关信息。他想了想，这事儿还得找包打听陈友业，便飞了个眼神，示意他出来一下。

俩人在楼梯间里抽着烟，罗西北借机问道：“测绘局盗窃案走到哪一步了？”

“好像快结案了。”

“够快的啊，这案子没这么简单吧。”罗西北说着看了看陈友业的表情。

陈友业没立刻接茬儿，他上下左右看了看，眼珠子又转了两圈，伏在罗西北的耳朵边小声说：“我下班车上跟你说吧。”

虽然感觉陈友业大嘴巴爱吹牛，但见他这么谨慎，想来这其中有些文章。于是下班后，罗西北主动说道：“别开车了，到那儿都喝点。”

陈友业心领神会地答道：“就等领导这句话了。”

整个晚上，罗西北都精神紧绷，又有些心不在焉。陈友业在车上对他说的话，在他心里来回打转。

一个保洁员，放着值钱的测绘器材不拿，偏要费尽心机地专门偷几张图纸。所谓捉贼捉赃，贼拿住了，失盗的图纸却没找到。说是没什么用处，随手扔了。景天城虽然嫉贤妒能，但也不是草包，这么明摆着的疑点，他却要结案。

“队长，这是大案啊，明天晨会的时候要讨论，您不过问过问？”

罗西北忘不了陈友业说话时的眼神，透着机智和果断。虽然他平时嘴碎，但看得出来，确实是韩东的亲信，若只是嘴皮子上的功夫，恐怕也难得信任。也许，嘴碎只是他的一种伪装？这里的每个人都洞若观火，谁还不给自己留个心眼呢。如此再看酒桌上，这些吆喝着推杯换盏的年轻人，怕是个个都不简单吧。

想到此，罗西北无心吃喝，他借口明早开会，提前结了账，独自先回家了。

韩东居住的小区，环境不错。虽是冬日里，花草树木均已凋零，但树枝蜿蜒交错，加上奇石造型各异，月光下倒也别有一番景致。

罗西北绕着花园的布道走了一圈，把之前陈友业说的话在心中思虑了几遍，很快整理出一套说辞，准备明天开会的时候发言，以期能尽早接触到测绘局失窃案的卷宗。

这么想完，罗西北突然感到有点惶惑。自己是什么时候变得条理分明，头脑清晰的？要知道，就在不久前，他还是个见了生人连话都说不利索的蹩脚推销员。可现在，他竟能像韩东一样分析案情，整理发言，和同事吃喝虽然有些紧张，但场面话也张嘴就来。脑子里同时想着两三件事儿，也似乎很平常。难道自己被韩东附体了？

想到这儿，罗西北忽然觉得身后似乎有人跟着他。虽然在小区里，四处都是监控，还不至于有太大危险，可总是有些奇怪。他故意朝暗处走去，在一个拐弯处藏好，待身后的人匆忙赶上，他突然跳了出来。

是邻居，邱海。俩人尴尬地对视了一会儿，罗西北先开口道："你也出来溜达溜达？"

"我在楼下专门等你。"邱海倒也没有遮遮掩掩，"你一进小区我就看见你了，想跟你打招呼你却没看见我。我想你可能有心事，就也没再喊你，只是一直在后面跟着你，想找机会跟你说句话。"

罗西北看看时间，自己在小区里足足转了二十分钟，可是两三分钟之前才意识到身后有人，看来自己比韩东还是差得远。

"有什么话，说吧。"

"其实，就是，就是……"一说到正事，邱海倒吞吞吐吐起来，"就那天晚上，我和武霞一起出去，然后一夜没回来。我想跟你解释一下，我们之间绝不是你想的那种关系。"

"我想的哪种关系？"

"就是，就是乱搞的那种关系。"邱海愈发窘迫。

"我没那么想过自己的媳妇。不过，不管你们是什么关系。你能不能先把我家钥匙还给我？"

"不能。"一提钥匙，邱海又坚决起来。罗西北二话没说，转身就走。

“哎，你别走，听我说。”邱海拦住罗西北的去路，一脸为难，最后仿佛下了很大的决心才说，“这样吧，你去我家看看就都明白了。”

虽然只是一墙之隔，但邱海的家简直像个黑漆漆的仓库——书籍堆积如山，却没个像样的书柜。本该挂电视的墙上，挂了一个写字的白板，上面涂涂改改写了好多罗西北看不懂的符号。一边的电脑大概二十四小时亮着，基本是这间屋子里最亮的光源。

除了一张桌子和摆放在上面的一台老式座钟，客厅的其他地方，几乎全被各种奇怪的仪器占满了。而厨房的门口却挂着一副厚厚的帘子，罗西北走近一看，帘子是由好几层太空毯拼接缝制而成，轻轻一碰就哗哗作响。

邱海从里屋拿出一台昏黄的小台灯，见罗西北对厨房的门帘很感兴趣，马上阻止道：“别别别，别进去。”然后他赶忙上前，把罗西北让到一边的椅子上，不好意思地说：“好久没打扫了，里面太脏。”之后，他把小台灯放在罗西北旁边，自己也找了个破凳子坐了下来，“屋顶的灯坏了，一直没来得及修。”

罗西北着实没想到邱海的家里会是这样一片景象，他又打量了一圈，好奇地问道：“你是科研工作者？”

“算不上，顶多是个爱好者吧。”邱海谦虚地回答。

“我记得你上次说在一〇三所工作，据我所知那里也承担一些科研项目吧。”

“当然，一〇三所在整个西部都是数得着的机构，正经有几个国家级的项目，现在弄得都不错。”说到这儿，邱海略略停顿了一下，回头看了看他身边的仪器，“不过，那些跟我都没什么关系。准确地说，我都算不上是一〇三所的人。我是在一〇三所下属的一本科技期刊工作，挂名研究员，实际负责的就是帮一些大学老师啊、研究生啊什么的，发发论文。”

“这也是肥差啊，想发论文的不都要讨好你。武霞也找你发过论文？”

罗西北话锋一转，忽然就提到了武霞。

邱海没有思想准备，颇为沉吟了一会儿：“其实，我认识她很长时间了。”说完，邱海又是一阵沉默，仿佛一肚子的话，不知从何说起。最后他从一堆书里翻腾了好半天，拿出一张照片走到罗西北面前：“你看看这个。”

罗西北惊讶不已，这正是武霞夹在日记本里的那张。照片上，一大一小两个女孩，两人好像站在一个宽阔的操场边上，背后还有人在踢球。邱海指着其中较小的女孩说：“这个就是小时候的武霞。”

罗西北凝视着照片，这确实是那个曾经走进他梦境的女孩，但心里又说不出，似乎哪里有些不对劲儿。他禁不住问道：“你这照片哪来的？”

“是老师留给我的，可能武霞自己也没有。”

“照片上另一个人是谁？”罗西北继续追问。

邱海刚想回答，桌子上的老式座钟忽然敲响了。邱海不禁一激灵，回头一看，已经晚上十一点了。邱海长叹了一口气：“又到点了！你为什么老是回来得这么晚呢！”他这话与其说是责怪罗西北，倒更像是喃喃自语。不仅如此，他一边说，还一边把罗西北往门外推。

“走吧，走吧，到点了，我要休息了。”

“你不是说要跟我解释吗？这还什么都没说明白呢。那张照片，你还……”罗西北话还没说完就被推到了门外。

临到关门之前，大概也觉得自己的行为有些过分，邱海又说道：“今天确实来不及多说了，反正我和武霞没有不正当关系。至于你家的钥匙，我暂时还不能还给你。其他的，改天再说。”说完，便砰的一声关上了大门。

罗西北站在门外，恨不得一脚把门踹开。但想到前几天自己的膀子刚挨过的那记擒拿手，最终还是作罢了。他长出了一口气，正想离开，邱海竟然又打开了门：“你别在我家门口站着了，赶紧回去，说不定武霞还没睡。她今天挺开心的，你回去跟她聊聊天。”

门又关上了。这次罗西北没有再在邱海家门前停留，他知道，邱海一定在门后看着他。

果然如邱海所说，武霞还没睡。她脸色的表情颇为轻松惬意，坐在餐桌旁，手里好像在玩串珠之类的小玩意儿，嘴里还时不时哼出一句半句的歌儿。虽然，对其他事务都基本应对自如，但和武霞经过这几番波折起落，罗西北见到她时，还是难免紧张尴尬。

幸而，武霞今天的确心情不错，见罗西北进门竟然主动打招呼：“回来了，吃了吗？”

“吃过了。”罗西北点点头，径直朝书房走去。

“等一下。”武霞叫住了罗西北，手里的活儿却没停，“你明天有时间吗？跟我办件事儿去。”

罗西北脑子里盘桓着一堆事儿，以为武霞又在说离婚，便搪塞道：“我觉得婚姻不是儿戏，咱们俩都应该冷静下来再考虑考虑，不要一时冲动。”

“我不是说这件事，这两天你有时间的话，去医院找我一趟。”

“那你是说什么事儿？”罗西北有点不明白。

武霞犹豫了一下，收拾了手里的活儿，说了句：“到时候再细说吧。”随后便转身进了卧室。

罗西北并没再多想武霞的话，他迅速回到书房，关上了门，甚至还在屋里轻轻上了锁。随后，他撩开床垫子，想再把武霞的日记本拿出来看看——那张照片，他总觉得有哪里不对劲儿。

但翻遍了床上床下，甚至书架上，罗西北再也没见到武霞的日记本。大概折腾的动静有点大，不一会儿，武霞在门外问道：“你大半夜的在鼓捣什么？”说着，她还拧了两下门把手，想要进来的样子。

罗西北赶紧收拾了两下，把门打开：“床上有点土，我拎起来抖搂抖搂。”

武霞站在门口看了看乱作一团的床铺，又看了看罗西北：“有土？我下班回来刚给这屋换过床单被套。”

说完，她再次回到卧室，留下罗西北呆坐在书房中，回想那张似是而非的照片。

“姚医生，你别生气了。谁也没想到他那会儿会醒过来，都是按平时的药量给的，醒来都是下午了。”姚静的诊室里，几个负责的护士站成一排，焦虑地你看看我，我看看你。

姚静站在窗边，已经是深夜了，连灯火都渐渐熄灭了，外面愈发显得黑暗而深邃。他站在窗边的时候，看见的是什么景色，有没有人曾经和他对视，他还记不记得他曾经生活过的这片土地。

见姚静依旧一言不发，护士们更加不知所措。另一个护士看了看门外，鼓足勇气说道：“姜大姐也是好心，觉得今天天气不错，想趁着中午的时候开窗通通风。她之前跟我说过好几次，说您整天关在屋里工作实在太辛苦了，总是这样闷着对身体不好，她还说……”

“他们说话了是吗？都说了什么？”姚静突然问道，但依旧看着窗外。

“没说什么。姜大姐也没想到会见到他，就问了句，你咋起来了。他回头说了句，我想回家。姜大姐跟我赌咒发誓，真的就这两句。”

姚静慢慢转过身问道：“他现在怎么样了？”

“吃了药，睡着了。”

姚静点点头：“你们都回去吧，不要对别人说起这件事。把病房钥匙留下，今晚不用留人值班。”

“您自己在这儿，怕不大安全吧。”一个护士关切地说。姚静不耐烦地摆摆手，其他人见状只得照指示行事。诊室的门一打开，一个四十多岁的大姐，着急地等在门口。见里面的人出来，她先是用目光向他们询问着什么，最后自然看到了姚静。

“姜大姐，没事了，你下班吧。明天正点过来。”姚静的语气平静得听不出一丝波澜。

大姐差点流下眼泪，千恩万谢地离开了诊所。

在诊所二楼看见所有人离开之后，姚静从抽屉里拿出一个手机，拨通后说道：“第一件事，cy3302今晚转移，必须今晚。第二件事，我这边的保洁员，姓姜的，处理干净。不必快，但要自然。”

窗外的天色愈发黑暗，姚静冲了一杯咖啡，即将到来的这一夜，对她来说必然无眠了。而在相隔几间屋子的病房里，cy3302睡得很香。他的表情异常沉静、安详，仿佛看透了世间事，丝毫没有照片上的昂扬之气。那时，他刚刚被招募，满怀憧憬地拍下这张照片，特地留了一张，送给哥哥，要小勇。

第七章 窃贼

关于测绘局盗窃案的疑点，罗西北辗转反侧地想了一宿，来回组织语言，在心中反复默念演练。第二天一接到开会的通知，他早早就坐在了会议室的桌子旁边。虽然还有些紧张，但对他来说基本也算成竹在胸了。

可是这一丛胸中之竹仅仅挺拔了十几分钟，就打蔫儿了。

本以为打了一套结结实实的组合拳，却被景天城轻易地见招拆招："首先，案犯没有前科，只是临时起意的盗窃，作案时情绪紧张，所以会盗窃价值不高的图纸；其次，案犯指认了遗弃图纸的地点，是郊外的一个垃圾处理厂，现场刚刚焚烧过垃圾，我们在那儿找到了烧毁图纸残留的纸片。化验室还对这些纸片进行了成分化验和比对，证明这与测绘局使用的绘图用纸完全相同。最后，因为失窃金额比较低，如果不是测绘局报案，那根本够不上立案金额。综上所述，我觉得这个案子进展到这一步，已经找不到任何不予结案的理由了。"

景天城的说辞言之凿凿，在结束发言之际，他的目光快速地从罗西北的脸上掠过，有一丝压不住的得意，但最终他还是看向了田局长，似乎意在让他快速地结束这个话题。

田局长表现得也相当默契，他满意地点点头，然后把罗西北准备的反驳压了下去："小案子，就这样吧，过了。散了会，把案卷尽快整理过来交给我。涉及政府部门，我还得跟厅里交代一下。"

"案卷已经整理好了，散了会我就拿到您办公室。"景天城似乎早就等着局长这句话，二人一唱一和，罗西北再也没找到插话的机会。

当然，作为领导，局长肯定不会忽略手下爱将的感受，散会之后，他把罗西北单独留下："韩东，你之前经历了一些事儿，对你来说也算是个不大不小的挫折吧。我理解你现在急于投身到工作中来的心情，但是有句话叫欲速则不达。调整好心态，后面还有好多案子等着你解决。千万别把精力消耗到一些无谓的情绪之中。"说着，他抬眼看了看景天城离开的背影。

"局长，我明白。我只是觉得这个案子还有些说不通的地方，比如……"

田局长拍了拍罗西北的肩膀，坚定地说道："记住，这个案子到此为止。"

到此为止！局长的话不仅没有打消罗西北的疑虑，反而更让他意识到这个案子背后大有玄机。

罗西北有些沮丧地回到办公桌前，对着电脑呆坐了好一会儿。期间，陈友业几次冲他挤眉弄眼，他都没理会。直到陈友业实在按捺不住，走到他身边，几乎生拉硬拽地把他拖走："开这么长时间的会，烟瘾犯了吧，出去抽一根。"

说是抽烟，但俩人并没去之前的楼梯间。陈友业七拐八拐地把罗西北带到了一处小露台，四下看了看，神神秘秘地问道："怎么样？盗窃案有没有转给咱们继续调查？"

罗西北烦躁地摇了摇头。

“还让他们继续查？”

罗西北还是摇头。

“到底什么结果？”

“结案。”

陈友业听到这个结果，先是瞪大了眼睛，之后又若有所思地笑了笑：“有点意思。看来传言还真有些可信度啊。”

“你又打听着什么小道消息了？”罗西北敷衍道，他的心思还在刚才的会议上，根本不想听什么八卦。

“照这形势下去，就快成大道消息了。”陈友业叹了一口哀其不幸的气，“我听说，在你失联之前，局里正准备从刑警这边提拔一个副局长，本来田局长属意于你。但你这边一出娄子，就被景天城抢了先机。听说，他还动用了他爸爸的一些老关系，从上面给局里施压。估计这些案子，都是他的台阶，尽快提升破案率，把各方面数据都做漂亮，为下一步晋升提前铺路。关系路，明白了吧？”

“你神神秘秘地带我到这边来，就为了扯这些淡？明告诉你，我对升官没兴趣，别说是局长，就是给我个厅长部长，我也扭头走人。”

“这都是小事儿。”陈友业的重点显然也不是这些，“队长，你失联那两天，到底去哪儿了？”

陈友业突然压低声音的问话，让罗西北心里一激灵。他得到什么消息了，还是自己已经露出了破绽？

“抓人呗，线报说，嫌疑人就藏在你们找到我的那片城中村里。我就潜伏下来了。”

“那几天你有没有见过景天城或者接过他的电话？”

“没有，我谁都没见。你怎么突然想起这事儿来了？”罗西北见陈友业渐渐收起嘻嘻哈哈的表情，小心地问道。

“其实，最开始我们谁也没认为你失联。出去办这种案子，有时候关机也正常，你临走的时候还交代我，最多三四天准回来，有事会联系我。可是你刚走了不到两天，景天城忽然来找你，说有急事让我们马上联系你。你手机关机，他就开始嚷嚷你失联什么的。后来他说你在柳泉山那边的烂尾楼里，我们几个就跟过去了，可到了那儿，也是什么都没有。”

“那你们最后怎么找到我的？”

“监控啊。二雷的媳妇不是在交警大队那边吗，她提醒我们的。我跟二雷一天一宿没睡觉，才从公交枢纽站台上找着你，然后一点点捋到你藏身的地方。费了老牛爬坡的劲儿了。”

一提到公交站，罗西北不禁紧张起来，不知道他们从哪一个画面发现他的。于是，他强作镇定地问道：“那么多人，你俩怎么找着我的呢？”

“衣服啊，你那破皮夹克谁不认识。而且主要是，你出现的画面，正好是那段视频的开头，一上来就是你，看得特别清楚。”

“监控视频不都是连续的吗，怎么还一段一段的？”

“我听二雷她媳妇说，那天站台上出了点事故，撞了个人。公交公司那边也不知道怎么弄的，连夜那段监控就没了，也有人说是他们给抹了。不过听说，后来死者家属也没闹，很快就把尸体认领走了，也没要赔偿什么的。据说，是农村进城来干活的，家属都是老实农民，给唬住了。”

罗西北意识到，迅速地让韩东销声匿迹，跟当初把他的生活痕迹抹得一干二净是一个路数。这是一张早已织就的大网，他和韩东就是网中的猎物。可这一切，又是如何与景天城扯上关系的呢？

陈友业点了根烟，继续说道：“扯远了。队长，这回要不是我跟二雷拼了眼瞎把你找回来，后面的事儿可能比现在更麻烦。景天城当时都去申请通缉令了，一上通缉，性质就变了。要不他们都说，景天城下手特别狠呢。”

“你们也别瞎猜，可能他也是就事论事。何至于为了点升官的小事，把我置之死地啊。”罗西北早已经感觉到了其中的玄机，但他并不想让陈友业产生过多联想。

“升官还是小事，那啥是大事？”陈友业说到此突然瞪大眼睛，“嗯！真忘了件大事。嫂子上午找你了。”

“什么时候？人呢？”罗西北听说武霞来的消息立刻紧张起来。

“人没来，电话打到办公室的座机了，说你手机打不通。”

罗西北这才想起来，因为开会手机一早就关了静音。他赶紧拿出来看了看，果然七八个未接来电，还有未读消息，都来自武霞。罗西北没心思再听陈友业瞎扯，揣上手机转身就想走。陈友业脸上露出坏笑：“行了，一提嫂子你马上启动二十四孝好丈夫模式了。”

“你说啥呢？”罗西北突然回头问道。

“别装了，你跟嫂子的恩爱故事全局上下谁不知道啊。现在，连我媳妇都张口闭口拿你们说事，非让我照着你的标准要求自己。队长，不是我说，你在前面起头起得太高，我们后面的都够不着了。”陈友业又恢复了以往嬉皮笑脸的表情。

罗西北瞥了他一眼，转身离开了天台。在刑警队同事的眼里，韩东和武霞是模范夫妻，韩东宠爱媳妇应该是尽人皆知的事情。直到现在，依旧如此。可为什么武霞对韩东却如此厌恶和愤恨呢？仅仅是因为武霞日记里那个捕风捉影的第三者？罗西北想不大明白。他坐在车上，又打开武霞发来的信息。

“带一束花来医院找我。”

武霞的留言没头没尾，罗西北想不通，但还是照办了。

临近中午，病房的楼道里弥漫着一股菜味，罗西北闻着有点反胃，幸亏手里拿着一束百合，还能略略遮盖一下。一个护士擦肩走过，随口说道：“病房里不让摆鲜花，一会儿拿走。”罗西北正找不到武霞，就此停下来问道："我来找武霞，她没在办公室啊？"

听说找武霞，护士停下脚步，很快认出了罗西北："哎呀，是韩队长。你先在护士站那儿等会儿，我给你找找去。他们开了一上午的会，不知道这会儿散了没有。"

小护士有点雀跃地离开了，不一会儿又有好几个护士从罗西北身边经过，都有意无意地看了看那束花。过了一阵，小护士又跑回来，凑到罗西北身边悄悄说："武医生在主任办公室呢，你过去找她吧。"

罗西北道了声谢谢，拿着花朝主任办公室的方向走去。还没走到，袁媛突然从边上跳了出来："来给我送花了？"

罗西北吓了一跳，赶忙朝主任办公室的方向看了看，然后严肃地跟袁媛说："你能不能别老缠着我？"

袁媛冷笑着一哼："你以为我想啊，要不是老段……"话未说完，罗西北一下推开袁媛，径直朝前走去。原来在袁媛的身后，武霞正从一间办公室走了出来，身边还跟着一位较为年长的男医生。

罗西北顾不上袁媛的冷笑和白眼，他实在不想在楼道里再上演狭路相逢的一幕。

武霞应该已经看见罗西北和袁媛刚刚的纠缠，但今天她并未发作，还笑吟吟地迎着罗西北走过来："你怎么来了？"一句话就问得罗西北摸不着头脑，但武霞并未给罗西北惊讶的时间，她接过鲜花，拉着罗西北的手走到那位男医生的面前："介绍一下，这是我们急诊科的张主任，这是我爱人，韩东。"

罗西北和张主任寒暄了几句，感觉到对方对自己的到来似乎有些意外。他看了看武霞，不知道她葫芦里卖的什么药。只见武霞拿着花，先冲他笑了笑，又对张主任说："主任，谣言止于智者。今天您也见着他了，是非黑白应该看得很清楚。"

听了这话，张主任的神情略有些尴尬："那些事我也没有当真，只是听到了偶然和你一提。关于工作调整的事儿，你也再考虑一下。其实，对你们这样的年轻夫妻来说，多留出点时间给家庭，也是很好的事儿。行，时间宝贵，我不耽误你们了。"

武霞脸上的笑容一直保持到了二人走到罗西北的车旁。罗西北拉开车门，对武霞说道："上车吧，一起去吃个饭。"

武霞随手把花往车座上一扔，人却没上去。

"你在单位遇到麻烦了？"罗西北看着武霞烦躁的表情问道，"需要我做什么？"

武霞摇摇头："有人在医院里传闲话，说我工作太忙，忽略家庭，导致夫妻关系破裂闹离婚。所以，今天上午开会，主任提出把我借调到档案室去，去管病例档案。"

"你们科里开会，说咱俩闹离婚的事儿？"罗西北有点不敢相信。

"会上倒没提，只是说档案室那边缺人手，让我过去帮忙。但是会后，张主任把我单独叫到办公室，说有人散播关于急诊科三角恋的流言，搞得大家没法安排工作。"

"谁会这么无聊在单位说这些？"

"你觉得呢？"听了罗西北的问话，武霞马上接着反问。罗西北不知道下面的话该怎么接了，他实在不知道，韩东和武霞之间的分歧究竟到了什么地步，更不知道韩东的多面生活到底哪一面是真的。

二人沉默良久，最后还是武霞开口说道："你回去吧，我想自己散散步。"

罗西北看着武霞的目光由远及近，最后落在了车座上的那束花上，似有些期待，但更多的是落寞。他把花拿起来，重新递到武霞的手中："拿着它散步吧，挺香的，能让你心情好一些。"

武霞看着花，手却迟迟没接过来。半晌她摇了摇头，苦笑着说：“我多此一举了。刚才开会，主任说让我去档案室工作，我看她在一边得意的样子，实在气不过，一冲动就给你发了信息。其实，现在再做这些还有什么用？这花再漂亮，放两天也就枯了。”

一滴眼泪悄悄流了下来，武霞赶忙转身离开，却被罗西北一把拉住了。

“花开一天就美一天，咱俩做一天夫妻，我就帮你一天。”罗西北把花塞到武霞的手里，自己却握着她的手不愿松开。武霞先是看了看花，继而抬起头，默默地注视着罗西北。

有那么一瞬间，罗西北以为自己又进入了催眠的梦境。武霞不同表情的脸在他眼前不断闪过，还有照片上的那个小女孩，一会儿怯生生的，一会儿又笑呵呵的。但不管是哪一副面孔，罗西北都很喜欢，他觉得武霞需要他，需要他的陪伴和保护，甚至需要他的爱。此刻，他与武霞仅仅相隔一束百合花的距离，但他很想靠近她，靠得越近越好。

“大白天当众卿卿我我给谁看啊？”一个尖锐的声音打破了罗西北的梦境，是袁媛。只见她穿了件大毛领子的大衣，半张脸都被围了起来，两只眼睛却始终在滴溜乱转。

没待二人回答，袁媛上前一步，挤在罗西北的身前，不阴不阳地对武霞说道：“武大夫，其实档案室非常适合你。一来工作量小，累不着你这样的病西施。二来正点上下班，节假日照常休息，你也可以多匀出点时间来，好好看住自己家的男人。”

武霞的脸一下子涨红了，她把花摔给罗西北，转身快步离开。罗西北想追，却被袁媛死死拽住。

“你能不能别这样故意刺激她，她的身体经受不住打击，可能有生命危险。”罗西北见武霞走远，狠狠地甩开了袁媛的手。

“你还有空管她有没有生命危险。你自己都快有生命危险了知道吗？”

“什么意思？”袁媛的话让罗西北心里一惊。

袁媛见他紧张的神情，翻着白眼哼了一声：“你是不是最近在老段跟前露马脚了？”

“没有吧。”罗西北犹犹豫豫地回答，他不知道袁媛所谓的露马脚指的是哪一项。

“那怎么老段今天给我打电话，让我提供你的用药时间表？我跟你说过很多次，每个月在他面前装几次样子，嗜睡亢奋都可以，就是别一直这么正常。老段聪明得很，一点蛛丝马迹他都能觉察。新药已经到了，我把用药时间表和症状发你手机上了。如果这期间跟老段见面，一定要按照我表里列的症状说明来表现。真让他抓住了把柄，咱俩就都完了！”

整整一个下午，袁媛说话时眼神中流露出的凶狠和恐惧，都让罗西北感到不寒而栗。

段大川的真面目也许比他现在见到的还要残酷百倍千倍，而他现在能做的却只有唯命是从。从医院离开后不久，他就接到了段大川的电话，再次催促他拿到测绘局盗窃案的完整案卷。好在，姚静也紧跟着发来消息，说他血检一切正常，没有检出成瘾性药物。走一步算一步吧，罗西北知道自己还没有制衡段大川的砝码，唯有小心谨慎地周旋了。

下午，办公室里人不多。

罗西北在韩东的内网里仔细查看，发现韩东的权限级别很高，除了他队里破的案子之外，二队的案卷也可以查看。但只有两个案子是例外，一个是前几天韩东牵扯其中的测绘员杀妻案，电脑上显示可以查看，但点进去发现案件被进一步设定为一级机密，无法查看。另一个就是测绘局盗窃案，这个更为彻底，在系统里根本找不到这个案子的任何相关信息。

罗西北想了想，找来秘书马小芳。

“测绘局那个案子，上午我们开会就结案了，怎么都这会儿了也没人往系统里上传案卷啊？”

“不知道。”马小芳头也没抬地答道，“又不是咱们队的案子，上传案卷也不找我啊。”

罗西北被噎得说不出话来，又怕别人起疑不敢多问。这会儿他着实有点想念满肚子八卦的陈友业了。

“陈友业去哪儿了？”罗西北又问道。

“跟着景队长他们开会去了。”马小芳依旧没抬头，手里噼里啪啦地敲打着键盘。

“他们开什么会，怎么我不知道？”

“好像有什么临时任务吧，中午吃完饭景队长就过来，把这些人都叫走了。你没见这屋里就咱俩人吗？”

“怎么这事你早不告诉我？”

“你也没问我啊，再说我中午的时候问景队长，用不用回来通知你也去开会，景队长说不用，这次行动没你。”

虽然知道这是韩东的人生，是非恩怨与自己并没太大关系，但罗西北还是感觉像吃了个苍蝇似的。他忍了好几下，最后还是没忍住，朝局长办公室走去。

和以往不同，办公室的门开着，局长的助理刘珺拿着一本案卷站在一边，局长坐在椅子上，拿着电话神情严肃地不断点头，嘴里还不停念叨“好的”。见罗西北进来，指了指椅子，让他稍等。

见刘珺一直站着，罗西北也没好意思坐，他凑到刘珺身旁，小声问道：“局长正忙着呢？”

刘珺点点头：“估计今晚又得加班了。”说着，她把手里的案卷往罗西北面前晃了一下，大概两秒钟的时间，但罗西北看得很清楚，那就是测绘局盗窃案的案卷。他本想再跟刘珺多问两句，但此时局长挂断了电话。

“就按我刚才跟你说的办吧，加密传输，这样传得比较慢，你加个班吧。一会儿在我这台电脑上上传。”局长跟刘珺交代完，又马上对罗西北说，“你的事儿先别说，我晚上有紧急会议，现在得马上走。”

局长说着，穿上外套就往外走，走到门口又犹豫了一下，转身对罗西北说：“你刚复职，凡事不要操之过急。案子的事儿我心里有数，你早点下班吧，保重身体。”

罗西北点点头，此刻他已经没有了刚才进来时一争高下的心气，满脑子只想着如何能拿到刘珺手里的案卷。

已经到了下班的时间，办公室里的人陆陆续续离开。罗西北也收拾东西下了楼，但他只是在车里坐了二十分钟，就又回到了办公室。大厅里的灯都黑了，只有局长的办公室还亮着，罗西北蹑手蹑脚走到门外，听见刘珺小声说：“不行，现在走不开，加密传输特别容易断，断开时间太长又得重新传，那样更不知道到几点了，我还是在这儿盯着吧。你再等一会儿啊。”

罗西北轻轻地退了回去，假装刚从外面进来，把大厅的灯打开了。许是看见灯亮，刘珺从办公室走了出来。

“韩队长，你怎么又回来了？”

“我媳妇晚上下晚班，我干脆加会儿班，晚点正好接她。你这还没完事啊？”

“没呢，急死我了。今天网络还特别慢，也不知道怎么回事。”

“你要饿了，下楼吃点饭吧，我帮你盯着点。”

“也没多饿，就是我男朋友在楼下等我呢。”刘珺有点不好意思。

“哦。”罗西北并没有马上接话。他打开电脑，又拿起杯子接了点热水，慢悠悠走到局长办公室门口，假装不经意地说，“是够慢的，那个进度条根本看不出来有动嘛。”

“可不是嘛。”刘珺急得百爪挠心。

罗西北朝外面张望了一下，走到刘珺身边问道：“今天还有别人加班吗？”

刘珺想了想：“应该没有，平时特忙的那些人，都被抽调去开会了，有特别行动。”话一出口，刘珺想起了罗西北的处境，她跟在局长身边，大概知道些不为人知的内幕，她思量了一下，最后还是忍不住说，“韩队长，你别着急，好多事局长都记着呢，就是还不到时候。”

罗西北故作轻松地说：“我没事。刚回来，适应适应，正常。其实我意思是说，要是没别人加班，你就先去吃饭吧，我给你在这儿盯着。”

“不行。最后还得签字锁门。”

“你俩别走太远，传差不多了我给你打电话。看这速度怎么也还得一个多小时，够你俩吃顿饭了。”

听了罗西北的话，刘珺开始还有些犹豫，偏巧这时男朋友的电话又打了过来。这回，她彻底坐不住了，跟罗西北简单交代了一下，拎着包跑了出去。

“低调点，别太招摇啊。”

罗西北听到电梯关门的声音，立刻从兜里掏出一个U盘，找了半天，终于在电脑机箱背面的一堆电线夹缝里找到了U盘插口。好不容易插进去，电脑却总显示无法识别。这个U盘之前在韩东家里的电脑上试用过，完全没问题，怎么今天就偏巧坏了呢？眼看着传输进度条一点点向前推进，罗西北想，或者干脆用笨办法，把纸质案卷逐页复印下来。

他拿着案卷穿过大厅，走到门口旁边的复印机旁。因为操作不熟练，罗西北鼓捣了半天，才让这台大机器运转起来。可刚刚印了一张，复印机卡壳了。罗西北来回按了半天，最后发现是纸盒里没纸了。而复印出来的那张是案卷的封面，没有丝毫有价值的信息。为防被发现，罗西北只好把这张封面扔进了碎纸机。

这时，口袋里的手机传来一阵“嗡”地震动。罗西北一拍脑袋，怎么没想到用手机拍照。他赶紧掏出手机，找到屋里比较亮的一盏灯。但点开手机的一瞬间，绝望再次向他袭来——手机竟然没电了，刚才嗡的一声是提示自动关机。

罗西北记得办公桌的插座上插着好几个充电器，他拿着手机跟这些线头挨个对，结果没有一个可以充韩东的手机。

罗西北沮丧地抱住脑袋，他恨不得打电话把段大川叫过来，把案卷扔给他直接看。距离刘珺离开已经过去二十分钟了，如果她提前回来，这个大好的机会就丢掉了。

罗西北一筹莫展，焦虑地在韩东的办公桌上和抽屉里一通乱翻。忽然，一个银色的小方块出现在他手边。天无绝人之路，竟是个U盘。罗西北整理好纸质案卷，带上新U盘再次进入局长办公室。进度条显示已经传输了三分之二，罗西北深吸一口气，把U盘插了上去。只见小灯一闪，他赶忙转到屏幕的一面，接通了。

两个进度条你追我赶，终于赶在加密传输结束之前，把所有案卷内容都拷贝进了U盘。罗西北赶紧又转到机箱后面，只伸进去一条胳膊，摸索着想拔下U盘。可电线交错之间，U盘竟然卡住了。

罗西北费了好大力气，终于把U盘拔了下来，却不想手指一滑，U盘又掉在了地上。想拾起来，得再从另一面钻到桌子下面。罗西北几乎是连滚带爬地转到了桌子的另一边，可就在他的手差一点就要拿到U盘的时候，外面传来了急匆匆的脚步声。

“韩队长，你手机怎么关机了？”刘珺气喘吁吁地走进来。

“没电了，正要给你打电话呢，还差一点就完事了。”罗西北站在办公桌的电话旁边，尽量压制住急促的呼吸。U盘到底没拿出来，但在刘珺进来之前，他把U盘踢到了桌子下面，假意走到电话旁边的时候，他又扫视了一圈，外面一点也看不到。

“我在外面也不踏实，想打电话问问你进度，你还关机。我连饭都吃不下了，着急地跑回来。谢天谢地，总算没出事。”

罗西北笑了笑：“我这也到点儿了，先走了。”

“哎？”刘珺又叫住他，“韩队长，今天这事儿可就咱俩知道啊，犯纪律。”

“什么事儿？我什么事儿都不知道。”

罗西北故作轻松地离开了单位，心却悬到了嗓子眼。

武霞今天并不上夜班，但下班前来了严重车祸伤员，急诊室立刻忙成一团。等把伤员都安排好，已经是晚上十点多了。她疲惫地坐在椅子上，嘴唇干裂，想喝点水，又觉得两条腿沉重异常，根本走不到饮水机旁边。一个值班的护士走过来，给她倒了点水。

“武大夫，累坏了吧。”护士关切地说。

武霞笑着摇摇头，喝了点水，半天才回答道：“谢谢你，我没事。陈大夫现在还在手术上呢，亏着他在，要不就得我上了。”

护士看着武霞，有点抱不平：“武大夫，你何必这么拼命啊。他们都要把你挤兑走了，你还替他们干活。”

“陈大夫没挤挤兑我。”武霞苦笑一下。

“那他也没替你说话啊。不过最可恨的还是袁媛，咱们科这些乱七八糟的事儿都是她背后鼓捣出来的。”说到这儿，护士凑到武霞身边，“其实，我听说袁媛偷偷往外倒卖药。还记得有一次开会，你跟主任提出来一个月清点一次药库，后来袁媛就跟乌眼鸡似的，明里暗里地说你没事找事。她那根本就是做贼心虚……”

护士说着说着离武霞越来越近，声音越来越小，以至于躲在外面的罗西北根本听不清楚她们后面的对话了。联系到之前袁媛对罗西北所说的话，看来这个女人在背后有自己的一盘生意。而这一切，段大川应该尚未觉察。

武霞对罗西北的到来有些惊讶，但许是太累了，她没多说什么就直接坐上了车。回到家里，她连衣服都没换，就直接瘫坐在了沙发上。刚才在医院还没觉得，一到家才感到浑身像散架了一般，还伴随着一阵阵眩晕。她坐在沙发上一动不动，怕一个不留神会晕倒。

这时，她忽然觉得嘴唇被什么东西轻轻碰了一下。睁开眼睛，原来是罗西北端着一杯水坐在她身边，水杯里还插着一根吸管。

“不用动手，张嘴直接吸就行。”罗西北轻声说。

虽然只是白开水，但经由吸管流进嘴里，又穿过咽喉落入腹中，武霞觉得身心仿佛都被一股清泉浸润了。她吸了三四口，慢慢咽下，然后长出一口气，对罗西北说了句谢谢。

“别这么客气，咱们还是夫妻。”

听到这句话，武霞下意识地坐直了身子。她甚至想挣扎着站起来，但最终还是没成功。罗西北尴尬地站在旁边，不知该扶她起来，还是按她坐下。

“你中午跟我说的事儿我后来又想了想，其实去档案室也未尝不是个好的选择。”

武霞只觉得浑身的血一下冲到了脑门上，她瞪大眼睛说道：“你说什么？这就是你和袁护士商量半天得出来的结论吗？”

“你别激动，听我说完。”罗西北赶忙解释，但武霞从沙发上一跃而起，根本不给他继续解释的机会，“你们两个人，一个先在单位把我踢走，另一个再把我从这个家里踢走。其实又何必这么麻烦，直接把我杀了，岂不干净。”

“你在胡说什么？”罗西北想制止武霞过于激动的情绪，但一切都来不及了。

“你们一个是拿针用药的护士，一个是舞刀弄枪的警察，想把我治死易如反掌。”

罗西北不知道该怎么劝慰武霞，他默默低下头，一转身看到了还插着吸管的水杯，一股委屈的愤怒突然涌了上来，他抄起水杯大声质问武霞：“在你心里我就真的那么不堪吗？我在你办公室外面等了很久，见你连端杯子的力气都没了，回家找了吸管喂你喝水。我能为你做的的确不多，所以我才希望你不要再这么辛苦。没日没夜颠倒黑白，正常人都受不了，何况你一个病人。”

“我没病！”武霞被罗西北突然的爆发吓了一跳，但依旧嘴硬。

“没病，这是什么，还有这个呢？”罗西北说着把武霞的包里、柜子里的药全都一股脑甩了出来，“马凡综合征的病人在针对性治疗得当的情况下，预后良好，一般可以存活到中年，大多数的死因是心衰。你今年三十二岁，距离所谓的中年还有多长时间，还是你已经等得不耐烦了，非要这样作死玩命。这跟自杀有什么区别！我就算是个十恶不赦的混蛋，也从来没想过让你死！”

说完，罗西北把手里的玻璃杯狠狠摔在了地上。武霞脸色苍白，虽然努力克制，但眼泪还是一滴一滴地滚落下来。而罗西北依旧怒火难消，围着客厅气喘吁吁地转了好几圈。此时，门外传来邱海的声音：

“武霞，你在家吗？没事吧？”

武霞抹了抹眼泪，转身想去开门。不想罗西北早已经抢先一步走到门口，打开门正看见手里拿着钥匙的邱海。罗西北一把夺过钥匙，对邱海怒吼道：“有事没事都是我们自己家的事！以后离我媳妇，离我家，都远点！”说完，重重地把门关上了。

“其实，他不是你想的那样，他也不是坏人。”见罗西北怒不可遏的样子，武霞哽咽着说道。但这句话却似火上浇油，罗西北疯了似的在书柜上乱翻了一气，然后对武霞喊道：“他不是坏人，我是坏人。我怕你犯病死了整宿地守着你，不能在你身边的时候惦记你，拿个破手机发短信按键按到手指得了腱鞘炎，所以我成了坏人了吗？你的工作不能丢，你的身体要保养，那我把脑袋别在裤腰带上出去玩命的时候，你想过我吗？你说你眼里不揉沙子，那我呢，我让对门的神经病把眼珠子都快揉掉了！”

在罗西北的咆哮声中，武霞早已经泪流满面。她慢慢走到罗西北的身边，紧紧搂住眼前如猛兽般的丈夫，把头深深埋在了他的怀里。

罗西北僵硬地站了一会儿，忽然感觉有眼泪流下来。不管作为韩东还是他自己，这种感觉已经很久都没有了。就在这一瞬间，大脑中的理智被冲垮了，他张开双臂，把武霞紧紧抱在了怀里……

武霞的身体比平时看上去还要消瘦一些，但却并不似一个病人一般柔弱无力。反倒是罗西北在两人欢爱时，觉得有些迷茫了，好像自己坠入了一片没有尽头的暗黑森林。昏暗的灯光里，他紧紧抓住武霞的手，生怕自己找不到出路。他还时不时地看看武霞微闭的双眼，长长的睫毛之间闪现的神采，犹如大海上明亮的灯塔。

“呃，你干吗这么使劲儿？”

“弄疼你了吗？”

“我是说手，抓得太紧了。”

“我怕把你弄丢了，我不想失去你。”

看着武霞睡沉之后，罗西北轻手轻脚地拿着衣服回到了书房。他的心里像长满野草的滩涂，纷乱又泥泞，无论朝哪边看都没有出路。藏在单位那张桌子下面的U盘，尚不知道该如何取回，袁媛的阴谋也没有头绪，更主要的是自己现在的状态。为什么会愤怒，为什么会心痛，又为什么会流眼泪呢？如果武霞知道他不是自己的丈夫韩东会怎么样？她之前怀疑过，今天却丝毫没有拒绝。

罗西北久久无法入睡，他在心里不断问自己，你到底是罗西北，还是韩东？

另一间卧室里，武霞平躺在床上，眼睛盯着雪白的屋顶，同样在出神。当初装修的时候，韩东曾想把这间屋子刷成彩色的墙面，或者贴些壁纸，都被武霞拒绝了。

小时候，农场的房间，总是被涂抹上各种颜色。污泥、菜汤、口水，有时还有鲜血。那时武霞躺在拥挤的大床上，看着裸露着木头和稻草的屋顶，就在心里默默对自己说，等有一天她拥有了自己的房子，她一定要粉刷成雪白雪白的颜色。

他是谁？是不是也来自农场？刚才，他把她抱进房间的时候，看到了雪白的墙面了吗？

深夜中，武霞的眼睛里闪烁着谜一样的光芒。

第八章 钥匙

早上的阳光透过窗户照射进来，刚好打在办公桌上。银色的U盘随着田局长的手高低起伏，时不时反射出一点耀眼的亮光。

罗西北坐在办公桌对面的沙发上，眼睛被这一点点亮光晃得时不时要躲闪。即便如此，他还是忍不住盯着那个U盘，脑子里不断思索：明明藏在桌子下面很隐蔽的角落，田局长是如何发现的呢？

所以，不管是与武霞辗转反侧的春风一度，还是笼罩在袁媛身上的琢磨不透的谜团，此时此刻都已经被罗西北抛诸脑后。只要一会儿田局长挂断手里的电话，把手里的U盘插进电脑，盗窃机密案卷的罪名就坐实了。作为韩东，他罪责难逃，作为罗西北，他的戏恐怕也演不下去了。或者干脆向公安机关坦白自己的身份，可武霞那里又该如何交代呢，他们刚刚……

就在罗西北胡思乱想之际，田局长的电话打完了。他举起手里的U盘，对罗西北说："这个你用过了？"

罗西北感觉大脑空白了几秒钟，他木然地点了点头："是。"

“是最新版吗？”田局长继续追问道，然而不等罗西北回答，他就焦急地拿起电话又拨了出去，“信息处啊，我田建民，怎么我这个最新版加密U盘老是乱码，你来给我看看。”

罗西北在田局长不耐烦的语气中捕捉到了一丝生机，他走到办公桌前：“怎么回事？我帮您看看？”

田局长摆摆手：“这些小事你别管，你坐下，我跟你说点正事。”

罗西北看着近在咫尺的U盘，苦笑着摇摇头：“我现在哪有什么正事可干啊。”

听了这话，田局长立刻抬起头来看了一眼罗西北，他本想说点什么，但信息处的人敲门走了进来，局长沉吟了一下，暂且停住了。

信息处派来了一个胖乎乎的小伙子，只见他把手里的盒子放在办公桌上，一把从里面抓了三个U盘，这些U盘全都和田局长手里拿的那个一模一样。

“局长，刚才那个是不是一直启用不成功？这批加密U盘确实不好用。您把那个给我吧，试试这几个。”说着他弯腰在主机上摸索着寻找插口。大概是因为太胖，不过几秒钟，小伙子就憋了个大红脸。

“在机箱后面。”田局长看他呼哧带喘的样子也觉得有点好笑，“小王，你最近体重管理做得不太好。咱们是纪律部队，别觉得自己是搞网络信息的，就放松对身体素质的要求。”

被叫小王的小伙子直起腰，出了好几口大气，说道：“媳妇坐月子，我最近光吃她剩下的月子餐，补过头了。确实得减肥，胖了十多斤，走路都觉得累得慌。”

罗西北见此情景，一边笑呵呵地走过去，一边说：“我来吧，别一会儿再把腰带崩了。”说着他接过U盘，把胳膊伸进了机箱的后面。插口就在手边，但他故意摸索了一会儿，昨天晚上看好的位置，他记得只要手稍稍抄过去一点就能摸到。

罗西北的手指在一丛电线之间迅速掠过，果然触摸到了一个金属质感的小方块。他迅速把小方块塞进袖子里，之后把全新的U盘插到了机箱上。

信息处的小王又在电脑上操作了一通，手把手教给田局长后续的操作步骤。罗西北坐回到沙发上，偷瞄了一眼袖子里的东西——确实是昨晚自己踢进去的U盘，虽然长得和其他U盘完全相同，但他的那个顶端拴了一根皮筋。

此刻，罗西北才想起来，昨晚慌乱之中，他也是摸索了很久才找到U盘，最后还是拽着皮筋拔下来的，怎么刚才就忘了呢，竟被个U盘吓得魂都丢了。罗西北忍不住嘲笑了一下自己。

“乐什么呢？”

田局长的话让罗西北一激灵，他把手往兜里一插，迅速把U盘放了进去，继而摇摇头：“没什么。”

信息处的小王已经走了，田局长脸上刚才的轻松也跟着消失了。“是不是得意自己昨晚偷偷摸摸做的事儿没被发现啊？”

罗西北刚要放下的心，又悬了起来：“您是说？”

“可能你真不知道，前一段信息处升级了内网系统。查看机密案卷，即使权限不够被拒绝，也会留下访问痕迹。”田局长的目光从电脑移到了罗西北的脸上，“你昨晚又想查看测绘员杀妻案的案卷，是不是？”

罗西北没有立刻回话，如果只是访问痕迹被发现，自然还不要紧，可是田局长接下来有没有后手呢？罗西北来不及细想，眼下唯有以静制动，走一步看一步了。但好在田局长并没有继续咄咄逼人地发问，他离开办公桌，坐到了罗西北的身边。

“我是从一线干上来的，你们现在经历的这些，我当初也一样经历过。

前一阵子，我还不理解厅里搞什么心理测评，觉得他们就是没事找事。这几天，从你身上的变化来看，这些测评太有必要了。你的情绪和心理的确会深刻影响到工作状态。”

“所以这次紧急任务，连刚来一年的都去了，就把我一个人晾在这儿？”罗西北带着点压不住的不服，问道。

“这次的任务很特殊，需要从队伍里挑选出最适合的人选，并不是去参加会议的人都会入选。”

“但是压根儿没去参加会议的人，肯定就不会入选，对吗？”

罗西北的语气丝毫没有缓和，田局长显然也有些不耐烦了：“韩东，你的脑子是不是真的被那个什么博士打针打傻了？以前你从来不会因为工作分配的问题矫情，你现在是怎么了？看看以前，多小多辛苦的案子，你都一视同仁，兢兢业业，所以这些年我信任你、重视你。可现在连你也学会抢活争功了？你别忘了，纪律部队的第一条就是服从命令听指挥！”

“纪律我懂，可我已经过了停职审查期，为什么现在还像传染病人一样被隔离对待呢？组织和领导对我有任何怀疑，大可以继续停我的职。现在表面上复职了，但大事小情都把我排除在外头。包括您说内网查看案卷，案件列表里显示我是有查看权限的，但打开文件就给我上锁。我想问问，这样的操作是针对我一个人的吗？景天城景队长也是这样的待遇吗？”

“够了！”田局长呵斥着打断了罗西北。罗西北也意识到了自己的失言，他站起来说道：“对不起，局长，我刚才没控制住情绪，失言了。”

田局长狠狠地瞪了罗西北一眼：“有人说你这次回来之后，跟以前好像有点不一样了，不过看你刚才跟我较劲的样子，我看你一点没变。工作方面的安排，厅里局里都自有打算。至于你说的手里没案子，正好我要派给你一个。老梁湾那边的麻将馆子里，有群众举报说有人在那一带贩卖违禁药品。你先去做前期摸排，后续有进展了，我给你加派人手。”

“行吧。”罗西北正要离开，又被田局长叫住了。

“别把个人的偏见带到工作中来。其实有些事……”田局长似乎欲言又止，“以后你会明白的，去吧。”

重新坐回到自己的电脑前，罗西北仿佛蜕了一层皮。他坐在椅子上，想看看手机上有什么消息，却不小心把幺鸡留下来的钥匙带了出来。钥匙虽然不大，但却是纯铜的，掉在地上叮当作响。罗西北连忙捡起来，可还没等重新装起来，一边整理文件的马小芳好奇地凑了上来。

“韩队，发财了？”马小芳说着指了指罗西北手里的钥匙。

“又不是金钥匙，发什么财。”罗西北不想被人看见这些，所以想迅速地把钥匙往兜里塞。但马小芳显然还没看够，她拦住罗西北的手，不由分说地从罗西北手中拿过钥匙，翻来覆去看了好几遍。

然后，她点点头，说道：“好多年没见过这玩意儿了，我以为现在早就没人用这个了。”

马小芳翻来覆去地仔细把玩着，还跑回自己的抽屉拿了一把放大镜，对着照了半天，看样子很懂里面的门道似的。罗西北见状小心地问道：“看出金子来了？”

“可不，”马小芳瞥了他一眼，“这玩意儿过几年说不定比金子还值钱。”

“说得跟鉴宝专家似的。你说说，这是个什么？”

“钥匙。不过不是普通的钥匙，是典当行里宝盒的钥匙，”马小芳说完略带得意地看了一眼罗西北，见他点了点头，又接着说道，“这种宝盒现在都不大用了，如果有的话，宝昌街上的几家小铺子也许会有。我刚才拿放大镜看，是想看看铺子的字号，一般都用小字刻在钥匙侧面。不过，这把钥匙磨损太厉害了，只能模模糊糊看出一个‘恒’字，所以店铺的名字里应该有个‘恒’字。”

罗西北接过钥匙和放大镜，仔细看了看，并没看得太真切。不过，马小芳提供的信息对他来说已经足够了。他把钥匙一装，笑着对马小芳说：“没看出来，你是队里的女福尔摩斯啊，让你干文职屈才了。我一会儿就跟局长打个报告，把你调到外勤岗上。”说着，他便站起身来朝外走去。

“队长，”马小芳信以为真，赶紧拉住罗西北，“别拿我开玩笑了。其实这些都是典当行里的皮毛知识，你们不知道只是因为没接触过。我姥爷从小在典当铺里当学徒，干了一辈子。他的抽屉里有好多这种死当的钥匙，我从小在他身边长大，所以才知道点。我可干不了外勤，我胆小。”

罗西北呵呵一笑：“胆大也不让你去，你去了谁帮我上传案卷啊。”

如果不是段大川电话催促，罗西北肯定会第一时间去永昌街逛典当行。即便此刻坐在段大川的办公室，他心里反复思量的依旧是幺鸡去世前的情景，想着从中猜测出一些蛛丝马迹。但与此同时，他的目光也时不时会扫一下面前的段大川。费尽心机偷来的测绘局盗窃案的案卷已经摆在段大川的面前，罗西北等着他看出其中的纰漏。

果然，段大川神情严肃地翻阅完案卷，抬起头来似笑非笑地看了看罗西北。

“就这些？”

“对，封存的案卷就这些内容，我复制的时候，来回对比了好几遍。”

段大川依旧是刚才的表情，他合上电脑，轻轻走到罗西北的面前，死死地盯着他，突然一把拽住了他的脖领子，说：“你觉得我是傻子还是瞎子？

目录里明明标注有附件三，怎么最后一页到附件二就没了？”

“这也是我一直不明白的地方。”罗西北有些紧张，说话也有些磕巴，“就是因为目录里显示了而正文里没有，我才冒险对照检查了好几遍。可没有就是没有，我只能把目前能找到的部分带给你。”

段大川的眼睛喷射出冷冽的目光，他盯着罗西北的眼睛一动不动，手上的力道却越来越紧。罗西北没有回避他的目光，但逐渐迫近的窒息感，让他的双眼慢慢不能对焦了，段大川的脸开始时远时近地晃动，连天花板和墙面都开始上下翻转起来。

罗西北低垂的双手拼命想抓住点什么，但却绵软无力，抬都抬不起。就在他觉得四下的光线逐渐暗淡的时候，段大川终于松开了手。罗西北瘫软在椅子上，大口大口喘着粗气，眼前忽明忽暗，好久才看清重新坐回到电脑前的段大川。

“你最好别和我玩阴的。”

尽管段大川的语气依旧凶狠，但罗西北感觉自己已经暂时过关了。他努力抬起胳膊摆了摆手，从干涩的喉咙中挤出一句话：“附录三，我再找找。”

“算了。附录三的内容我都知道，应该是蝙蝠的真实身份档案。他活着的时候，这就是绝密。现在他死了，绝密也必须一起消失。”

蝙蝠，这个名字第三次出现在了罗西北面前。第一次是从饺子店老板的儿子口中，而第二次是他来之前打开案卷附录三的时候。

蝙蝠，本名赵建福，1982年出生于陕西省汉中市略阳县观音寺镇。2000年考入陕西省警察学院，2001年在训练中不幸受伤身亡。对于他的家人来说，这个人已经死去将近二十年了。但事实上，他是被国家安全局的一项特培计划选中，成了一名隐秘工作者。

罗西北看到这里的时候并不能完全理解蝙蝠的选择，也许三十万元的抚恤金是抉择他余生命运的重要砝码。此后，他被秘密训练三年，在一线工作中屡建奇功。但在他不幸牺牲后，一直与其单线联系的下线，却突然失联。

罗西北几乎是下意识地把这份档案从案卷中删除了。

尽管这份档案中并未说明蝙蝠的下线的身份，但联想到蝙蝠留在后备厢里的线索，韩东就是这个失联下线的可能性非常大。可是，在双面间谍韩东的心中，他到底倾向于哪一方，罗西北暂时还不敢下定论，尤其当他听到段大川说出韩东曾受其指派去解救蝙蝠的时候。

“我至今认为自己当时的决定没有错，可惜的是晚了一步。派你过去接应他的时候，他们应该已经动手了，”说到蝙蝠的时候，段大川的神情中甚至流露出了一丝怜惜，“你和他虽然见过面，但没有联手工作过，所以很难真正了解他的才干。即便后来他的身份暴露，我的第一感觉依旧是赞叹，所谓棋逢对手的那种感觉太美妙了。相比之下，组织里的其他人，甚至连蠢材都算不上。就连许多高层都是昏聩得一塌糊涂，不然也不会枉顾我多次提出的策反建议，而直接派狼牙杀手进行清除。你把蝙蝠弄上车的时候，他还活着吗？”

罗西北心中一惊，摇摇头模棱两可地答道：“伤得很重，我也不确定。”

段大川冷笑着说：“的确不好判断，狼牙的一贯手法是，先注射大量安非他命，然后变着花样地虐打。活生生受罪，却连晕倒的能力都没有。”

蝙蝠筋骨寸断的尸体又浮现在罗西北的眼前，甚至连他无辜的妻子也惨遭杀害。罗西北本以为段大川的阴狠已经是组织内的惩戒极限，却不想还有比他狠毒百倍的存在。韩东受命去接应蝙蝠，那他是否目睹了这一切呢？他选择死亡会不会也和这些杀手有某种关联呢？

在段大川的办公室里，两人第一次不约而同地陷入了沉默，尽管他们怀揣着各不相同的心思。

“以后，你来代替他吧。”段大川打破沉默让罗西北感到有些惊讶。毕竟在段大川的口中，蝙蝠是天降奇才，而自己只是个事事做不好的小卒。

“我恐怕做不到他……”罗西北回答得结结巴巴。

“你当然没有他能力强，但你也有你的优势，身份。你在刑警队，更靠近消息源，有利于我们掌握更多的一手情报。下一步，你的任务就是查清测绘局盗窃案的嫌疑犯现在关押在哪儿。这颗笨瓜，半点有价值的消息都没传回来就被抓了。”说到这儿，段大川的脸色又阴沉了下来。

“可是他并没有被关押。”

这次轮到段大川难以置信了：“不可能！”

“检察院那边最后的结论是数额不够起诉标准，局长签字把嫌犯遣返原籍。”

段大川愣了一会儿：“不好，不好。搞不好又是个叛徒，真是这样的话，那小偷就是蝙蝠的下线。你先走吧，二十四小时待命，也许又要有一场硬仗了。”

因为知道永昌街是地处老城的旧街道，所以罗西北提早就把车停在了三条街以外。韩东的宝马车太扎眼了，他不想大摇大摆地被人记住。

在成为韩东之前，永昌街不在他的活动范围内。这里比他想象的还要破败一些，街边零散地坐着几个晒太阳的老人。三点多的太阳还露着脸，但不消一会儿工夫，它便失去热情准备收工了。罗西北压了压头上的帽子，加快了脚步。

聚恒顺在一排典当铺的第三家，门头很不起眼，牌匾还是从前老式的黑底金字。罗西北推门进去，不大的门厅空空荡荡，一个五六十岁的老头在柜台后面，抱着个暖宝宝看电视。听到门响，他也只是下意识地回头看了看，直到罗西北径直走到柜台前，才站起身来，算是对来客打了个招呼。

罗西北从没来过这种地方，他后悔没跟马小芳多打听一下典当行的规矩，此刻竟不知从何说起了。迟疑了一会儿，他干脆掏出钥匙直接递给了老头。

老头接过来看了看，终于开口："这是干什么？"

"我朋友有东西存在你们这儿，托我帮他取出来。"

"取不了。"老头把钥匙往柜台上一扔，直截了当地拒绝了。而且不等罗西北追问，他指了指旁边的柜子，"这里面有七八十个密盒，少说三分之一能被这把钥匙打开，谁知道哪个是你的？"

罗西北没想到会是这样的局面。屋里再无旁人可问，老头又恢复了刚才的姿势，看都不看他一眼。罗西北讪讪地把钥匙拿起来，在手里反复揉搓着，一时不知如何是好。尴尬的气氛持续了几分钟，就在他已经转身准备离开的时候，身后又传来老头的声音："除非你知道编码。"

"还有编码？"罗西北眼前一亮，迅速折返回柜台。

老头重新站起身来，看了罗西北一会儿："对，你知道吗？"见罗西北略有迟疑，老头立刻说道，"不知道别在这儿跟我打哈哈，快走快走。"

眼见唯一的线索又要断，罗西北心一横决定赌一把："cy3402。"

老头脸色一变，又快速打量了一遍罗西北，脸上露出一丝无奈的苦笑。他走到柜子旁边，取出一个长条形的铁皮盒子往胳膊下面一夹："跟我来吧。"说着老头领着罗西北进了旁边一扇暗门，临进去之前他朝里屋喊了一句："小柱，我带客户去后面开密盒，你来前面盯一会儿。"

如果不是亲自走进去，罗西北根本不会想到这小小的铺面竟然还藏着密道。除了两端门缝透进来的光亮，密道里再无其他照明。罗西北只能听着老头的脚步声一点点前进。走到中间最黑的部分，老头也放慢了速度，仿佛每一步都是在试探。饶是如此小心，他还是被绊了一下，如果不是罗西北赶紧上前扶住，恐怕要摔个大跟头。

“我拿手机照个亮吧。”罗西北还没掏出来手机就被老头伸手按住了。密道里，老头的呼吸有点急促，罗西北感觉到他的双手冰凉。

“这个密盒是谁让你来取的？”老头把声音压在嗓子眼里问道。

“一个朋友。”

“他自己怎么不来？”

“有事来不了。”

“是今天来不了还是以后都来不了了？”

罗西北沉默了，牵扯到如此多连他自己都搞不清的前情，他没法再继续回答。此时，密道的入口处传来一个声音：“爷爷，你完事没有，我还得回去写作业呢。”

“快了快了。”老头随口答应着，松开罗西北的手继续朝前走。边走边念念有词地说：“受人之托忠人之事，来吧。”

两人很快来到一扇门前，走进去是一间密室。屋子的顶端有一个小小的透气窗，中间摆了一张桌子和一把椅子。老头用罗西北刚刚说的编码打开了铁盒子上的密码锁，然后从里面掏出了一个黑色的木头盒子，推到罗西北的面前。

“盒子完好无损，你检查一下，如果没问题的话，等会儿我出去之后，你就可以打开盒子取出里面的东西了。”

但其实不等罗西北示意，老头就迅速离开了。罗西北不以为意，他现在满心只想快点打开盒子，看看幺鸡留给他的到底是什么。钥匙插进锁眼，拧起来似乎有点脱扣，难怪老头说一把钥匙可以开好多把锁。

罗西北顾不得多想，急忙打开了盒子，盒子里放着的是一个没封口的牛皮纸信封，里面鼓鼓囊囊装着很厚的几页纸。往外倒了倒，纸没出来，有两张照片倒是先滑了出来。其中一张是幺鸡的弟弟，背面写着：要小杰，cy3302。而另一张是罗西北，不是韩东，是罗西北，因为照片上他穿着自己那件灰不溜秋的外套。他还记得，这是他出院后，幺鸡拉着他去照的，说以后会用得着。

罗西北隐约感觉到一丝不安，他翻过照片，看见后面清清楚楚地写了一行字：罗西北，cy3402。

原来他早已经被盯上了，早已经被编号入列，甚至他一直信任依赖的幺鸡都是他们派来照顾，不，是监视他的。肯定还有更多他不知道的事情藏在信封里！罗西北颤抖着双手把信封里的一叠纸掏了出来，尚不及展开，突然感觉眼前一黑，他的后脑勺挨了一记闷棍。

密道的另一端，老头步履蹒跚地走到门口。对于从身边穿行而过的三四个人，他几乎视而不见，此刻他只想看到小柱子完好无损地坐在柜台前面。然而，柜台前空无一人，只有一顶帽子扔在他刚刚坐过的椅子上。

老头有些惊慌，他想返回密道，却发现暗门已经从里面被反锁了。此时，手机传来声响，老头赶忙拿起来查看，是一条语音留言："爷爷，姑姑带我上学去了，等我放假了再来看您。"

老头把留言反复听了三四遍，最后无力地瘫坐在椅子上。

列车穿行在山间，隧道接踵而至。

罗西北的眼前忽明忽暗，耳边还有急促的风声。窗外明明在下雨，可车厢里怎么会这么燥热呢。罗西北想解开衬衣的领口凉快一下，突然发现自己的双手双脚都被绑住了。他朝身边看了看，车厢里满满当当都是人，每一个乘客都和他一样被整整齐齐地绑住了手脚。他想张口问问这是怎么回事，却发现自己的嘴巴也被塞住了。

其他乘客并没有被如此对待，但他们的嘴巴似乎比塞住还严。不仅没有一个人说话，甚至对身边罗西北的挣扎喊叫都视而不见，充耳不闻。他们眼神放空，不看向任何一个地方，或者说他们的眼睛里根本没有神。

罗西北越来越着急，这不是他经常乘坐的那趟列车，座椅车窗的样子都与以往不同。那这到底是哪儿呢？他努力在人群中寻找着熟悉的面孔，终于在不远处看到了武霞。

跟周围的人一样，武霞也是这样毫无神采的模样，但听见罗西北的声音后，她慢慢朝这边看了过来。又过了一会儿，她甚至站起身朝这边走了过来。

罗西北觉得自己得救了，他挣扎得愈发激烈。但还不等武霞走到他的面前，两个黑衣人突然闯入，一边一个架起武霞迅速离开。武霞就这样消失了，尽管临走时她依旧面无表情，但罗西北看得出来，她的目光一直没有离开自己。

罗西北急了，他像一头发狂的野兽一般，横冲直撞，直到自己重重地摔倒在地上……

睁开眼睛之后，他发现自己的手脚终于被松绑了。他确实躺在地上，但不是刚才那辆陌生的列车，而是姚静的诊所。在确认清醒之后，姚静把罗西北扶到椅子上，同时递过来一杯温水。

罗西北感觉有些眩晕和恶心，他抬眼看见桌子上的沙漏，对姚静问道："你刚刚给我催眠了？"

"没有，晕倒的人是无法接受催眠的。"

"晕倒？我怎么晕倒的？"罗西北努力回想着。

"这是我要问你的问题。我早上来上班，见你车子停在楼下，人坐在驾驶座上。我以为你在车里睡着了，又怕车窗紧闭你在里面缺氧，就打开车门让你下来。谁知道车门一开，你直接倒了出来。我和护士费了好大力气才把你架上来。”

罗西北还是觉得晕头转向，忽然后脑勺一阵疼痛，他猛然想起，之前他是端坐在密室的桌子旁，正要看幺鸡留给他的资料，之后便被袭击了。他赶忙摸了摸身上的口袋，手机钱包证件都在，但是幺鸡留下的钥匙还有照片，都已经不翼而飞。在秘密即将揭开的前一刻，线索被人洗劫一空。

唉！罗西北懊恼地拍了拍大腿，“圈套，中了圈套。”

“中了什么圈套？”姚静在一边问道。

罗西北刚想说出密盒的事儿，忽然幺鸡弟弟的照片在他脑子里一闪而过。他看着姚静的眼睛，最终还是把实话咽了回去：“领导布置的任务，我自己出来中了人家的圈套，没想到他们还会动手。”

姚静没有继续追问，她从包里拿出一个面包递了过来：“吃不吃早点？我这也没别的了。”

“早点？现在几点了？”罗西北的脑子还停留在下午三点半。

“九点半。”

“早上九点半？”

“对啊，不然干吗叫你吃早点。”

罗西北顾不上脑袋涨疼，迅速告别姚静，冲向刑警队。昨天田局长布置的新任务，交代他今天早上开会讨论。他没有踩点，还要开会迟到，今后在局里恐怕会更加被动。

姚静看着罗西北匆忙远去的背影，露出一丝笑容。她叫来一个护士，把刚才的面包和牛奶交给了她。

“给他拿过去吧，昨天来的时候我见他爱吃。告诉特训的人，他年纪还小，又刚过来，不必太严格，一切以适应为主。一个月以后再开始课程。”

姚静交代道。

“他爷爷那边会不会出什么岔子，今天早上那边传来消息，说他的铺子没开门。”

姚静略沉吟了一会儿，说：“让孩子的爸爸安排吧，家务事有时候外人也不好参与，不行就送去疗养院住一段时间。让老头吃一段时间的药，很快这些事情就都会过去了。”

陈友业在楼下迎着罗西北，着急地问道：“韩队，我给你打了那么多电话你怎么都不接呀？我还以为你又失联了呢。”

“别扯淡，会开始了吗？”

“早开始了，估计现在正说你那个案子呢。”

“你怎么跑出来的？”

罗西北话没问完，便被眼前的景象惊呆了——市局大楼里，一伙人正在安装一排安检门似的东西。景天城在现场指挥全局。

“我被借调到这边来了，根本没去参加你那个会。”陈友业在罗西北耳朵边嘀咕了两句，便笑呵呵地冲景天城走了过去，“景队，我刚电话联系过了，厂家那边说工程师马上就到，让咱们别着急。”

景天城点了点头，见罗西北站在一边打量，便走过来打了个招呼。

“抓贼抓到自己家里来了？”罗西北看不惯景天城趾高气扬的样子。

“省里布置的安保任务，没办法。”

“什么安保任务？”

景天城干咳了两声：“这个，不是参与行动的人一概不能透露。”

罗西北不想再继续这场互呛的对话，转身向楼上走去，不想却被景天城拦住了。

“韩队，按规定，所有人进出大楼，都要先通过这道安全门。”

“不是还没有调试好吗？”

“基本差不多了，剩下的都是些鸡毛蒜皮的小毛病，不影响正常使用。再说，就算调试，也要有人使用才能调试啊。韩队就勉为其难帮个忙吧。”说完，景天城伸手做了个请进的动作。

罗西北不愿与其较劲，径直穿过。不想安全门警报大作，声音响彻大楼。景天城上前一步，再次拦住罗西北的去路：“韩队，警报响了，需要例行检查一下。”

在场的人都看出形势不对，一个个面面相觑又不敢作声。陈友业走过来打圆场：“手机钥匙什么的都没掏出来，肯定响。”

“那麻烦韩队把这些东西掏出来，再过一遍。”景天城不依不饶。

“景队长，算了吧，都是自己人，再说设备刚装上难免会误报。”另一个警察也上来劝和。

景天城脸色陡然一变，厉声喝道：“昨天开会布置的纪律都忘了吗？这个楼里进进出出的都是自己人，今天通融你明天通融我，那装这个还有什么用！”

罗西北心里的火直往头上冒，他冲刚刚说话的警察摆了摆手，然后把身上携带的所有东西，一股脑都掏了出来，扔在地上。之后，又重新过了一遍安检门。

警报又一次响彻全楼。

景天城面带微笑地走过来：“看来还是不行，是不是皮带、鞋子或者贴身还带着什么东西？麻烦韩队再检查检查。”

罗西北狠狠瞪着景天城，过了半天开始脱鞋，解皮带。又过，还是不行。这次，不等景天城过来，罗西北主动开始脱衣服。每脱一件，就从安全门下面经过一回。可安全门仿佛被施了咒语，直到罗西北脱的只剩下秋衣秋裤，还是一直响个不停。

所有人都在大厅里僵持着。就在罗西北准备继续脱的时候，二楼传来田局长呵斥的声音："够了！还想不想继续工作。景天城，你赶快联系工程师来现场调试。韩东，穿上衣服上来开会！"

罗西北拾起衣服往身上套，只听局长又喝道："拿着衣服到我办公室穿！不嫌丢人。"

办公室里没有别人，罗西北迅速穿戴整齐。但出门之前，他下意识地在自己身上摸了摸。那个安全门为什么一直响个不停？其他人来回穿了好几次都没事，为什么偏偏自己会这样？

难道，他的身体跟别人不一样吗？

第九章 赌

陈友业在面包车的座位上左右翻腾，好几次闭上眼睛，又总觉得哪里不舒服，睡不踏实。

罗西北坐在旁边，时不时瞟他一眼，最终忍不住说：“你跟局长申请过来跟这个案子，就是为了来这辆冷飕飕的面包车上睡觉吗？”

放在平时，陈友业肯定半真半假地对词，但今天他没理会罗西北的讽刺和质问，继续调整睡姿，希望尽快进入梦乡。昨天，跟着景天城接收、安装全新的安检门，他几乎一夜没睡。现在困劲儿上来了，他急需把盹儿混过去。今晚在老梁湾收网，很可能又是一个不眠之夜。

“队长，我劝你也睡会儿，现在才中午一点来钟，这一片的棋牌室一般下午两三点才开门，现在盯也是白盯，所以养精蓄锐，天擦黑了再收网也来得及。”

陈友业说完这话没几秒钟就睡着了，罗西北听着微微响起的鼾声，又朝车窗外看了看，也不由自主地往下抽了抽身子。不过，他是绝对不会睡觉的，尽管陈友业说的也不无道理，但几次失手，尤其是幺鸡留下的钥匙被人抢走之后，他觉得自己必须小心再小心。譬如这次行动，本来开局里的老桑塔纳应该也没什么问题，但罗西北想了想还是决定换一辆拉货的小面包，因为这里往前走两站地，是个服装批发市场，经常有人会找车拉货。

让这辆小面包停在这儿，看上去也正常，没人会怀疑什么。

而且罗西北也根本不可能睡着。跟景天城正面闹了一场之后，他俩被田局长叫进办公室狠狠训了一顿。但是田局长发作之后，便让罗西北出去准备晚上的行动，把景天城留了下来。这个行为看上去没什么不妥，但罗西北就是觉得不对劲儿。他总觉得景天城和田局长在暗中观察他，甚至在一楼大厅里那场闹剧，都是针对他有意设计出来的。

此时，口袋里的手机嗡嗡地震动起来，是段大川。

罗西北见陈友业微微动了动，犹豫了一下还是挂断了电话。

“是二号来消息了吗？”陈友业迷迷糊糊地问道。二号是他们这次行动布防的另一组人，分散地隐藏在麻将馆附近的超市等地方，只待现场人一上来，就给外面的人发信号。

“不是，广告推销电话。二号那边刚就位，没那么快，”罗西北搪塞道，“我下去方便一下，你听着点动静，别睡太死。”

罗西北走到过道尽头的公厕里，确认里面没人之后，才掏出手机给段大川打了回去。不等段大川说话，他就抢先说道：“我在外面干活，现在不太方便聊。”

段大川在那头沉吟了一会儿：“我就两句话。第一，小偷就在本市，要尽快想办法抓到他；第二，我最近总联系不到袁媛，你见到她，就说假期已经准了，忙过这一段，随时可以回家探望。”

联系不到袁媛，罗西北有点想不通，之前在医院明明还见过她正常上班。

但现在不是细想的时候，他冲了水，走出公厕，与迎面急匆匆走来的陈友业撞了个脸对脸。

“队长，有情况，”陈友业说着拿出手机，“看这个，刚才二号那边接到一个线人的消息，说这一片的药头今天要提前来发货，这会儿已经到了。刚才二号传来一张照片，中间这个应该就是药头。”

“这是什么时候的照片？”罗西北焦急地问道。除了让他始料未及的突发状况，更让他意想不到的是，照片上线人指认的药头，竟然就是段大川一直在寻找的测绘局盗窃案小偷。

“就刚才，二号想请示你要不要提前行动，可你电话一直占线。又打到我这边来，我马上来找你的。”

罗西北立刻说马上行动，但消息还未传达出去，二号和三号都传来消息，药头趁乱跑了，逃跑的方向正是罗西北停车的方向。

陈友业和罗西北立刻朝停车的方向跑去，果然见一个身穿灰色夹克头戴毛线帽子的男子，四下打量着一路小跑。许是刚才跑累了，小偷扶着面包车使劲儿喘着粗气。

陈友业正要冲上前去抓人，被罗西北悄悄拉住，暗示他二人分开走。罗西北假装上去与小偷搭讪，趁陈友业不注意，小声嘀咕了一句，说道：“车没锁，上去开车带我走，我能救你。”

小偷听了这句话，一反身，猝不及防，突然勒住了罗西北的脖子，迅速从兜里掏出一把匕首。远处的陈友业也不含糊，立刻从腰间拔出配枪，枪口对准了小偷。

罗西北并没有因为给小偷通风报信得到什么优待，相反，他被小偷的胳膊勒得几乎要窒息了。在陈友业拔出配枪之后，小偷更是手腕一使劲儿，把刀尖按进了罗西北的肉里。一小股鲜血顺着刀尖流了下来，罗西北的呼吸更加急促了。

砰！陈友业也有些慌张，情急之下，他举枪朝天上开了一枪。

罗西北用最后一丝力气压着声音说道："上车，一会儿增援的来了就跑不了了！"

小偷打开车门，挟持着罗西北上了车，一拧钥匙，车子像野兽一般窜了出去，差点撞倒陈友业。罗西北半趟在车上，听见身后的人群传来乱七八糟的吆喝声："别开枪，韩队在车上！"

面包车在一片破房子间的小路上穿行，罗西北挣扎着爬起来，对小偷说："在前面停车。"

小偷对他的话充耳不闻，依旧开着车狂奔。

"这车上有追踪定位，开着车你跑不了，"罗西北在剧烈的颠簸中边说边扑向小偷，夺取他手中的方向盘，"停车，我真是来救你的！"

面包车最终停在了一片河滩上，小偷弃车继续狂奔，完全不顾罗西北的招呼。罗西北在他身后紧追不舍，终于，在一片废弃的厂房里，两个人都筋疲力尽地倒在了地上。

"你到底是谁？"小偷上气不接下气地问道。但罗西北没时间回答他的问题，他挣扎着站起来，一脚踢飞了小偷手里的匕首，然后用手铐把小偷铐了起来。

手机在口袋里不停震动，是陈友业。面包车虽然横冲直撞，但罗西北感觉并没开出太远。只要连上电脑，很快就能找到车子停靠的位置。

罗西北在厂房里转了几圈，终于在一个角落，找到了一个半地下的密室。他抓起小偷，把他推了进去，用手铐把他的双手铐在管道上，还用袜子塞住了他的嘴。小偷挣扎了几下，很快放弃，但眼神里却满是凶狠的愤怒。

罗西北又环视了一圈，对小偷说道："别跑，在这儿等着我。"最后，他用一根粗粗的铁链子和几块砖头，锁住了密室的铁门。

被同事发现的时候，罗西北额头上的血迹还没干——仅仅靠脖子上的那点小口子还不足以掩盖放走逃犯的行为，幸而河滩上遍布了大大小小的石头。

很快，他被送到了医院，在影影绰绰的人群中看见了武霞。众人面前，罗西北不便多言，在武霞帮他检查四肢的时候，他抓住时机在武霞的手上捏了一下。武霞停顿了几秒，又检查了一遍这一侧的手臂，随后与护士交代了几句便走了出去。

护士们开始给罗西北换衣服，清理伤口，而后连接了一堆仪器，戴上了氧气面罩，又在他胳膊上打了一针。

这些动作让罗西北颇有些紧张，自己假装的伤情会不会被识破？武霞究竟明不明白他的意思？这些疑问还统统没有答案的时候，他突然发现给他打针的护士竟是袁媛。

此时，其他人都已经出去，隔间里只剩下他们二人。罗西北压低声音对袁媛说："老段在找你，你怎么……"但话未说完，一阵强烈的困意袭来，罗西北沉沉地闭上了双眼。

再次醒来的时候，罗西北已经被挪进了舒适的单间。身上的仪器还连着，但氧气面罩已经被撤了下来。武霞坐在床边的小沙发上，手扶着额头，一脸疲惫。罗西北这时才感觉到浑身酸痛，他想翻翻身，但不知道是不是压了电线，床头的仪器发出了滴滴的报警声。

"你醒了？"武霞被机器的声音惊扰，走到了病床边，见罗西北不自在地挪动，她按了下按钮，把床头微微抬高了一些，"别乱动了，抬抬床头能舒服点。"

"其实，不用连这些机器，我……"

"不连上这些，怎么把你留在医院里，"武霞说着递给罗西北一杯水，"你抓着我的手，难道不是为了让我把你留下，跟那些警察隔离开吗？"

被武霞轻而易举看穿心思，罗西北既庆幸又有些不好意思。他喝了口水，轻轻说了句："谢谢。"

“你最多可以在这里住三天，这期间不会有人来探视你。”

“那我能不能出去一趟？”

武霞的表情几乎要把得寸进尺四个字写出来了，但她想了想最终还是说：“时间不能太长，要跟我保持联系。”

“可以，现在就走行吗？”罗西北实在担心小偷跑掉，虽然这个可能性微乎其微。

武霞拒绝了：“现在通往门诊楼的出口已经关闭了，只能走急诊出口。这个点急诊那边病人不多，你走出去十有八九会被发现，”武霞说着翻了翻手机，“明天下午上班以后吧。明天有三个会诊，还有一个专家讲座，除了门诊值班的，几乎都去开会了。你趁下午开始挂号的时候从门诊出去，我的车停在路对面。”

罗西北接过武霞递过来的车钥匙，顺势拉住了她的手。武霞想把手抽开，却怎么也挣不脱，只好坐在了罗西北的床边。

“谢谢你。”罗西北看着武霞，但武霞却躲避着他的目光。“我这几天会比较忙，等过了这一阵，我想和你一起吃个饭，就在外面。你觉得呢？”

听到这里，武霞把脸转了回来，看了罗西北一会儿，点了点头。

“那你选个餐厅？”

武霞还是点点头。罗西北感觉到武霞的手渐渐柔软放松，脸上也浮现出一层柔和的笑意，自己一直收紧的情绪也逐渐松弛下来。

“你喜欢吃什么？”罗西北随口问道。

“你不知道？还是都忘了？”

“我是说，你最近有没有比较喜欢的地方，或者什么吃的。” 虽然武霞的语气里并没有太多责怪，但罗西北还是一阵慌张。武霞看着他有些手足无措的样子，低头一笑，正待追问，口袋里的手机响了，是急诊的电话，来了一个危重病人，需要武霞过去协助处理。

“我忙完就回来。”武霞匆匆离去。罗西北目送着她的背影，慢慢攥紧了刚刚和武霞拉在一起的那只手。他闭上眼睛，又回想起两人缠绵的一幕。今天武霞的手似乎比从前热乎一些，这和他有关吗？

此刻，好像又有一只手钻进了罗西北的手心。但这只手更加灵活，像一条鱼游走在罗西北的指缝之间，随后又顺流而上，往他的衣服里面伸进去。罗西北猛然惊醒，发现站在床边的竟是一脸戏谑的袁媛。

“你怎么在这儿？”罗西北立刻警觉地甩开她的手。

“来看看你们如何情意绵绵啊。”袁媛也同武霞一样，坐在罗西北的床边，“要不是刚才一通电话，怕是你俩下一步就要演动作片了吧。”

“你有什么事？”罗西北只想岔开话题，与袁媛速战速决。他不想武霞突然回来看到眼前的情景。

“当然是正事，你之前说老段要怎么样，话没说完就迷糊了。”

“老段说联系不到你，还说你提的假期已经准了。”

罗西北的话让袁媛的表情严肃起来：“他说没说假期具体多长时间？”

“没有，当时我那边情况也有些紧急，所以也没来得及详细说。你自己联系他再问问。”

袁媛叹了口气摇摇头说：“再说吧，我最近太忙。”她站起来在病房里转了两圈，问道，“你能不能帮我个忙？”

“什么？”

“老段很可能会让你调查我的行踪，医院这边都有排班签字表，你让武霞拍照片给你。”

“这样的手段能瞒得过他吗？”

“不能百分之百，但是医院的值班记录非常严格，况且老段知道武霞不会帮我造假，所以多少有点可信度吧。”

“这么说，你这几天的的确确在上班？那他为什么说你联系不到呢？”

“你别问这么多了，知道太多对你也没好处。现在就看你能不能说服武霞了，她那个死脑筋。”

罗西北沉吟片刻：“我答应你，但你也要帮我一个忙。”

快要走到罗西北病房的时候，武霞突然有一丝紧张。刚刚在急诊，本来还有几个病人没有处理完，但医生护士都催她快上楼照顾丈夫。夜已经深了，特需病房这边几乎没什么人。

武霞上了一天班，已经十分疲惫。她其实可以回家休息，但是罗西北会希望她走吗？刚才，他紧紧握住她的手，有一刻她觉得自己的意志只要稍微一放松，说不定就会倒在他身上。

病房就在眼前了，武霞停下来长出一口气，努力克制自己的胡思乱想。正待要抬手开门的时候，病房的门竟然从里面打开了，袁媛从里面出来。武霞连忙看了看病床，罗西北躺在病床上，双眼微闭，似乎不想看见两人相遇的一幕。袁媛在武霞面前略微地停了停，似乎想说点什么，但最终，还是默默地低头离开了。

武霞木然地走进病房，站在病床边看了看，罗西北依旧闭目不言。机器的滴滴声，此刻愈发显得刺耳。武霞退后几步，颓然地坐在了房间角落的沙发上。

第二天，从病房离开的过程十分顺利，武霞在前面引路，没人注意到她身后不远处的人就是罗西北。临上车时，罗西北想解释几句，但又不知从何说起，犹豫片刻只好说了句：“我没做什么不好的事情。相信我。”

武霞面无表情地答了一句：“快走吧。”

罗西北开车离去，并未听见武霞轻轻说出的后半句，“早点回来。”

用来锁住大门的铁链和昨天离开的时候一模一样，罗西北微微松了口气。可让他大吃一惊的是，屋里却空无一人。他的手铐还挂在昨天铐人的地方，两边都没有被打开过的痕迹。

他下意识地转身出门，废弃的厂房面积巨大，四通八达。一天一夜的时间，小偷如果脱身，即便不离开此地，恐怕也很难找到他的藏身之处。可说到藏身之处，罗西北又回头看了看这间密室，还有哪儿比这里更隐蔽呢？

思虑片刻，罗西北重新走进密室之中。他重新环顾了一遍这间小屋，没有窗户，只有一扇铁门。本来就十分逼仄的空间，在屋顶处还盘绕了许多管道。罗西北又拿出手铐看了看，开始了一番大胆的推测：

“没想到你还有缩骨的本领，当真不是凡人。做小偷，大材小用了。不过你也不是普通的小偷，你的案卷已经被加密提交给了国安局，很大可能你参与的是涉谍案件。公安这边看似草率地了结了这宗案件，但你连个行政拘留都没判，还被遣返回乡，说明你已经跟国安局达成了某项协议。不管你以前是替谁工作，能走出国安局，你大概已经是他们的人了。”

罗西北对着空无一人的屋子，继续说道：“可惜，贼永远是贼，你死性不改，没有按计划到达国安局的指定地点，如此叛变的结局肯定是罪加一等。我想，现在双方一定都在找你。你虽然看上去胆小如鼠，但你心里其实是个胆大妄为的赌徒，任何时候都忘不了讨价还价。你敢跑出来，说明你觉得自己手里还有筹码，国安局给出的条件没能完全满足你。你想拿着这点筹码，下场再试一次，看看能不能有个更好的收成。既然如此，那你不如出来和我谈谈，也许我能满足你的条件。”

罗西北说完，十分耐心地等待了几分钟。见屋里没有动静，他从兜里掏出个纸袋子，一打开，香气四溢，“你可能不相信我说的话，但我相信你此刻肯定饿了。一天一夜了，先出来吃口东西。吃饱了，也好有劲儿逃跑啊。”

话音刚落，从屋顶的管道中间传来一阵肚子咕噜的声音，紧接着一声叹气，不一会儿，小偷便从管道中间爬了出来。

他走到罗西北面前，一把抄过纸袋子："你怎么才来！"说完，狼吞虎咽地吃了起来。

"慢慢吃，别噎着。吃完了咱们好好聊聊。"

小偷确实被噎得够呛，但他还是冲罗西北摇摇头："你是明白人，要谈绝对不能在这儿。"

"这里又安静又安全，为什么不能在这儿谈？"罗西北担心小偷又耍花招。

"就是太安静，所以不安全。"小偷伸着脖子把嘴里最后一口饭咽了下去，"这四下里连个鬼影都没有，你一枪把我崩了，还不是小菜一碟。要谈咱们就找个热闹的地方，什么洗浴中心啊、KTV啊，大摇大摆地进去，大摇大摆地出来，谁也拦不住谁，这才是适合谈事的地方。"

"你不怕被人看见？"

"有几个人认识我？倒是你应该想想，一会儿是不是得稍微乔装一下，毕竟被人发现警察私下和逃犯见面，对你来说总不大好吧。"

"照你说的，这地方还真得好好选选。"罗西北说着，带小偷上了车。他们沿着市区周边的公路，绕了很久，找到了一家环境非常隐蔽的养生会所。

"这儿不会是你们警察的第二办公室吧？"小偷似乎对这个地方不大放心。

"我想抓你，还用得着兜这么大圈子吗？"罗西北先一步下了车，"这是个高端会所，私密性非常好，里面摄像头少。"

小偷也跟着下来，又打量了一下店面的门口："这地方看起来太素净了，有没有小妹啊？"

"这里面服务的都是专业技师，我劝你还是消停点。"

“我不是下三烂，只是觉得这里有点太小，有没有适合谈事的地方呢？”

“进去就知道了，内有乾坤。”

果然，除了地上，会所在地下还有一层。里面曲径通幽，布置了各式各样的包厢。罗西北先一步走到前台，点了茶水和按摩，又特意嘱咐要一个安静的包厢。前台的接待一边熟练地收取押金安排房间，一边问有没有相熟的技师？罗西北看了看小偷说道：“没有，我们第一次来，你给安排吧。”

前台点头答应，不一会儿便有其他服务人员来引领他们向里面走去。

罗西北边走边问道：“听说你们这边可以闻香选茶？”

服务员向前一指：“是的，前面就是茶道室，门口的架子上摆放的小罐都是可供选择的茶叶。如果这些都不满意，茶道室里面还有一些精品。不过……”

“还有茶道室，我进去见识见识。”不等服务员说完，罗西北上前一步推开了茶道室的大门。

里面席地摆放了一张硕大的茶台，大约五六个穿着精致的姑娘围坐在茶台旁边。对罗西北这个不速之客，几个人都有些错愕。小偷也借机上前瞟了一眼，又看了看罗西北，虽有狐疑，但也未见什么不妥。

只有服务员颇为慌张，赶忙上前道歉，并迅速把罗西北引出来：“不好意思，先生，里面现在正在上茶道课。您先去房间里休息一会儿，我把茶叶给您拿过去选。”

罗西北笑了笑：“露怯了，我们的包间在哪儿，怎么还没到？”

“前面右转就是，三〇八。”

三〇八包厢面积不大，里面灯光昏黄，一进去便很容易勾起人的困意。服务员先是在两个软榻中间的桌子上摆上了几种小吃，随后从口袋里取出一些散香放进了旁边的小香炉里。

一阵青烟袅袅升起，很快便飘出一股沉静的香气，和这里的灯光配合在一起，惬意得恰到好处。

但小偷对这样的安排不大满意，一进来就东看西看，待香炉点起之后，他闻了一小会儿便警惕地问道："这点的是什么？"

"精油檀香，安神的。"

"拿走，不要。"

"如果您不喜欢这个香味，我们还有其他的可以选择……"

"什么都不要，连这个炉子也一并拿走。"小偷态度坚定地说道。

服务员又看了看罗西北，见冲她挥挥手，便撤走了香炉："我现在给您取茶叶，不知道二位平时喜欢喝什么口味的呢？"

不等罗西北开口，小偷依旧用刚才的口气说道："不必了，我不喝外面的东西。"

"不好意思，先生，我们包厢里有最低消费的，如果您什么都不点——"

小偷正要站起来发作，被罗西北一把按住："先拿两瓶矿泉水吧，一会儿再点别的。"

服务员见情势不对，迅速取来矿泉水，悻悻地关门离开。小偷却依旧不能放松，他把两瓶水拿过来上下检查了许久，确定是全新未开封之后，才拧开瓶盖喝了两口。

"没想到你这么谨慎，跟着蝙蝠干久了，这些都是他教你的吗？"罗西北开门见山，他没时间再兜圈子了。

小偷倒也爽快，笑了笑，直接进入正题："你以为我跟蝙蝠是一样的人，双面间谍？我可没他那么卖命。跟谁都一样，我只不过想混口饭吃。其实我和蝙蝠根本不熟，我被抓进了国安局，才知道蝙蝠的真实身份。那会儿我都有点崇拜他了，难怪上线的老大这么器重他，当然了，也难怪他被发现之后死得那么惨。跟他一比，国安局那几个跟我问话的人就是白痴。他们连你都不如，否则这买卖早谈成了。”

罗西北一言不发，只是听着。

小偷接着说：“你说的没错，我就是个赌徒，所以只要条件合适，我跟谁都能谈。可是那几个白痴，从始至终就会给我讲什么坦白从宽、戴罪立功的大道理，根本看不清我到底想要什么，更不知道我手里有什么牌。他们以为我只是个无足轻重的小角色，假装放我出来，看看能不能引出所谓的内鬼。按照他们的思路，我只要乖乖地被利用一下也就完了。去他的，当我是傻子吗？什么安置金，安排工作，搞不好连命都没了。我就算真是个小喽啰，也不会任由他们这样摆布，更何况我手里有真正的王牌，是你们任何一个人都绝对想不到的。”

“牛吹过了吧。蝙蝠拿命换来的消息，其实已经没用了。”罗西北并没被小偷的狂妄唬住。

“别套我的话，没点真货我不会把话说满。不过你想和我谈，我还不知道你的来路，只怕你吃不下这么大的牌。”

“能不能吃下，你也得先亮点东西出来，空口白牙的让我怎么信你。”

“信不信由你，条件没谈好，我一个字都不会说。蝙蝠留下的货，到哪儿都能卖个好价钱。”

罗西北沉吟了一会儿，墙上的时钟提示他已经离开医院两个多小时了，时间越来越紧迫，可他等的人怎么还没来？

“你开价吧。”

“一百万美金，改名换姓，送我出国，还要有合法身份。不还价。”小偷果然狮子大开口。

“这个价格我做不了主，得请示老板。所以，你多少跟我露点，我也好回去交代。”

“你说的老板不会是老段吧，他舍命不舍财，我看还是免谈了。”

“如果是老段，我直接把你交给他就行了，何必大费周章。天底下也不止有老段这一家买卖啊。”

小偷思索了几秒钟，笑着点点头：“好。我先告诉你一点，这个情报与秦岭布防图有关。这是蝙蝠苦心经营这些年一直在找的东西，至于那个什么名单，他捎带脚就搞定了，根本没那么重要。”

秦岭布防图，罗西北第一次听到这个信息。可这个消息对国安局来说有什么意义呢，这本来就是他们自己布置的。难道说蝙蝠最重要的情报，并不是要交给国安局，难道他的身后还另有其人？罗西北一时难以厘清这其中的原委。

见罗西北沉默不语，小偷打了个哈欠，脸上有些不耐烦的神情。他又喝了口水，似乎准备起身离开，正在这时，房间外有人轻轻敲门。随后一个戴口罩的女技师端着木托盘走了进来，问道：“让二位久等了，我是今天为您服务的按摩师，请问谁先来？”

见有生人进来，小偷又警觉起来：“我们两个人就安排一位技师吗？”

女技师答道：“抱歉，这会儿客人有点多，技师们都在上钟，也是怕二位等急了，所以我就一个人先来了。那先给哪位做呢？”

罗西北听闻，指了指小偷说道：“你先来吧，松松筋骨，也容我个工夫思量思量刚才的事儿。”

许是真的有些累了，这次小偷并没有拒绝。女技师见状冲小偷点点头，随后开始洗手，并一步一步倒腾木托盘里的东西。小偷在一旁看了一阵，好奇地问道：“你拿的是什么？怎么从来没见其他按摩的技师用这些家伙？”

女技师笑说：“哪个技师都有点自己的绝活，好留住客人。您闭上眼睛平躺吧，我先给您做全身放松。”

女技师手法轻柔娴熟，嘴里还有一搭没一搭地说着什么，伴着包厢里悠远的古琴声，不一会儿小偷就晕晕乎乎地闭上了眼睛。女技师在小偷眼前做了几个手势，见他没什么反应，便回头看了看罗西北。

罗西北屏住呼吸，蹑手蹑脚地走到门口，把房间的门从里面反锁起来，之后又悄悄回到小偷的身旁。只见女技师开始跟小偷说话，开始小偷只是"嗯""啊"地回答。过了一阵子，女技师开始问道："现在都看到了？"

"看到了。"小偷闭着眼回答。

"都记住了？"

"记住了。"

转身往回走，一边走一边把刚才记住的背诵一遍。

"N3423E11009。"

"再背一遍。"

"N3423E11009。"

除了这一串数字，小偷再没说出其他的只言片语。罗西北一脸迷惑，他完全猜不透这串数字的含义，只好先把它记录了下来。女技师还在按部就班地按摩，突然包厢里的音乐声中断了，传来前台的寻人通知。罗西北心中一惊，还未及反应小偷便猛然睁开眼睛，他从软榻上一跃而起，一边大喊着，一边拽下了女技师的口罩。

女技师是姚静。

她刚刚给小偷做了一套完整的催眠。但千算万算也没想到，广播会出来搅局。小偷一把掐住了姚静的脖子，凶狠地说："你是谁，想干什么？"继而又转向罗西北说，"你动一下试试，信不信我马上掐断她的脖子！"

小偷挟持着姚静朝房门口推进，就在他伸手要开门之际，姚静突然抬手朝小偷的脖子上杵了一下。只见小偷"啊"一声松开了手，整个人抽搐着倒在了地上。罗西北赶紧上前，原来姚静随身藏着一个小型的电棒。

罗西北松了口气："你还带着这个？"

姚静一边咳嗽一边说："我一个女的经常独来独往，包里肯定要放点防身的家伙。不过你是怎么知道我在这儿的？"

"你办公桌上的台历上写着每周四来这儿上课。其实我不确定你会不会来，赌一把，幸亏你在。"

"那我要是不在呢？"

罗西北摇摇头："我也不知道。他挨这一下子，死不了吧。"

"没那么严重，一般半个小时到四十分钟就会醒来。不过因为他刚刚受到攻击和刺激，大脑处于防备状态，所以暂时不能再次催眠。你如果还想从他嘴里得到什么消息，恐怕要再等等。当务之急是先把人转移到安全的地方。"

"这可难办，这小子会缩骨，手铐都锁不住他。"

姚静想了想："去我那儿吧，手铐锁不住，药物可以，让他睡两天，总归跑不了。"

"不会把他睡傻了吧。"一提到药物罗西北不由自主地害怕。

"我会掌握计量的，你放心。快走吧，半路上缓过神来又是麻烦。我去找他们借个轮椅。"

"咱们搬个大活人出去，这边的服务员会不会怀疑？"

"没事，老板是我朋友。"

一针安定，头戴眼罩，加手脚分别锁在床上。姚静看了看罗西北："还有什么不放心的？这种橡胶锁链有弹力，没那么容易挣脱。即便醒了，因为药物的作用，他会感到浑身无力，一时半会儿也很难动弹。"

罗西北又再三确认了门窗，才随着姚静回到了她的办公室。

"我可以知道点什么吗？"姚静试探着问道。

"暂时还不行，因为很多事我现在也说不清。"罗西北拒绝了。

"你最近好像越来越忙了，连治疗计划也不能按时完成了。"

“对不起，我应该配合，但现在确实……”罗西北话未说完，手机在口袋里震动，是武霞催促他回去。但当着姚静的面，罗西北把电话挂断了。

武霞再次拨打罗西北的手机时，里面传来了暂时无法接通的声音。

急诊科在一楼，特需病房在八楼。傍晚已经过了电梯使用高峰期，最多五分钟陈友业就会赶到这边。这么短的时间，她的丈夫是绝对不可能回得来的。作为医生，她可以用专业知识把这些警察挡在门外，但空空如也的病床，又该怎么解释呢？

武霞心急如焚，她想再次拨打丈夫的号码，却突然被身后的一只手拦住了。

“别打了，他回不来。我帮你过关。”武霞惊讶地转过身，看到了乔装改扮的袁媛。

“拖五分钟就行，五分钟后院长会过来，他们没有正式的搜查令，绝对进不来。”袁媛说完，迅速走进病房。

武霞尽管搞不清状况，但眼下也再没有好的办法，她也紧跟进来，以最快的速度，往袁媛的身上连接检测仪器。

“这样能行吗？”武霞的声音有些颤抖。

“不知道，赌一把呗。”袁媛的眼神中又流露出了一贯的狡黠。

楼道的另一头，电梯门叮咚一声打开了。陈友业拎着一个水果篮，快步朝罗西北的病房走了过来。

N3423E11009。

姚静把这串数字打在电脑上，眼睛却望向远处，仿佛在思考着什么。过了一会儿，一个护士敲门进来：“药都用完了，没有其他内容，大概真的只有这些了。”

姚静冷笑了一下："那就这样吧，先让他安静一会儿，明天早晨放他出去。车安排好了吗？"

"安排好了，都是老手，不会有差池。"

护士转身离去，办公室门打开的一瞬间，传来一阵惨叫声。姚静皱了皱眉头，又说了一句："让他赶快安静吧。"

护士点头离开，不一会儿，小楼里又恢复了暗夜中的静谧。

N3423E11009，秦岭。秦岭，N3423E11009。

姚静在心中默念着这串数字，脸上浮现出一丝难以觉察的笑容。

第十章 歧途

"你没有权利这样质问我。事故发生的时候我并不在现场，我也不知道这一切到底是怎么发生的。"

面对罗西北连珠炮似的问题，姚静回答得冷静而干脆。就像每次做催眠治疗之前一样，在把罗西北引领进梦境之前，姚静先把自己锁进了一间铜墙铁壁的屋子，任何冷热悲喜的情绪，她都能做到刀枪不入。

但罗西北做不到这样的冷静。他一大早从医院溜出来，想再来会一会小偷，却亲眼看见了小偷从诊所冲出，一头扎进早高峰的车流中，瞬间被碾轧得血肉模糊，气息全无。

明明用了药，明明上了弹性极强的橡胶锁链，这不是双保险吗，他怎么就能完全挣脱了呢？就在昨天，这个贪婪的家伙还在扬扬得意地跟罗西北讨价还价，怎么睡了一晚上就一心赴死了呢？

这一个个的问题和费解的谜团，就像一颗颗炸弹，被早上惨烈的车祸画面点燃了。

罗西北感觉自己整个人烧着了，而且随时可能爆炸。他需要一个解释，一个出口，所以他不管不顾地冲着姚静叫喊，他以为自己还是像往常一样，在向她发出焦急的求救信号。可惜这次，他没能等来姚静的救援。开始，他还以为姚静是在劝慰，但当他听到从她口中说出“权利”两个字的时候，他明白了，这是拒绝，没有任何回旋余地的拒绝。

罗西北悻悻地离开了诊所。已经有人在诊室外面询问，要不要叫保安，而听了这话，姚静一直用冷冽的目光看着他，甚至都没有马上回绝门外的询问。拒绝之后，便是威胁了。

尽管做了这么长时间的韩东，但罗西北还是在和姚静的正面交锋中败下阵来。有一瞬间，他甚至觉得自己又回到了刚开始接受催眠治疗的时候：汗流浃背地从梦中惊醒，所有的慌张无助都在姚静面前显露出来。这种感觉让他尴尬，更让他沮丧。

他不是警察，不是特工，不是韩东，他就是一个在我们的生活里到处可见的普通人，一个不起眼的小人物，他不是007，不是优秀的间谍，他知道，自己一点也不神勇。

整整一天，罗西北都被这个念头笼罩着，以至于离开医院的时候，他丝毫没注意到武霞有些嗔怪的神情。回到单位，他也没发现周围的人都似乎在躲避着他。期间，陈友业打来过一个电话，问了问他的情况，好像还说了些劝慰的话。罗西北有点不明白，但也没心思细究。浑浑噩噩地挨到下午，他跟秘书打了个招呼提前离开了。

车子在街道上穿行，罗西北一眼望出去，觉得四周既熟悉又陌生。这不是回家的路，这是哪儿呢？

最终在一个丁字路口的尽头，他停下了车。这的确是回家的路，抵达的终点是幺鸡口中罗西北曾经的家——蓝色围挡中的一堆废墟，罗西北前几十年的记忆在这里戛然而止。如今，连这片废墟也没了。围挡不知何时被拆除了，里面破碎的砖瓦也已经被运走，甚至地面都被清理过，一片干净整洁。

时间、空间，所有维度上证明罗西北曾经存在过的痕迹，都被擦除干净。

一时之间，罗西北有点手足无措。他走下车子，抬头望向四周。

原来在废墟的后面是一片新建的小区，罗西北家的老房子就在小区门口的拐角处。大概是蓝色围挡太显眼，以前竟然把整个小区都掩盖住了。因为是进出小区的必经之路，这里来来往往有不少人。罗西北把目光投向他们，换来的都是冷漠和躲闪。

不是这样的，他从前在这里一待就是一两个小时。虽然从来没有跟人说过话，但他能感觉到周围人眼神中的关切和怜惜。他们知道他是谁，知道他过往的经历，知道他在遭受苦难的折磨。可这些人也和这堆废墟一样，全都消失了。

天色渐暗，温度越来越低，可罗西北的额头却冒出了一层细密的汗珠。他拖着沉重的双腿走到车子旁边，颤抖着双手掏出车钥匙，却怎么也按不开锁。那些细密的汗珠汇聚在一起，顺着鬓角流下来，风吹过，他整个人都打起了冷战。

罗西北死死握着车门把手，感觉腿开始发软，他下意识地想呼救，但嗓子好像被塞住，别说叫喊声，连呼吸都愈发困难。

就在罗西北感觉自己马上要晕倒的时候，一双手从背后稳稳地扶住了他。

“韩队长，你怎么了？”说话的人是邱海。

罗西北的意识从刚才的梦魇中被捞了出来，但身体还没完全恢复。他把车钥匙递给邱海，两人搀扶着上了车。

小饭馆的油腻的餐桌上，邱海拿了两瓶啤酒和一个酒杯。罗西北问道：“怎么，你喝，我看着？”

“半小时以前你还哆嗦着站不稳，现在就要酒喝，我不敢给你。”邱海用筷子撬开瓶盖，自斟自饮起来。

罗西北也没有与他争执，起身去门口的箱子里也拿了两瓶啤酒，在桌子沿儿把瓶盖磕开，直接对瓶吹起来。邱海笑了一下，并没有多加阻拦。

二人都双眼放空地喝着酒，谁都不再多言语。直到服务员把两大碗面条和一盘土豆丝端上来，罗西北才开口道：“你就点了些这？”

“这咋了？要不是因为跟你一起，我连土豆丝也不点。”

“还说呢，怕别人不知道你抠啊。”服务员在一旁打趣地接茬儿，看样子和邱海已经十分相熟。

罗西北笑了笑，示意让服务员再切盘肉来，算自己账上，邱海赶忙阻止：“你别中他的计，他故意这么说，好多挣咱们点钱。”

服务员也不理会，一会儿端着一盘牛腱子走过来：“指望挣你这盘肉钱，我早喝风了。”然后转头对罗西北颇为殷勤地说，“今天腱子肉就这些了，一共一斤三两，给你算一斤，好吃再过来。还可以打包装做成礼盒带走。”

邱海假装不耐烦地轰人，服务员一点不恼，转身又盛了一盘花生米端过来，对着罗西北说了句“送的，慢慢吃”，便转身离开了。

“我还以为他就是个伙计，原来是小老板，挺会做生意的。”罗西北感慨道。

“其实，他要不这么倒霉，现在说不定做成大老板了。”邱海的口气有些伤感，“做了十年小摊子，好不容易开了店，结果老家房子出事，爹没了，老娘成了瘫子。没办法，只能把店盘出去，回家伺候老人，媳妇一气之下也跑了。挨了三年，积蓄花光了，老人也没了。他这才出来，又从摆摊开始，干到现在。前半年，老念叨睡不着觉。去医院看了，说好像脑袋里长了个小东西，让他进一步检查。他啥都没说，直接回来接着干。他说，要是哪天见他没开门，就让我带人把门砸开，替他收尸。”

罗西北忍不住朝柜台看了一眼，老板拿着个破手机，边看边笑，浑身上下没有一丝一毫不久于人世的悲切。

“所以，每次试验失败的时候，我都上这儿来喝点酒。对了，今天确实应该加盘肉，吃一顿，纪念纪念这功亏一篑的第二十七次失败。”说着，邱海夹了一大块肉狠嚼起来，之后又把杯子里的酒一饮而尽。

罗西北心里也憋了一口气。刚刚坐在车上，他回想着最近的一系列行动，保险柜也好，小偷也好，似乎总有人抢先一步，而且还设下埋伏等着他去踩。回去做罗西北已经不可能了，罗西北这个人就和那堆废墟一样，已经荡然无存了。继续做韩东，太累了，而且太失败了！想到此，罗西北也拿起酒瓶，把里面的啤酒一饮而尽。

从小饭馆回小区，要经过一条黑漆漆的小路。邱海扶了扶眼镜，四下张望了半天嘟囔道：“厕所明明就在这儿啊，咋就找不到了呢？”

罗西北也尿急得厉害，见邱海还在晃晃悠悠地摸索，他等不及在路边解开了裤子。不一会儿，邱海也走了过来：“冬天就不能喝啤酒，老想尿尿。”

寒风吹过，俩人禁不住一阵激灵。忽然，一个东西从邱海的怀里滑了出来，只见他在黑暗中一阵慌忙地打捞，连裤子滑下去都顾不得管。罗西北看着他滑稽的样子，打趣道：“什么宝贝，比命根子还重要？”

“嘘！”邱海压低声音说道，“这才是我的命根子！走，找个有亮儿的地方给你看看。”

小区的路灯下，邱海神神秘秘地掏出一个藏蓝色烫金笔记本。罗西北伸手要接，邱海又不放心地抽回去：“小心点，这是宝贝。蓝宝贝书。”

看样式，已经可以知道这本子大概有些年头。翻开硬质封皮，里面的纸张都有些泛黄了，而且大概被多次翻阅，所以还有些脏。但扉页上的字迹却工整漂亮，右下角写着一个名字：武向光。再看里面的内容，有文字，有数字，还有大堆陌生的符号和计算公式。

罗西北看不大懂，也没什么兴趣，翻了几页就还给了邱海。

见罗西北一副兴趣索然的样子，邱海惊讶地问了一句："完了？没看出点什么来？"

"我又不是科学家，看不懂你们的研究成果。"

邱海再次打开本子的扉页，指着右下角的名字："这个人不认识？"

武向光？罗西北使劲儿回忆了一下自己接触到的有关韩东的信息，确认这个名字从来没有出现过。

见罗西北一脸茫然，邱海笑了笑："看来她真是没跟你说过。"说着，他合上了笔记本，重新像宝贝似的把它揣进怀里，之后他沉吟了半天，最终下定决心般地说道："话也到了，酒也到了，我就都告诉你吧。"

"武向光是一位顶尖的理论物理学家，他的研究成果在当时引起过全世界范围的高度关注。他在学术上的想象力和创造力，我认为至今没一个人能匹敌。可惜，现在没人知道他了，即便在网络上也几乎搜不到他的消息。"

"为什么？"罗西北问道。

邱海摇摇头："不知道，突然之间，他好像人间蒸发了一样，他的人，他的成果，甚至他研究的领域，都消失得无影无踪，好像这些人和事从来没有存在和发生过一样。"

"那你怎么知道他？"

"因为我见过他。"邱海的眼睛望向天空，突然有些不好意思地笑了一下，"你看我现在这个样子，可能不会相信，我曾经是个神童，十二岁就进入了科大的少年班。有一个学期，武教授给我们开过一门课程。鉴于我们当时的知识水平，他只是在课堂上讲了些皮毛，但这已经足以让我迷上他的理论。下课后，我经常缠着他问东问西，并把自己的一些想法都告诉他。现在看来，那简直就是小孩子的笑话。但武教授没有表现出丝毫的不耐烦，他在指正我的同时，不断地启发和引导我。"

邱海陷入了自己的回忆里："这么高尚的师父，甚至比他研究的尖端理论更难能可贵。当时，我在心里暗暗发誓，拿到本科学历后，一定要报考他的研究生。遗憾的是，那个学期结束后，武教授因为要攻坚一个项目，没有时间再给我们班开课。最后一次见面，他对我说了很多勉励的话，还拿着一个藏蓝色烫金的笔记本对我说，等项目做成了，他就把这本宝典传给我。"

"就是你刚才给我看的蓝宝书，看来他的项目成功了。"罗西北说道。

"不，"邱海的声音突然沉了下去，"他突然消失了。没有原因，也没有结果。"

"你没打听过他的消息吗？"

"我当然努力过，但此时我的人生也被裹挟进了一些莫名其妙的事情里面。没有人告诉我为什么，同学老师都开始礼貌地疏远我。换了几个研究方向，但论文却迟迟不能通过。最后，在一位刚刚升任的导师的帮助下，勉勉强强拿到了硕士学位。我们这批学生，当年录取时就讲明，有免试直升博士的资格。但整个学校，没有一位导师愿意带我。甚至我拿着自己的资料申请的几位外校导师，也都婉言拒绝了我。不客气地说，我的学术水平在同期中是绝对的佼佼者，但所有的人都选择了视而不见，都选择了礼貌地拒绝。我就像一颗种子，被一阵不知哪里来的风吹到了半空中，漫无目的地四处漂泊，唯一可以确定的就是，从此我离科学越来越远了。"

邱海叹了口气，继续说："不知道你能不能体会，这种打击对我来说，是致命的。我绝望极了，感觉自己被命运玩弄了、抛弃了。直到现在，我都不敢回想那几年的时光，处理不了人情世故，四处碰壁，能着陆到现在这个位置，我几乎搭上了半条命。"

"是蓝宝书的突然出现又拯救了你吗？"

"突然出现？"邱海听到罗西北的问话，忍不住嘲笑道，"你不是警察吗，怎么这半天还没看出什么苗头？我好端端的为什么把自己倒霉的前半生告诉你，蓝宝书怎么来到我手里的你想不出来吗？”

见罗西北依旧一脸茫然，邱海无奈地摇摇头，“笔记本扉页上的名字还记得吗？武向光！你身边有多少姓武的？”

“武霞！”罗西北被击中了，他盯着邱海一时不知从何说起，“他们是……你们是……”

邱海拍了拍罗西北的肩膀：“武霞是武向光教授的女儿，大概二十年前，我已经见过她了。不过，那时她还是个没上学的小女孩，寥寥数面，她应该也不记得我了。再遇见她，是五年前。”

邱海的眼前似乎闪过了一幅幅以往的画面，他看着这些记忆，继续说道：“我去科大给一个研究生送论文，正巧遇到她搬了一箱子父母留在学校的遗物回家。箱子里都是书本，沉得很，我好心上去帮忙，一眼就看到了放在最上面的蓝色烫金笔记本。武霞长成了大人，模样却变化不大，只是眼神不似小时候那么明亮活泼，更多的是胆怯和忧郁。也难怪，年纪轻轻就经历如此巨大的波折，能顽强地活着，就已经很不容易了。”

“所以二十年前你只是见过她，五年前才真正爱上她？”提到武霞，罗西北的语气有些微妙。

邱海再次摇摇头：“刚才你是联想不足，现在是想象力过度了。我接近她守护她，并不是因为爱上她，我爱的是这本蓝宝书。不怕告诉你，这个笔记本是我和武霞熟络之后，从她家里偷出来的。”

罗西北看了他一眼。

邱海正视着他的眼睛：“手段的确不光彩，但我想，武教授如果知道这些应该也不会怪我，他明白这个东西放在别人那儿也没用，只有我还有可能再次盘活它。至于武霞，她至今也不知道我究竟是谁。对她，我只是在报恩。”

邱海说得特别诚恳：“武教授对我有知遇之恩，他是这个世界上唯一懂我理解我的人。他不在了，我有责任照顾好他的女儿。至于男欢女爱，我真的没时间。人生已经蹉跎了十数年，我要抓紧剩下的每分每秒，去完成武教授和我共同的理想。”

邱海的眼睛里闪烁着光芒，他抬头眺望天空，良久之后喃喃自语道：“武教授曾经对我说，每条宽广的大路旁边，都会有一条僻静的小路。找到它，把它调整到正对你的方向，你就会看到原本的大路也能呈现出不同的景色，那里就是真理的所在。武教授，我在小路上保护着武霞，在小路上探索您的理论。即使被误会也没关系，我愿意赌上自己一辈子的时间，追寻您曾经探索的路，可您说的真理到底在哪儿？”

邱海的话像一道谜题，引得罗西北也深陷其中，谁都没有注意到远处武霞的身影。

虽然邱海离奇的经历让罗西北自觉酒醒了大半，但第二天早晨，他还是起晚了。不过现在没有人来追究这些——一个特别专家视察组两天后即将抵达兰州，届时副省长会亲自带队迎接。

几乎所有的警力都投入到了对视察组的安保工作当中，包括之前在市局门口加装全新的安检门，也是这项任务的一部分。景天城则是毫无疑问的行动总指挥。

罗西北不在这次行动的名单之中，他同样被委以“重任”，在局里留守值班，全面负责除了特别安保任务之外的一切工作。名头很大，但实际上他手下可供调配的人数，大概两个手就数得过来了。

罗西北在心里默默祈祷，那些偷鸡摸狗的小混混们能稍微消停两天。况且他的实际工作也没有看上去那么悠闲，段大川用一通急促的电话把他叫醒，快速地布置了最新的任务：完全掌握视察小组的行程安排，并要做好最后一天会议的窃听。

“小偷的死相信是个意外，但同样的意外，我不希望再出现第二次。”段大川的话彻底清除了罗西北的宿醉。

然而除了罗西北，景天城带队的安保小组也在尽最大可能避免着意外。所有参与行动的人员，都是二十四小时无间断待命。即便不在轮岗时段内，也会随时被抽调。

行动安排由总指挥景天城向各个小组的负责人单项传达，小组成员不得横向串通消息，更不能对行动之外的人透露任何信息。景天城已经宣布，任务结束之前，他会住在办公室里。

罗西北要做的，就是在这项看似天衣无缝的计划里，见缝插针。

时间一分一秒地滑过，罗西北若无其事地闲待着，却始终在调动精神，观察着安保小组的一举一动。幸好，压力是平等的。在罗西北越来越紧张的同时，安保小组的每个成员也都愈发地疲惫。虽然平时办案也经常会连轴转，但像这次分秒不懈的工作强度，对许多人来说还很少遇到。

每过一个小时，罗西北都在手机日程上做一个标记，即使在他如常下班，和武霞吃饭，甚至深夜躺在床上的时候。时间不多了，但还来得及。罗西北默默提醒自己。终于，二十个小时过后，他等来了机会。

第二天的早会，会议室里传来了景天城愤怒的咆哮：“我一再强调，熟悉路线是基础，到现在这个阶段，你还开导航，干脆我明天派辆车在前面打着双闪给你带路好了！”

导航！

罗西北想了想，把手机调成静音，塞进了一堆文件里。

不一会儿，会议结束了，每个从里面走出来的人脸色都很严肃。但平日里坐在罗西北斜对面的小李似乎又与别人不太相同，他一回到座位就把手机扔在了桌子上，神情中更多了一分沮丧。

罗西北在座位上假装翻腾了一阵，随口对小李说道：“我手机找不着了，你给我打一下。”

听到手机两个字，小李的脸上更添了一丝烦躁，但跟他说话的人毕竟是队长，他强忍着烦躁打开自己的手机，递给罗西北：“昨晚没睡，我迷糊一会儿，你自己打吧。”说完，一头趴在了办公桌上，似乎想用这个动作告诉其他人，别再来烦他。

罗西北拨通了自己的手机，但同时也点开了小李手机上的导航软件，用最快的速度记录了最近的几个定位地点和行车路线。小李大概真的累了，不一会儿座位上传来了呼噜声。

罗西北趁人不注意，把手机放回到他手边，顺便到饮水间接了一杯水。事情比他预想的要复杂，小李近期的导航目的地有四五个，行车路线也有很多条。东西南北各个方向都有，看不出一点明确的指向目标。

刚刚烧开的热水，很快把温度传递到了罗西北的手上。他快走了两步，回到办公桌前，见小李的身边又站了个人。

此人并未将小李喊醒，只是动作轻巧地把一盒牛奶放在了小李的桌子上。见罗西北端着杯子走进来，她快速迎了上来：“韩队，正要找您呢，这几宗案卷归档，跟这边签个字。”

她是档案室的内勤小张。罗西北点头答应，爽快地签了字。正此时，小李的手机响了，他猛然惊醒，抓起电话说了两句，便匆匆走了出去。小张站在罗西北身边一动没动，但眼神随着小李的脚步飞出了门外。

罗西北在一边看得极其真切。

午饭后，是档案室最清静的一段时间。罗西北溜溜达达走了进去，将一个单子递给小张：“帮我把这几份资料调出来，晚上下班前我就还回来。”

小张拿出登记册，边让罗西北签字，边问道：“韩队怎么有工夫看这些老档案啊？”

“难得闲着啊，我也没参加那什么特别行动，趁着这点空闲，把平时想看没机会看的，拿出来瞧瞧。”

“没参加那破行动算您走运了。凡是行动小组的人，这几天都快累得没人样了。”

“是啊，小李今天趴桌子上，半分钟不到呼噜就响了。看样子，累惨了。”

“要光是累也就算了，可累死累活还得受气，简直没处说理去。”小张说着嘴巴一撇，仿佛受气的就是她本人。

“背后抱怨领导，这毛病可不好啊。”罗西北半开玩笑地说道。

“韩队，要都像您似的，估计也没人抱怨，可是……”话到嘴边小张犹豫了一下，但还是忍不住说道，“可是景队长也有点太吹毛求疵了。现在还只是任务演练阶段，小李路线不熟悉开了下导航至于这么小题大做吗？说他因为点导航，发车晚了两分钟，其实这两分钟完全可以在路途上找补回来。再说了，小李也不是什么核心成员，他就负责最外围的巡视，那些线路离开会地点还远着呢。”

小张越说越激动，猛一抬头碰上罗西北的目光，马上意识到了自己的失言。罗西北朝周围看了看，压低声音严肃地说道：“你虽然是内勤，但纪律应该都懂。刚才那些话，到我这儿就打住了。再有第三个人知道，对你和小李，都不是好事。这里面的严重性，应该不用我再强调了吧？”

小张涨红了脸，站得笔直。一直到罗西北的身影消失在楼道尽头，才松了口气坐回椅子上。

这段楼道的距离，让罗西北想到一件事，外围巡视，那小李走过的线路连接起来，应该就是包围圈，而会议地点，应该就在包围圈的中心地带。

罗西北把手机上的地图放到最大，一格一格地查找下来，一家私人会所闯入了他的视线。

借口下楼买烟，罗西北用一部公用电话拨打了这家会所的电话。

“嘉禾会馆吗？我想预定一下房间。”

“不好意思先生，请问您要预定哪天呢？我们这边下周四之前已经被包场预定了。”

“哪个单位，连包这么多天？”

“对不起，这不方便透露。”

“没事，我也没兴趣知道。那我今天先过去看看环境可以吧？”

“抱歉，下周四之前，我们整个会所完全不对外开放。我建议您还是等过了这段时间再打电话过来吧。”

不等罗西北再问，对方便迅速挂断了电话。

一家公开营业的会所，却给送上门的顾客吃闭门羹，罗西北觉得这其中必有蹊跷。

下班后，他打了辆出租车，指示司机在会所附近绕了几圈。周围的环境，乍看上去没什么异样，但在附近散步的一对情侣让罗西北在车里猛然伏下了身子。虽然不是身边的熟人，但情侣中的男士是市局的人无疑。罗西北长出了一口气，地方找对了，可看这阵势，想混进去，难于登天。

出租车最后一次经过会所门口的时候，罗西北悄悄往外看了一眼，院子里一辆白色的救护车格外显眼——车上印的标志正是市人民医院急救中心。

不知道是不是最近夜班上多了，袁媛看上去有点憔悴。

“还没谢谢你前几天的事儿，武霞都跟我说了。那天没你帮忙，肯定穿帮了。”罗西北客气地说道。

“有事快说，没工夫跟你磨叽。不会是老段又宣布联系不到我了吧？”袁媛情绪不高的样子。

“没有，不过是跟近期任务有关的事。知道嘉禾会所吗？最近，你们医院有没有往那边派人？”

“地点名字我不确定，但确实有两个人被抽调出去，带了很多好药和设备，说有特别任务。”

“任务内容知道吗？”

“大夫还能干什么，治病救人呗。据说是北京的一位院士，来考察开会，可能身体不大好，怕太累了犯病，所以必须有人在他住宿工作的地方随时待命。”

“能不能想办法，让你去那边待命？”

“不太好办，可以试试。”

“别试了，一定想办法进去，我想破了脑袋，也只找到这一条出路。前几天已经搞砸了一个任务，这次再失败，我怕老段要我的命。”

“切！”袁媛冷笑一声，“老段可舍不得你，你现在是他的香饽饽，他疼你都来不及呢。”

“这样的话，你帮我对你也没坏处嘛。”

袁媛又是一声冷笑，甩下一句“等我消息吧”，便转身离开。

罗西北觉得有戏，但却没想到，整整三天，袁媛音讯全无。

从安保小组的工作状态来看，视察、会议等一系列行程已经进入了尾声。在克服了前期的紧张之后，整个安保小组运行得有条不紊。罗西北在一旁则是心急如焚，没有任何可乘之机。袁媛有没有成功进入会所，为什么一直没有消息，各种可能在罗西北的脑子里来回缠绕。

所以，第三天晚上，他终于见到袁媛的时候，还未说话，已经感觉心脏要跳出来了。

袁媛看上去倒是颇为轻松，脸上又浮现出往日里狡黠的笑容。大概看透了罗西北的紧张，她的言语之间更是得意得很：“没消息就是好消息，这个道理都不懂吗？”

“这么说，会议窃听记录已经拿到了？”

“再说一遍，没消息就是好消息，现在有消息了吗？”

“这个节骨眼能不能别卖关子了。到底拿到了还是没拿到？”罗西北有些急躁。

袁媛见状，也神情严肃起来：“会议记录已经拿到了，但剩下还有一步，需要你去做。”

“为什么？”

“因为我的身份是在明面的，我是医院里派去做医疗支持的人，院士和他助手都认识我。我之前利用给他量血压的机会，在他的资料包里放了窃听器，老段在那边已经接收到了信号，同步听取了会议。”

“你的意思是说，任务已经结束了？”

“对老段来说已经结束了，对我还没有。安装在资料包里的窃听器我没能顺利地取回来，虽然现在还没被发现，但这种级别的会议，结束之后肯定要做地毯式搜索，一旦发现可疑物品，那我几乎就等同于暴露了。”

“这事老段不管吗？你暴露了他也有危险吧？”

“老段才不管这些，他巴不得我现在就死呢！”袁媛的语气中流露出一丝焦虑，但她没时间详细解释，只是一股脑儿地把自己的计划讲了出来。

原来院士的资料包在会议结束后被助手拿走了。袁媛本想趁二人外出就餐的机会，偷偷溜进房间，但却发现院士和助手的房间正对面都加装了摄像头。

“有摄像头的话，我也一样进不去，摄像头背后的人一眼就能认出是我。”罗西北还没搞明白袁媛的计划。

“不，你可以化妆，”袁媛说着拿出一个背包，里面装了一身会所保洁员的工作服，“摄像头好骗，但身边人就没那么容易了。我在那儿待了两天，里面的工作人员都见过我，但你没出现过，换上衣服戴上口罩，顺利的话，两分钟就能搞定。”

罗西北没有马上答应，会所内如果遇到安保小组的人呢，四目相对难保不被认出来。

见罗西北一副犹豫的神情，袁媛有些生气："冒这么点风险，怕了？你要知道，为了能进去执行任务，我给同事下了药，她现在还在加护病房发高烧呢。我跟她无冤无仇，做这些都是为了帮你，你现在准备怎么报答我？"

"你干吗要对同事下这么重的手？"罗西北仿佛看见了段大川的影子，心中一阵气恼。

"我现在没时间跟你探讨这些道德问题，一句话，干还是不干？不干的话，我暴露了，咱们都玩完，你也好，老段也好，谁都跑不了。"

罗西北窝了一肚子火，他忍了半天，最终问道："你计划怎么把我带进去？"

第二天清晨，已经提前换好保洁员服装的罗西北，早早来到了会所的后门。这里是往外运送大型垃圾的出口，早上正是交班清理的时候，外面来的垃圾运输车，上下班的保洁员，人流穿梭，热闹而混乱。

罗西北拎着一袋垃圾从旁边转到运输车的一边，把黑袋子往车上一扔，混进了会所。

相关的会议已经全部结束，许多参加会议的人已经离开了。但楼道里穿行的人却并不少，除了会所的工作人员，其余的都是前来善后的安保人员。好在，这里应该不会碰上什么熟人，袁媛说据她观察，负责内场近身安保的是国安局。而公安局抽调过去的人手，负责的是外围交通安全。

罗西北趁人不备，推了一辆清扫车，按照之前袁媛画好的线路图，很快，就找到了院士和助手的房间。

房间的门开着，罗西北向里张望，一眼就看到了袁媛所说的资料包。可是，跟资料包在一起的，还有院士的助手。他的行李已经收拾妥当，正在碎纸机前，把包里所有的纸质资料全部粉碎。除他之外，屋里还有一个大姐，看样子是负责客房清扫工作。她拿起柜子上的资料包问道：“这个还要吗？”

助手看了一眼说道：“这个没法碎，里面已经没东西了，你帮我带走扔了吧。”

大姐顺手把资料包放进一个随身的口袋：“不能随便扔掉，你们这边出去的东西，哪怕一个纸片也要过检。”

听了这话，助手笑笑说：“那够你们折腾了。”

罗西北后背一阵发凉，他推着车假装路过问道：“有需要往下带的垃圾吗？放车上吧。”大姐听见后一阵轻松，念叨了一句“正好”，然后先是拿了一大袋子碎纸沫交给了罗西北，继而又把那个随身的口袋摘了下来。

可正当罗西北伸手准备接过袋子的瞬间，大姐抬起头看了他一眼。罗西北下意识地避开了她的目光，但大姐拿着袋子的手还是缩了回去。

“你跟老吴换班了？”大姐语气温和地问道。见罗西北点点头，她依旧不慌不忙地说：“就这些吧，他这边还没整理完，说不定还有别的，这个袋子一会儿我自己拿下去。”

“没了没了，我已经完事了，剩下的你们检查吧。”助手说完，拎着箱子下楼了。大姐下意识地往房间内退了一步，罗西北则迅速地跟了进去。

“你是谁？我怎么没见过你？”大姐的语气变得十分警觉。

“新来的，今天刚上班。”

“不可能，新来的不会给排这边的班，而且我们本来也没有姓吴的。”

罗西北自知身份被识破，便干脆直说道：“我想要那个包。”

“要什么都行，但现在还不是时候。”大姐的语气愈发冷静。

“你开价吧。”

“现在谈不成，还有两分钟安保人员就要上来做全面清查，时间来不及了。你真想谈，晚上在后街的小饭馆见面。”见罗西北有些犹豫，大姐紧接着说道，“咱们进来的时候摄像头都拍着呢，说话时间长了，上面监控都能看见，你还是快走吧。我言而有信，晚上见面说。”

脱掉工作服，会所的这位大姐比之前显得更加朴素。她背着一个手工缝制的布包，约定的时间刚到，便低头走进了小饭馆。

没多久，她便坐到了罗西北的对面，大概已经在外面观察了很久吧。罗西北把菜单递到她面前，她摇了摇头：“倒杯水就行。”

“还是点个菜吧，”罗西北见她两只手不停地搅动背包袋子，便把菜单拿回自己的面前，“咱俩人坐在这儿不吃不喝干说话，看上去有点扎眼。”

大姐听了这话，更加紧张，她立刻四下张望了一圈，双手攥得更紧了。

罗西北边看菜单边安慰她说：“没有别人跟来，不过你再慌慌张张的，想不让人注意也难了。”说完他叫来服务员，点了两个炒菜和一个凉菜。服务员合上菜单准备离开的时候，大姐突然说：“再点两份肉饺子，打包。”

罗西北抬头看了看她，大姐强撑着说：“不能打包吗？”

罗西北点点头：“能。”

待服务员离开，罗西北开门见山地问道：“东西带来了吗？”

“带来了。”大姐说着，双手微微颤抖着在包里掏了半天，最后拿出一部手机。她显然对这部手机的操作不太熟悉，又点又划地找了半天，终于打开一张照片递到了罗西北的眼前，“是要这个吧？”

罗西北点点头，本想再看真切点，但大姐迅速收起了手机，把包攥得更紧了。之后她喝了口水，脸上露出一丝小小的得意：“我把那个房间又翻了个遍，就是这个小东西还像个玩意。挺重要的啊，要不然也不会派了好几拨人三番两次去找。那个护士是你们一伙的吧，我早看出来了。她是护理那个老头的，却没事总往助手房间凑。她去布草间偷工作服的时候，我就在旁边的墙角藏着呢。你们……”

罗西北用手势制止了她越来越大声的吹嘘，轻轻说："直接开个价吧。"

"五十万。"大姐脱口而出，迅速说出了这个数字，她显然早就想好了。

罗西北吃了一惊："你还真敢要？"

"你知道把这个玩意儿带出来有多难吗？最后撤场，不仅房间要彻底清理检查，连我们每个人都要搜身安检，这么算下来我开的价不算高。"

"三万五万我现在就可以答应你，但你狮子大开口，我想答应也没这个权利。"

大姐说："三五万我不如交给安保或者老板，立个功老板奖金也有这些了。我需要的不是改善生活的小钱，我要的是改命的钱。"

"五十万，你能把命改到哪儿去？"

大姐道："我这辈子就这样了，我闺女可不行，你没看见她俩，我得……"罗西北冷冰冰的目光，把大姐的后半截话压了回去，"你回去和领导商量一下吧，想好了打这个电话找我。"说着，她在菜单上写了一个号码。之后便招手向服务员大声询问了一句，"打包的饺子好了没？"

顺着大姐吐露的讯息，罗西北跟踪了她两天。

这个女人的生活节俭而规律，每天早出晚归，除了会所的工作，她至少还打着其他两份工。直到周末，她早早下班，来到省艺校的门口。两个亭亭玉立的女孩朝她走来，看样子应该是她女儿。

当天大姐的情绪颇为兴奋，一见到女儿便问道："上回你们说的出国交换生的报名截止日期是哪一天？"

"妈妈，别琢磨这事儿了，报名费、置装费、来回机票、食宿，没几十万下不来。我们在这边，跟着现在的老师练也是一样的。"

"要是一样，为啥人家都削尖了脑袋抢这名额呢？好不容易选上，妈妈不会耽误你们的。钱的事儿我有办法，你们下周想着把报名表填上，然后赶紧准备节目。”

在女儿面前，大姐之前贪婪的嘴脸看上去柔和了很多，眼睛里也闪动着明亮的光。罗西北有些动容，他决定向段大川申请一下，就算拿不到五十万，也尽量多争取一些。

“你为了她的两个女儿跟我要五十万？”段大川盯着罗西北问道。

“不是为了她们，是为了我和袁媛。她已经识破了我俩，如果不满足她的条件，我们暴露的可能性就会大大提高。我俩如果都暴露了，那么你和组织的安全也会受到威胁，这一串连锁反应，我想用五十万来平息，大概是值得的。”

段大川沉默了一会儿，最终点了头：“跟她要账号吧。”

虽然得到了段大川的首肯，但罗西北依旧有些担心。为防夜长梦多，他第一时间联系了保洁大姐，向她传达了这个好消息。大姐自然喜不自胜，立刻就把银行卡信息发给了罗西北。

没过几分钟，转账成功的短信就到了。

这一切进行得异乎寻常的顺利，让罗西北都有些难以置信。但他来不及多怀疑，还有任务没完成。

“钱你收到了，现在把东西交给我吧。”

大姐看了罗西北一眼说道：“这么重要的东西，我不敢带在身上，你跟我去拿一趟吧。”

罗西北的心里闪过一丝疑影：“好，我开车，你指路。”

“我坐不得这么高档的车，会晕的。咱们坐公交车吧。”

罗西北的疑虑更加重了一重：“耍手段对你没好处，况且钱你已经拿到手了，早点把事情了结不是更好吗？”

“那也要看怎么了结啊？你怕我，我其实也怕你。先坐车过去吧。”

罗西北无奈，只好随她去了公交车站。

一排排的站台，川流不息的公交车，摩肩接踵的人群。这画面太熟悉了，还有这混乱而窒息的感觉，罗西北的脚步愈发沉重。

大姐在前面走得倒很轻快，不一会儿罗西北便有些寻不见她的身影了。身边的公交车一辆接一辆地通过，罗西北几乎是在人群中挣扎和追逐着。他的眼睛越来越模糊，双耳愈来愈轰鸣，直到一阵尖利的刹车声把他惊醒，人群中一阵惊叫和骚动。

罗西北逆着人流拼命挤到前面一看，行车道上，保洁员大姐已经血肉模糊地没了人形……

罗西北彻底惊呆了。

第十一章 母亲

电话在口袋里一直震动着，罗西北把手伸进去，按掉了。

不管是谁，现在这一刻他都不想回应。就五分钟吧，他在心里告诉自己，崩溃五分钟。否则，他怕保洁员大姐血肉模糊的尸体会一直出现在自己的眼前。他更怕段大川理所当然的嘴脸会一直出现在眼前。

“没想到你会因为这件事来质问我，我以为我的意图你早就明白了。”说到保洁员大姐的死，段大川的语气轻松得令人难以置信，“她自以为抓住了什么把柄，就肆无忌惮地漫天要价，甚至还企图长期以此作为胁迫我们的工具。对这样的人妥协，就是对自己犯罪。”

“可至少得等到把窃听器拿回来再决定吧，万一……”罗西北在段大川强势的逻辑面前也有些退缩了。

“窃听器只是一个工具，里面没有记录任何内容，只要不在会议现场被发现，那就失去价值了。现在谁还能证明它曾经出现在会议现场，被用来窃听会议内容呢？就算国安局的人现在找到它，最终的结果也只会指向这个贪得无厌的保洁员，后面的人和事儿就会随着她的死一起消失了，没了，什么都没有了，懂了吗？这个保洁员死亡的必要性，你还需要我解释多少？”

罗西北没有再继续追问下去。

与魔鬼讲道理，没有任何意义。自己设定的五分钟崩溃时间已经过去了，但其实距离开段大川的办公室已经过去了将近半个小时，但他依旧无法集中精神。回局里潦草地转了一圈，他便借故走掉了。至少先逃回韩东的家里躲一小会儿，静下心来想想，作为韩东，自己下一步的出路在哪里。

刚坐到车上，口袋里的手机再次震动起来。这次罗西北拿出来看了看，是姚静。他犹豫了一下，再次挂掉了。很快，姚静发来一条消息：什么时候有时间来做治疗？

罗西北想了想，什么都没回复，开车回家了。小偷死得不明不白，姚静回答得不清不楚，然后几天不见，就当这些事情都没有发生过吗？罗西北感觉自己无论如何都做不到。

等了十分钟，姚静便已经知道罗西北不会回复她的消息了。

三年的时间，即使作为普通的医生和患者，他们之间这点默契还是有的。随后，她从抽屉里取出了那个不常用的手机，犹豫了一会儿又放了回去，如此往复了好几个来回，终于还是按下了开机键。

约莫半个小时后，手机震动起来。

“五分钟。”电话接通后，对面传来一个男人严肃的声音。

“我之前申请的是通话十分钟。”姚静的口气似有些不满，但更多的是犹豫不决。

“通话时长超过七分钟，事件就要达到特急级别。我看了你的申请，不觉得有这个必要。另外，时间已经过去了二十五秒，这些都是算在通话时长中的，所以还是直接说吧。”

姚静长出了一口气，表盘上的秒针又运转了三格，她才开口道：“我想提前唤醒他。”

“理由？”

“坐标拿到了，路线图是几天后的事，剩下的就是执行，现在唤醒他我认为没问题。他的大脑状态很好，现在介入式唤醒，更有助于掌握他今后的动向。到了执行阶段，也更容易让他为我所用。我觉得现在就是唤醒的好时机。”

“你今天说的话跟以往不大一样，少了很多客观叙述，通篇都在说我认为我觉得，似乎已经是掌控了全局的人。”

“这边的局势难道不是一直由我来掌控吗？还是现在在你的眼里，我也和那些农场孩子一样，只能绝对服从？事实上，我现在的境遇也许还不如某些农场孩子。”

“关于你和农场孩子的区别，不是今天通话的议题，也没有时间在这里展开讨论。但我必须提醒你，无论是你还是其他任何人，都是行动的一部分，在这一点上任何人都没有区别，也不会因为你和我的关系而让你享受特权。”

电话里的声音始终平静而坚定，姚静刚刚掀起的情绪，像一块小石子在海面上激起的水花，迅速被广阔的大海覆盖吞没了。有一瞬间，她感觉眼睛有些温热湿润，但电话那头的声音像一针强效的镇静剂，让她又恢复了往日的波澜不惊。她看了看桌面上的计时器，距离通话结束还有三十秒。她沉吟了一下，说道：“我的陈述完毕。”

“关于断指，现在进展到什么地步了？”对方似乎不想浪费最后的这点时间。

“已经很接近了，但还没有明确的目标。坐标事件之后，我们发生了一些小分歧，到今天我还联络不到他。”

“原来这才是今天通话的原因，失控了。”

“没有，只是暂时没有见面。”

“那下一步如何引导cy4402的行动方向，不用我多说了吧。在找到有关断指的确切消息之前，我们之间不必通话了。”

电话骤然切断了，时间刚好五分钟。几十年不变的严谨，姚静有些惭愧，自己刚才的表现确实太不堪一击。如果在这些丝丝缕缕的情绪之中裹足不前，那她的确与那些农场孩子毫无区别了，更加不配坐在现在这个位置。

她关掉了刚才通话用的手机，把它重新放进了抽屉的最深处。

随后，姚静再次拨打了罗西北的电话，但这次电话比之前挂断得更快，再打，对面便传来了手机关机的提示语音……

罗西北没看清是谁打来的电话，便急匆匆地挂掉关机了。因为，此刻他正站在家门口偷听房间里的对话。可就算动作如此迅速，房间里的声音还是停顿了一下。

罗西北不敢继续站在门口，他以最轻快的脚步，溜进了楼梯间，步行了三层然后乘电梯回到了地下车库，迅速地驶出了小区。

而在韩东家的客厅里，邱海见武霞突然停顿了一下看着门口，有些不解地问道：“怎么了？”

“门外好像有声音，你听到了吗？”武霞问道。

“没有，”邱海摇摇头站起来，通过猫眼朝外张望了一下，“没人。你听错了吧，要不就是楼上。”

武霞没继续坚持，她有些疲惫地低下头：“没什么事儿你回去吧。我想休息一会儿，晚上还要值夜班。”

看着武霞疲惫的神情，邱海有些不忍心，但最终还是开口说道：“这段时间，我觉得他对你不错，有些事情还是别瞒着了，这样下去你太辛苦，身体也承受不住。况且，他是警察，你觉得咱俩的这些把戏能瞒他多久呢，还是真为了这件事跟他离婚……”

“别说了，这些事儿我也不知道，走一步算一步吧。”武霞双手抱头，十指深深插进头发里。

看着武霞纠结的神情，邱海叹了口气转身离开。

晚上回到家的时候，武霞已经去上夜班了。罗西北坐在空荡荡的客厅里，低头翻捡着手机通讯录，过了好半天一个不常用的号码闯入他的视线。他在网上搜了一下这个号码，“爱维健康院”的名字再次出现在他眼前。

罗西北有点后悔之前没第一时间去这家疗养院探探路，或许他和武霞之间这种忽冷忽热的关系能早一点结束。武霞背着罗西北嗔怪邱海不该酒后失言，而那天两人的谈话中唯一和武霞有关的，就是她父亲的事。

如果没记错的话，当年韩东和武霞交往伊始的短信之中，武霞曾经声称，自己的父母均已去世，她是一个孤女。难道，有关她父母的一切连韩东都不清楚吗？但根据邱海酒后的叙述，武向光教授夫妇与其说是去世，不如说是失踪。是时候解开这些谜团了。

“爱维健康院成立于20世纪70年代，最早是军队系统内的一家疗养院，1993年划归地方，现在隶属于省民政厅。所以，尽管看着不起眼，其实我们这儿是省直属单位。”健康院的冯院长已经年过五十，据他自己说是从民政厅二线下来后，来这里当院长的。

虽然做派有很浓厚的机关单位风格，但为人还算热情诚恳。他双手接过了罗西北递过来的名片，还煞有介事地向罗西北了解医药公司的情况。

罗西北盯着冯院长手里那张搜寻了很久的旧名片，努力回忆着当初刚进医药公司时参加的培训内容，口干舌燥地说了将近二十分钟，才终于步入设备药品采购的正题。

冯院长不愧是机关里混了一辈子的老江湖，听到花钱的事，马上把话茬儿接过来打了一圈太极，然后主动提出带罗西北各处参观一下。这倒是正中罗西北的下怀，毕竟坐在办公室里也很难有什么发现。

疗养院的主楼是一栋俄式建筑，房间方正，楼道宽敞。

冯院长颇为自豪地说，这样保存完好的老建筑，全国都不多了，因为墙体厚重，每个房间都是冬暖夏凉。但罗西北看到的则是墙面灰暗，空气流通差，甚至有点隐隐的煤烟味，好在这里的基本卫生还不算差，虽然陈旧，但至少干净整洁。

东侧的楼道加装了一道隔离门，冯院长解释说，这个半区居住的一部分病人，精神或智力有些问题，为了安全起见所以多加了一道，也是对他们的一种保护。虽然被提前打了预防针，但当罗西北真正踏入这道大门，内心还是凛然一动。

几乎每个房间的病人都冲到门口朝他张望，因为长期待在室内，门后面的脸都显得异常苍白，有些还兴奋地一边挥手一边大喊大叫。

“你别害怕，他们不是疯子，也不会伤害人。”冯院长边走边说，有时还会冲着里面的病人笑一笑，“他们只是太寂寞了。住在这里的人，大多被家人嫌弃。好一点的，隔段时间来缴费顺便探望一下。更多的是，一次性交几年的钱，把人往这儿一丢，之后就消失了。”

“可是，长此以往，他们的精神状况不是越来越差了吗？”罗西北禁不住问道。

“没办法，我们能做的也只有尽心尽力地陪护，但毕竟人力财力都有限，所以，你明白吧，”冯院长无奈地摇了摇头，“而且像他们这样的，看见生人会兴奋喊叫，说明他们还有情绪起伏、思维活动，对外界依旧抱有好奇心。病情更重的，大脑已经成了一潭死水。”

说话间，二人来到了活动室。说是活动室，反倒是比其他地方更安静，连成一排的大桌子前，围坐着几个人，他们谁都不说话，甚至连眼神的交流都没有。

有人在看书，有人在团小球，有人在搭积木，有人在做手工。每个人的眼神都很专注，表情也非常严肃。如果不是身处这边，可能都不会有人认为他们是精神病人。

“这些是病情最严重的，对于他们来说，恢复记忆、情绪、思维，几乎是不可能的了。目前让他们做这些，只是寄希望于这些活动能对他们的大脑产生一定的刺激，不至于在短时间内恶化。”冯院长解释道。

在得到允许后，罗西北轻手轻脚地走近这些人。这才发现其中的端倪，看书的那位，书其实拿反了。搭积木的，手里拿着一块积木反复比画，却始终摆不上去。

此时，旁边一个头发灰白的老太太吸引了罗西北的目光。她面前放着一个小筐，里面装满了各色的塑料彩珠。每拿起一颗珠子，她都盯着看半天，然后才小心翼翼地穿到线绳上。而她的脖子上还戴着一串项链，就是用同样的彩珠穿成，只不过花样比她手里的要稍微复杂一些。

“这个病人本来是我们这里病情最重的。她发病的时间比较久远，因为多次转院，很多相关资料和病历都遗失了，所以也搞不清楚最早发病的起因。说起来，她比我在这里待的时间都长，听一些老资历的医生说，她刚来的时候已经接近于痴呆，完全没有生活自理能力，而且身体状况也非常差。很多人都以为她可能很快就不行了，但她的求生欲又非常强，在我们这里治疗了一段时间，身体状况反倒逐渐好转了。”

冯院长顿了顿，像是感慨着命运，“更幸运的是，前段时间，她失散多年的女儿找到了这里。现在隔一段时间就来看看她，这对老太太的帮助非常大。她脖子上戴的项链就是女儿给她编的，自从戴上就再也不肯摘下来。所以说，家人的关爱胜过灵丹妙药，你说是不是？”

冯院长在一边感慨地说道，他没想到自己这句话提醒了罗西北——怪不得这些彩珠看着眼熟，前一阵，武霞不就在家摆弄过这些玩意儿吗？难道，眼前这个老太太就是武霞的母亲？

罗西北慢慢蹲下，仔细端详着老太太，想从她布满皱纹的脸上，找到一丝武霞的影子。

连上了两天夜班，武霞感觉脑袋有点昏昏沉沉，但是疗养院门口罗西北的车一下叫醒了她。

在核对了一遍车牌号，确认这的确是罗西北的车之后，武霞迅速走了进去，直冲进活动室。与平日不同，活动室里空无一人，武霞又朝楼道两边张望，似乎也比以往安静了一些。

突然，整个楼里的灯全都熄灭了，几秒钟后又亮了。如此反复了几次之后，楼道里又传来报警器的声音。武霞有点不知所措，更让她不安的是在闪烁的灯光下，她骤然发现楼道的地板上有淋淋血迹。

此时，两个护士从远处慢慢走过来，俩人有一搭无一搭地说着闲话。

"快把血擦干净了，别让人看见……"

"怎么流那么多血……不禁折腾……"

"以后得轻点，他也有点年纪了……"

武霞如同遭了电击一般，身体僵硬得一动都不能动。她仿佛又站在了那间小屋的门口，一扇小小的玻璃窗内，父亲被绑在椅子上，打得遍体鳞伤，而母亲在另一把椅子上，虽然没挨打，却被注射了一管又一管药物。

"看到了吗？这就是不听话的下场。"

一股热血在胸口涌动，如同当年一样。但她不再是当年柔弱的小女孩了，她不能再允许自己袖手旁观，她必须有所作为。尽管此刻她感觉腿有千斤重，手也在不停颤抖，但是她至少可以……

两个正在打扫的护士，被一阵爆发式的狂叫吓了一跳。只见武霞站在活动室外面，边喊边踢打墙壁，没等二人反应过来是怎么回事，她便一头栽倒在地上昏了过去。

醒来的时候，武霞发现自己躺在疗养院母亲的卧室，罗西北和冯院长以及几位医生都在身边。而母亲坐在轮椅上，安静地看着她。

武霞猛地一下坐起来，却立刻被众人拦住了，“你刚吃了药，不能这样剧烈活动，否则随时有生命危险。心脏病人最忌讳激动，你自己应该清楚。”

武霞被缓缓放倒在床上，一抬头发现身边最近的就是罗西北，她立刻质问道：“你来这儿干什么？”

不等罗西北回答，冯院长先开口了：“小罗昨天来我们这儿参观，发现了一些隐患。没想到回去马上联系了一家智能设备公司，给疗养院免费安装了针对病人的报警系统，刚才的警报声就是在调试。”

“我刚才在楼道里看到，地上仿佛有血？”武霞对罗西北还是将信将疑。

“刚才灯一亮一灭，有两个病人觉得好玩，激动得手舞足蹈，不小心把鼻子碰破了。”冯院长说道，“昨天，小罗也没跟我说你们的关系。刚才调试的时候，还说希望能让你母亲的生活环境更安全舒适一些，算是给你个惊喜。没想到惊喜成惊吓了。”

“是我没考虑周全，给你们添麻烦了，冯院长。”罗西北客气地说。

武霞四下看了看母亲的房间，发现房间的确焕然一新，不仅装了很多安全设备，还买了很多折纸模型。再看母亲，她已经拿了一张彩纸，平静地玩上了折纸，仿佛回到了小时候与她在一起时的样子。

“关于你父母的事情，为什么一直瞒着我？你父亲是不是也还活着？”离开疗养院之后，罗西北在车里问道。

武霞摇摇头：“父亲的确去世了，在一次实验中发生了意外，因为涉及国家机密项目，所以关于父亲的所有信息都被封锁了。我那时十六岁，太详细的我也不清楚，只知道母亲受不了打击疯掉了。我辗转求学，靠着国家发的特殊抚恤金生活。再后来的事儿你就都知道了。”

“找到你母亲是好事，为什么不告诉我，却告诉邱海？”

“邱海是个值得信任的人。”

“可我是你丈夫。还是你对其他男人的信任已经超过了对丈夫的信任？”

“你是在吃醋吗？”武霞转过头看着罗西北。

“算是吧。”

武霞停顿了一会儿说：“因为邱海本来就知道我父母的事情，我还是小孩的时候就认识他，他是我父亲的学生。”

“可邱海说你不知道这些。”

“书呆子，”武霞叹了口气，“如果不知道这些，非亲非故我为什么这么信任他，为什么把父亲最珍贵的笔记本送给他？他以为是趁我睡着的时候拿走的，其实我都看到了。我不堪的一面他都看到过了，那就只让他一个人知道吧，我不想再暴露给其他人，包括我的丈夫。”

武霞眼帘低垂，嘴唇微微颤抖了两下。她小心维护着在丈夫面前的体面和尊严，这让罗西北心里一阵感动。他拉住武霞的手说：“我最丑陋的一面你已经见识过了，现在我也见过你的了，咱俩这下扯平了。”

武霞下意识地想把手挣脱出来，但罗西北却越攥越紧，之后干脆把武霞揽入了怀中。

“怎么刚才我好像听见院长管你叫小罗？”

“我瞎编的。要是跟人家说我是刑警队的，他们能放心让我进去吗？”

“你们权利这么大，想进哪儿还不方便。”

“我们是警察，不是土匪，况且又是私事，总不能公开这么违法吧。”

夫妻俩依偎在车上，随意闲聊着，外面有点阳光有点风，光秃秃的树枝微微摇晃着。罗西北抚摸着武霞的手，不算太软，但很放松。此时，他真希望时间就此停止。

但此时，罗西北的手机在口袋里嗡嗡地响了起来。他一点都不想接，任由它震动，最后还是武霞受不了了，坐起来说："接电话吧。"

电话来自陈友业，让罗西北赶紧回局里一趟，有重要的事儿对他说。

武霞在一边听见了电话里的声音，拿起包准备下车，却被罗西北一把拉住了。

"不是说有事吗，工作要紧，你快去吧。"

"你今天上什么班？"罗西北依旧舍不得松开手。

"今天我休息，你完事早点回来，咱们一起吃饭。"

武霞站在疗养院门口，看着罗西北的车子一溜烟开走了。她回头看了看爱维健康院的牌子，从兜里掏出一张名片，上面写着：业务经理罗西北，某医药公司……

"队长，这绝对是你翻身的机会！"尽管压低了声音，但陈友业还是难掩兴奋之情，"我的线人说，这个药头特别神秘，见过她真面目的没几个人。可她能量一点都不小，包括之前麻将馆那片，还有上高营、下高营那边的城中村，都是她供货。今天你去生擒了她，是不是之前弄丢个小药头的事儿就一笔勾销了。往后再有什么露脸的好事儿，田局就又能派你上阵了。"

"没正词。"罗西北撇了陈友业一眼，心里盘算着，城中村里都是密密麻麻的自建房，租户也是鱼龙混杂，万一再有个闪失……想到此，他对陈友业说，"一会儿你跟我去一趟吧。"

陈友业讪笑着说："我就别过去争功了，别担心，这点儿活一个人办没问题，药头儿是个女的。"说着他又往罗西北手机上发了一个号码，"这个就是我线人的手机，我都帮你联系好了。一旦情况有变随时联系他，在那片他比我管用。放心吧，百分之百可靠。再说了，韩队玉树临风，没准女药头一见倾心，到时候兵不血刃直接拿下了。”

罗西北轰走了陈友业，但突然有一个想法在大脑中冒了出来。袁媛似乎在多个渠道偷偷藏药，不论是医院，还是段大川，凡是有药可寻的地方，她的歪脑筋就没停过——会是她吗？

陈友业的线人是一家小卖部的店主，四十来岁，一脸忠厚老实的模样。如果不是对上了暗号，很难想象这样的人会是警方的线人。他让罗西北在后屋等会儿，药头儿来了一般都会先到他这边买包烟。

“她来了你先别动手，我探探她带没带货，她有时候什么都不带，纯来收钱，那样抓住了也没证据。而且，你别在我这儿动手，要不我以后没法在这片混了，搞不好命都搭进去。”

罗西北一一答应，藏在后屋，在门帘缝里观察着外面的动静。

过了半个小时，一个戴着挡风沙的帽子和口罩的女人走了进来。她递上一张百元钞票，点了柜台里的一种烟。

“有零钱吗，整的找不开了。”线人说道。

女人一把夺回一百块整钱：“那先欠着吧。”

线人一把拉住女人的胳膊，指了指墙上的字：“小本买卖，概不赊账。”

女人甩开线人的手，不耐烦地拉开身上的包翻找零钱。线人冲着包里扫了一眼，暗暗冲罗西北做了个有货的手势。

这时，一直在小卖部里猫着的一个小孩突然冲上去，在女人刚打开一条缝的包里抓了一把扭头就跑。女人哎了一声顺势追了出去，罗西北见势，也赶紧飞快地追了出去。

下高营拥挤的自建房中，小孩灵活地穿来穿去，女药头虽是大人，但很快被甩开，罗西北趁势从后面按住了她，口罩一扯，果然是袁媛。

袁媛气急败坏，一把推开罗西北："你捣什么乱！"

罗西北说："我是警察，接到群众举报，来抓贩毒分子。"

袁媛轻蔑地哼了一声："别在我面前装蒜。"

罗西北严肃地压低声音："我确实是奉命而来，人赃俱获。而且，如果段大川知道你截留他的药出来贩卖，你觉得他会饶了你吗？"

袁媛感觉到罗西北不是在开玩笑，但很快又狠狠地说："你还担心我，不如我先带你看看你的下场吧。"

城中村的自建楼一般都是三到四层，围着中间的天井，一共二三十间房。罗西北跟在袁媛的身后，慢慢爬上陡峭的铁质楼梯，走进了三楼西南角的房间。这间房有一扇朝外的窗户，但因为窗外就是相隔一米多的另一栋楼，所以开窗的意义并不大。

除了一张桌子和一张床，房间里空无一物。

床上躺着一个病重的男人，口眼歪斜，手脚还时不时抽搐一下。还有个五十来岁的老头，大概是护工。罗西北和袁媛进去的时候，他正在帮床上的病人清理大便，密不透风的屋里恶臭得让人喘不上气来。

袁媛走到床边，对老头说了句"我来吧"，之后便开始接手清理。

老头用床头的毛巾擦了擦手，但却站在床边不走。袁媛举着沾脏的双手直起腰来说："左边口袋。"老头从里面掏出了五百块钱，临走时冷漠地留下一句："下个月涨一百。"罗西北站在一边，有些尴尬，他想上手帮忙，却被袁媛坚决拒绝了。忙活了将近半个小时，终于给病人收拾干净了。袁媛洗了洗手，把窗户开了一道缝。

"熏得受不了了吧？"

罗西北摇了摇头："这是你家人吗？"

“我丈夫，你的前任，”袁媛从口袋里掏出烟，抽出来一根，却没点着：“他气管极其敏感，吸两口烟也许就能要了他的命。”

“他得的什么病，没办法医治吗？”罗西北愣了一下，这才问道。

“没病，就是跟你一样，给段大川做事，被他用药物控制。两年的时间，从幻听幻视到神志不清，最后身体也开始不受控了。段大川说他没用了，要把他处理掉。我说我来吧，费了九牛二虎之力才把他藏在这儿。后来，你接手了他的工作，我就想办法换了你的药，拿来用在他身上，好保住他这条命。”

“可是，有他的例子在先，我没用药的事儿应该早就穿帮了。”罗西北不解地问。

“段大川害了我丈夫，自己也没得到什么好处。他一贯的做派是，杀人如草芥，这样的做法看上去斩草除根永绝后患。但经常这么做，组织就难免会和刑事案件产生关联，长久来看，对组织开展进一步的工作没有好处。况且组织内的高层也是分帮结派，早有人看他们不顺眼，便借此事做文章，处分了段大川。”

袁媛看了看他，跟着又补了一句：“虽然药物控制的做法没有完全叫停，但药物供给都换了。后来给你用的药，配方计量都有很大变化，短期内对身体的残害没那么严重。当然，长期用药肯定也没好处。”

罗西北又问了一句：“可是你现在这样做，对他来说就是饮鸩止渴。这样活着，也许还不如死了痛快啊。”

袁媛回道：“想痛快的死，有那么容易吗？我曾经也想过，干脆断了药把他送走得了。可是一旦停药，他的身体就会抽成一团，极其痛苦，而且这样的状况大概要持续一个多月，生命才会慢慢结束。这个过程无论对他还是对我，都太折磨太煎熬了。我试过两次，最后都是受不了放弃了。有你一天，我就用一天你的药，走到哪儿算哪儿吧。”

袁媛顿了顿，又说："所以，说我是你的救命恩人，这句话一点不为过吧。只不过，无论是你还是他，甚至我自己，我都不知道能救多久。你是怎么来到这儿的，你心里应该很清楚。我只对你说一句，这里面是深不见底的黑洞，你我之流不过是裹挟在里面的小石子。很多事不必追根究底，想办法保命要紧。"

罗西北看着眼前的一幕，胆寒不已。他想起韩东临死前迷离的眼神，想起武霞日记中对韩东性情大变的记录，也许韩东就是被药物摧残到神志不清，才会撞车身亡。而无论是韩东还是袁媛的丈夫，都是自己的前车之鉴。

不对——袁媛刚刚说，她一直在偷换韩东的药，那韩东就没有被药物控制。可是他死前的状态很明显不是正常人。

"你是怎么来到这儿的，你自己很清楚。"袁媛刚才的话突然又回响在耳边。罗西北心里一激灵，这才意识到袁媛话中有话。

"你刚才的话是什么意思？"

"没什么意思，好言相劝。时间不早，你该走了。"

"可我抓不到你，回去没法交代。"罗西北觉得大脑有些混沌。

袁媛冷笑一声："好好好，我成全你！"说完她把双手伸到罗西北面前，"给我铐上吧。"

罗西北更加不知如何是好，他伸手去腰间摸手铐，却不想袁媛突然像变戏法似的拿出一个透明的小喷管，冲着他的脸上轻轻一喷。登时，罗西北便觉得头晕眼花，不到五秒钟，便一头栽倒不省人事。

再次睁开眼睛的时候，罗西北身边一个人也没有。他猛地坐起来，还是觉得有些头晕，靠着墙缓了一会儿才看清，这里是韩东的家里，自己刚刚躺在武霞平时睡觉的卧室里。

大概是听见了动静，武霞轻轻地从外面走进来，身后跟着陈友业。

"你醒了，感觉怎么样？"武霞关切地问道。

“还有点头晕，”罗西北答道，“我怎么回来的？”

“我给你弄回来的，”陈友业说道，“你们从小卖部跑出去以后，我线人觉得情况不好，就给我打了电话。我们俩围着村找了三四遍，在一条特别窄的过道里发现你的。你当时直挺挺地躺在那儿，我还以为你已经死了呢。那条过道将将能过一个人，还不能太胖。而且越往中间越窄，我蹭到你躺的那块儿，差点卡在里面出不来了。能把你塞进去，看来这个女的身材娇小力大无穷啊。”

罗西北想到袁媛，刚要再问问陈友业有没有发现其他情况，又觉得武霞在身边，很多话不方便说。

武霞看出端倪：“你们聊案子的事情，我去外面回避一下。”

“不用不用，嫂子，太晚了，韩队又刚刚醒过来，先休息吧。有事回头我们去单位说，我先走了。”说着，陈友业就转身往外走。

“哎，今天的行动，局里那边……”罗西北追问道。

“放心吧，没人知道这事儿。知道了也没事儿，我能圆过去，牵连不了你。”

陈友业一阵风似的离开了。武霞坐在床边，沉吟了一会儿问道：“你刚才是不是去见袁媛了？”

罗西北一惊。

武霞不等他发问就继续说道：“你还没到家的时候，袁媛就联系我了，告诉我她给你喷的什么药，如果没去医院，我可以在家里给你配解药。要不然，你恐怕睡到后天才能醒过来。”

“我不是去见她，就是去执行任务，没想到要抓的人就是她。”

“所以你就徇私情把她放走了？”

“不是，但我当时确实也下不了手抓她。因为这里面牵扯太多人太多事儿，不是我把她铐回去就能解决的。没准最后会越抓越乱，我真的三言两语说不清。”

武霞叹了口气说道：“袁媛说的没错，你总想把所有事情都理出头绪弄明白，其实这根本就不可能，也做不到。所有的人，不过都是漩涡里的小石子，能保住自己不被吞没就很不错了。”

罗西北感觉武霞的口气不似平常：“这些话都是袁媛告诉你的吗？”

“这么简单的道理，不用她告诉，恐怕也只有你不明白吧。”武霞转身看着罗西北说，“最重要的不是要搞清楚每一个细枝末节，而是时刻提醒自己，我是谁，我要去哪儿，你明白了吗？”

罗西北茫然地看着武霞，觉得她和袁媛说的话似乎都有些道理，但也都是行不通的死路。我是谁，我要去哪儿？这本来就是罗西北一直在寻找答案的问题，也正是因为要解开这两个问题，他钻进了一个又一个谜团当中，像滚雪球一样，谜团越滚越大，答案却似乎越来越远。

半夜，罗西北躺在书房的床上，翻来覆去睡不着。那两个问题像蟒蛇一样，在他身上越缠越紧。终于，他忍无可忍拿起手机给姚静发了一条消息：

“我想进行一次催眠治疗。”

“好的，随时过来，我等你。”

发出了消息之后，姚静把手机放在一边，她闭上眼睛，嘴角划过一个微微的笑。

第十二章 揭秘

站台依旧崎岖湿滑，送行的人就在身边。罗西北低着头，下意识地看了看他的手，但晦暗的光线中却怎么也看不清手上的断指。不过这也并不是罗西北最关心的，这条路他已经走了几十次，而这次是最踌躇的。

和往常一样，送行的人边走，边说了一些叮嘱勉励的话，罗西北一句也听不进去。

“还有什么话要留给我吗？”大概看出了罗西北的迟疑，送行的人主动停下了脚步。

“我该往哪儿走？”罗西北脱口而出。

“前面。”送行人指了指不远处的车门。

“到站之后呢？”

送行人轻轻叹了口气：“我没去过那边，帮不了你。前路凶多吉少，你务必小心。我相信你，你也要相信自己。”

罗西北还想再问，火车即将启动的汽笛声已经传来了。送行人二话不说，拉着他的胳膊冲到了车厢门口，一把把他推了进去。车门缓缓关闭，罗西北看着夹缝中断指之手轻轻挥动，赶忙抬头张望。

车门关上了，送行人一动不动地站在外面，车门中间的黑色封条刚好挡住了他的脸。罗西北想扑到门边看清楚，不想火车突然启动，他一个趔趄差点摔倒。幸而身后有人扶了他一把，罗西北一看，是武霞。

“你来了。”武霞语气轻快，仿佛一直在等他。

“嗯。”罗西北顾不得理会武霞，他站起来冲向车门，想看清断指的脸，但火车飞驰，断指已经转身离开，只留下一个遥远而模糊的背影。

“你是在找人吗？”武霞把罗西北领到一个座位上。

“是，也不是。好像就是那个刚刚来送我的人，我想再看看他。”

“你舍不得离开他吗？”

“不，我是怕自己忘了他。事实上，我现在已经有点记不清了，我只记得他的手上有一截断指。”

“他对你来说，是不是很重要？”

“是，我有很多事情想告诉他，也有很多的问题，想问问他。”

“那你为什么不让他跟你一起来？”

“只有一张车票。”

“我也是一个人来到这里，所以，凡事唯有靠你自己。今后，你也只能这样了。”

“可我连自己是谁都不知道，姓名，年龄，从哪里来，要到哪里去，一切都是未解之谜。”

“这些有什么重要？不过是一套档案信息，今天可以贴在你身上，明天也可以贴在我身上。你的与众不同之处，并不在这些文字之中，甚至不在你的身体样貌之中，它只在你的心里，只在你的头脑里。”武霞坚定地望着罗西北，言语之间都是信任和鼓励。

罗西北心头涌上一阵暖意，他握住武霞的手说道：“谢谢你对我说的话，你也不是一个人，你还有我，我会……”

可是罗西北的谢意武霞却并未领受，她甩开罗西北的手，有些诧异地说：“我们第一次见面，说这些不合适吧。”说完，她立刻起身离开了，急匆匆地向车厢另一头走去。

任凭罗西北在身后喊着她的名字，她始终没有再回头。

车厢里空空荡荡，只剩下罗西北一个人，他颓然坐下，嘴里还在喃喃自语：“武霞，武霞……”

这时，突然之间，车窗上的窗帘被拉开了，一束阳光唰地照射进来。

罗西北只觉得一阵刺眼，适应了一会儿之后，再睁开眼睛发现姚静已经端坐在自己面前，旁边的桌子上，计时的沙漏已经走完了一遭。

姚静就像平时一般，给罗西北递上了一杯水。

罗西北冲她点了点头，算是表达谢意。尽管一言不发，但这已经是不同寻常的表现。要知道，三年间，尽管在同一个梦境中穿梭了几十次，但大多数的情况，罗西北都是在紧张或恐惧中惊醒，甚至跌跌撞撞地从躺椅上摔下来。今天，尽管清醒之前，他也喊了几声，但还是很快地冷静了下来，最终像是睡到自然醒一般，缓缓睁开了眼睛。

直到喝光了杯子里的水，罗西北也没有跟姚静说一句话，甚至连抬眼对视都没有。他双眼放空，眉头微蹙，似乎在思索什么事情。

姚静似乎有些不开心，更有一些不甘心，她起身走到电脑旁边，故意弄出了一点动静，把罗西北从思绪中强拉了出来。

尽管如此，罗西北依旧不打算说什么，他站起来，对姚静说了句“辛苦”，便拿起背包想离开。

“你要去哪儿？”

“回去。”

“就这么走了？”

“不是已经结束了吗？”罗西北见姚静用手指敲了敲面前的键盘，想起每次催眠后都要做一个沟通记录，于是说道，“还是以前的样子。同样的梦境，同样的人。我看见了断指的手，但还是没能看清他的脸，就差一点。”

姚静直盯着罗西北，并没在电脑上敲下一个字。罗西北的目光有些闪烁，做完了简单的陈述之后，他说了句再见正欲离开，不想背后传来姚静的呵斥声：“站住！”

罗西北心中一惊，他从未听过姚静如此严厉的声音，转头看过去，见姚静已经从电脑前走到了自己的身边，瞪大了双眼，恨恨地看着他。罗西北一时被这阵势吓住了，不由自主地往后退了一步。但姚静却步步紧逼，直到把罗西北逼到了门板上。

“你把我当成什么人？”姚静问道。

“医生，给我治疗的大夫。”罗西北有些慌张地回答，见姚静脸上怒气未消，迟疑了一下，又说，“朋友。”

姚静冷笑一声：“亏你还说得出这几个字。于公，我是你的医生，无偿地为你治疗了三年；于私，我把你当成朋友，为了你甘冒险境，被人掐着脖子，差点连命都没了！我总觉得，无论如何你不会欺骗我，但是你刚才说的话，让我们之间连基本的信任都没有了。”

“我没有骗你，刚才的梦境的确和从前一样，我也努力地去看了断指的脸，虽然只差一点点，但我确实没看到。”

“不。你的梦里出现了新人，你们认识，甚至还聊了很久，这些内容如果我不问，你根本不打算告诉我。”姚静说着，拿出一部摄录机，原来她拍下了刚才罗西北被催眠后的反应。睡梦中罗西北和什么人在对话，最后有些急切地喊道：“武霞，武霞，武霞……”

姚静深深地望着他：“武霞，武霞——你的梦，真的还和以前一样吗？”

罗西北一时语塞，不知道该怎么向姚静解释。

如果之前，他还能宣称武霞是韩东的妻子，但现在他们二人的关系已经超出了这个界限。武霞已经不是一个陌生的外人，她已经在罗西北的心里扎下了根，是他拼尽全力想爱护的人。他不知道她和自己丢失的记忆有没有关系，但就这样让她暴露在姚静面前，尤其是在小偷意外身亡之后，罗西北十分犹豫。

“你不想说，可以。那从现在开始，我将终止我们之间的医疗合作关系。我使出了看家的本事，我把我自己所有的办法都用尽了，但患者却东躲西藏。对不起，这样的病我治不了。我没法再继续了，现在，你可以走了。”姚静说着转回头去，一瞬间她的眼圈有些泛红。

姚静的话不仅把罗西北定在了原地，更让他想起了过往三年的时光。消失的过去，迷茫的未来，没有亲人，甚至不知道自己是谁。

唯有姚静不断地鼓励扶持，陪伴他行走在黑暗的梦境中。罗西北心中涌起了愧疚和自责，围绕着韩东和自己的谜团让他不免有些草木皆兵，但怀疑姚静，也许自己真的错了。

“对不起。”罗西北走到姚静身后说道。

姚静的肩膀微微颤抖了两下，罗西北伸出手来想安抚她一下，又犹豫着这样的举动是否不妥。举棋不定之间，姚静忽然转过来，伏在罗西北的肩头抽泣不止。罗西北的手悬在半空中，好一会儿，终于还是落在了姚静的身上。

然而，几乎在手落下的同时，罗西北的目光穿过姚静繁杂的办公桌，发现了一个陈旧的档案袋。

这个档案袋平平无奇，除了翻开的一角写着一串字母：cy3301。罗西北像是被电击了一般，他推开姚静，径直朝档案袋快步走了过去。

“你干什么？那些你不能动！”姚静在身后阻止道。

但一切为时已晚，罗西北撕扯着打开档案袋，里面掉出一张表格和一张旧照片。

编号：cy3301，姓名：武霞……

而那张旧照片，与罗西北曾经在武霞的日记本中看见的照片一模一样。

罗西北感觉自己仿佛被闪电击中了，刚刚涌上心头的愧疚，瞬间变成了恐慌和愤怒。他颤抖着拿起照片，比对着之前的记忆，更比对着眼前姚静的容貌。

眼见一切已经无可挽回，姚静反倒是先一步平静下来，她长叹了一口气：“我想你还是先坐下来比较好，因为这是一个很长的故事。”

“拍这张照片的时候，武霞不过十岁。因为跟着父母四处游历，耽误了上学。她的父亲武向光教授与我父亲是至交，于是他们便拜托我给武霞补习功课。虽然落下不少课业，但武霞极其聪明，很快便反超了同龄的孩子。我还记得拍照的那年夏天，她已经开始学习中学课程了。可惜，那段快乐的时光，在我们先后入选‘天才穿越计划’之后，戛然而止。”

“‘天才穿越计划’，难道我也是……”联想到自己也有类似的编号，罗西北禁不住问道。

“是的，但你与我们不同，你是从另一边过来的。”

姚静思索了一会儿，似乎不知道该如何对罗西北描述接下来的故事，“这是一个高度机密又复杂的计划。简单来说，我们打开了通往平行时空的隧道，与另一个时空建立了类似国与国之间的外交关系。”

姚静慢慢地继续说着：“当然，这样说只是一个简单的类比，具体到这条通道的建立方法以及双边就互通而签署的法律文件，都远比这三言两语要复杂得多。而‘天才穿越计划’就是在双方互通成功的基础上提出来的。具体来说，就是由打开隧道的两位关键人物，物理学家姚云峰教授和武向光教授提出，选择三十名十五岁到二十五岁的青年天才选手，出访另一时空。而对方也会派出相应的人员，到我方访问。你就是对面派来的出使人员。”

姚静的说法如天外来客一般，罗西北一下子有些反应不过来，他打断姚静，问道："这实在太难以置信了，我确实觉得你没有必要编造这样的故事来欺骗我，但你知道吗，我心里确实有很多疑问。"

"你尽管问。"

"刚刚你提到两位物理学家，除了武霞的父亲，另一位是？"

"是我父亲。"

"他是不是也和武向光教授一样遭遇了——不测？"

姚静的眼中闪过了一丝悲伤："事实上，他们俩到现在也生死不明。这还要再回到刚才说的'天才穿越计划'。计划开始，本来一切都很顺利，双方的交流也十分友好。但很快，我父亲觉察出了其中的端倪。对方派来的选手，屡次违反协议擅自失联，后来竟然还出现了尖端科研成果被盗的案件。'天才穿越计划'本就存在争议，发生了这样的事情之后政府高层的反对声音愈发高涨。我父亲和武教授不忍看自己几十年的科学成果付之东流，于是提出由他们二位作为特使出访，从中斡旋。"

姚静顿了顿，调整了一下自己的情绪，接着继续说："可惜的是，事与愿违，早在计划开始之初，对方就已经有了跨时空侵略的野心。两位首席科学家不仅没能唤醒他们的良知，甚至直接成为人质。迫于当时的危急形势，政府只能炸毁了通道，销毁了所有的相关实验资料，彻底切断了双方的联系。"

"那两位科学家呢？他们的生死就没人在意吗？"罗西北惊讶地问道。

"当然不是，当时撤离的命令来得非常突然，情况紧急，史无前例的战争几乎一触即发。我还记得爸爸亲手给我整理好行装，让我先去车站，他说他稍后会赶过来。但直到列车开启，我也没见到他的影子。我和武霞几乎是踩着爆破的铃声冲进了关口的大门。随后，通道就被炸毁了。"

"那这些年，你和武霞一直有联系吗？她从没说起过。" 罗西北一句接一句地追着问。

“不，直到去年，我才最终找到她的下落。当时那场未遂的战争虽然极度危险，但其实知道的人极少。为防止泄密造成公众恐慌，撤回来之后，我们这些人便被分散隔离了。”

姚静叹了口气，接着说：“我们就像蒲公英的种子一样，被吹散在各个地方，彼此谁也见不到谁。就算到现在，我也还没有找到机会和武霞正面接触，这是违反保密纪律的，搞不好，对我们两人都很不利。我远远地看过她几次，她好像变了一个人，神情总是非常疲惫忧郁。”

“那我呢？你刚才说我是那边过来的，按照你刚才的说法，我们应该是敌人，但你却一直保护我照顾我，这是为什么？”罗西北继续追问。

姚静看了看他，说：“你的到来，至今是个谜，因为你是在通道被封锁多年后突然出现的。其实，之前就有传言，说对方重新打开了通道，往这边秘密输送间谍，只是一直没有证据。幺鸡带我见你的时候，你的性命危在旦夕，他给了我一封几乎被烧毁的信。信的内容都看不见了，只有最后几行字，意思让我保护你，署名是我父亲。信件真假难辨，但我不愿放弃任何的机会，所以就一直在替你治疗。”

姚静看着罗西北的眼睛，接着说：“从这三年来收集的信息里分析，你应该跟我们当初撤离走的是同一条通道，但因为通道曾经被炸毁，所以穿越列车非常不稳定。你很可能在穿越的过程中发生了事故，所以就变成了现在这样。你梦境中反复出现的断指，应该就是打通隧道的关键人物。”

“穿越隧道在哪儿？能不能带我去看看，说不定我能再想起些什么。”罗西北变得异常急切。

“我不知道隧道在哪儿。”姚静说道。

“怎么会？”罗西北对这个回答十分惊讶。

“我虽然是穿越计划的参与者，但并不是决策者。这项计划的机密程度非常高，只有极少数人知道它的全貌。像我们这样的参与者，每次通过隧道，都是被蒙住眼睛和耳朵，被不同的人带到安全地带。”

罗西北刚刚燃起的希望又被浇灭了。姚静的故事太过超现实，让他一时有些消化不了。不过，自从他被迫变成韩东，关于他身边的一切都已经变得不太现实了。对了，韩东！韩东是谁？

姚静同样回答不了这个问题：“我不知道，但如果你能假扮成他而毫无破绽，证明你们俩的相貌完全相同。我以前大概了解过一些父亲他们的时空理论，像你们这种情况，有个名词叫时空对应人。你们实质上是同一个人，只是生活在不同的时空之中——换句话说，他也许是几十年前的你自己。”

罗西北又问：“那么，韩东所属的组织似乎也在寻找断指。难道他也是当年穿越计划的参与者？”

姚静回答说：“我不知道，计划参与者大多数都互相不认识。不过也有另一种可能，他被对方派来的谍报组织控制了。当初计划执行的时候，对面曾经偷运过来一些人，类似于我们所说的偷渡。这些人都是经过训练的谍报人员，他们长期潜伏了下来，为后续的计划做长期的准备。”

罗西北点点头。编号、药控，这个说法确实能和段大川的手段相互印证。可为什么把他推到韩东的生活里？真正的韩东消失了，真正的罗西北也消失了，这么做的意义是什么？幺鸡的死又是谁做的？他自己究竟是什么人，另一个时空是什么样？

姚静这个庞大的故事带来的不是答案，而是更多的疑问。

看出了罗西北的焦虑之后，姚静安慰他道：“这么多事情一时之间确实很难接受，这也是三年来我没有向你透露只言片语的原因。你的大脑毕竟受过损伤，贸然地向你输送如此大量的信息，结果也许会适得其反。所以，现在无论你心里有多少疑问，甚至不相信我刚才说的每句话，都不要紧。先冷静下来，让大脑休息，然后再梳理当下的形势，决定下一步往哪儿走。”

罗西北沉默良久，起身准备离开。姚静关切地问用不用送他，罗西北也只是摆摆手。

姚静迟疑了一下，最后还是说了句："今天的事情先不要告诉武霞，冲击太大，我担心她承受不住压力，会出现不可控制的结果。况且，武霞现在的精神状态，我想也未必做好了面对过去的准备，所以……"

罗西北点点头，即便姚静不做叮嘱，他也会这么做。就在刚刚沉默的几分钟里，他内心只坚定了一点，无论如何，他都要守护武霞。

刚出锅的饺子，让屋里显得有点雾气腾腾。

罗西北的神经终于稍微放松了一点。武霞穿梭在餐厅与厨房之间，显得有点手忙脚乱。她听见了开门的声音，却顾不得回头："快来给我帮个忙！"

罗西北赶忙走过去，只见锅里的热水翻腾，马上要溢出来了。他赶紧接了点凉水倒进去，却发现锅里的饺子已经快煮破了。两个人手忙脚乱了一阵，才终于把饺子都端上桌。

"本来想自己包点，可是下班晚了，就在路上买了点现成的。冷冻过的饺子跟现包的感觉不太一样。"武霞对成品不大满意。

"你工作这么辛苦，还是别自己做了，以后想吃告诉我，咱们出去吃。"罗西北的安慰有些心不在焉，虽然尽力克制，但姚静说过的话，还是会时不时溜出来。

"也不是想吃，这不到了吃饺子的日子了嘛，今天是冬至。"

"哦，已经冬至了，到了冬天最冷的时候了。"罗西北感慨道。

"我挺喜欢冬至的，因为从这一天开始，黑夜就越来越短了。"武霞说着，不由自主地望向了窗外，"别看我平时经常上夜班，但我其实很怕黑。或者说，我很讨厌黑夜。一旦到了黑夜，人们就会变得胆大妄为，那些本来不应该说出口的话，不应该做出来的事儿，全都堂而皇之地走出来了。"

“可能是因为每个人心里都住着恶魔，需要有个出口释放一会儿吧。”罗西北回应了一句。

“如果真是这样，就更不应该沉溺在黑夜里，应该把恶魔揪出来，摆在太阳下面烤死。哪怕连自己也要牺牲，也要成为一个堂堂正正的人。退缩和放纵，结果只能是被黑暗吞没。”

“你今天似乎有感而发？”罗西北第一次感受到武霞的坚定。

武霞摇摇头：“没什么，黑夜里待得太久了，想见见阳光，想透透气。”

晚饭在武霞的感慨和罗西北的心事重重之中，草草结束。

两人不约而同地回到了自己的房间，没有更多的言语交流。

罗西北直直地望着雪白的天花板，只要一闭上眼睛，那个黑暗又崎岖的站台就会出现在脑海里。从前在姚静的诊所里催眠，他只顾着东张西望，并没有太多局促之感。刚刚与武霞的一席谈话，让他突然对这个熟悉的环境产生了一丝厌恶，站台四周的黑暗将他越裹越紧，让他几乎喘不过气来。最后，罗西北干脆坐了起来。

武霞说的对，他以为可以在黑暗中找到答案，殊不知黑暗却正在将他慢慢吞噬。他应该奔向光明的地方，哪怕和心中的恶魔同归于尽，也在所不惜。而走出黑暗的第一步，便是摆脱段大川这个魔鬼。袁媛和她的丈夫就是例子，他绝不能再步他们的后尘。

郊区的小卖部，看店的小伙子一下就认出了罗西北：“哥，接了你电话，一早就在这儿等着呢，我就觉得以后你有用得着我的时候。”

“那得看你能不能帮上我的忙。我要的东西有吗？”

小伙子微微一笑，弯腰从柜台里掏出一个盒子递给罗西北：“上次查电话号码的事儿太小儿科了，这次的活儿的确比之前的难点。不过哥信得过我，怎么也得办漂亮了。看看吧。”

罗西北打开盒子，里面有个比手机小一圈的黑盒子。见罗西北来回摆弄不得要领，小伙子给他演示了起来：“贴在电话上就行，那边接收到的声音，完全听不出来谁是谁。想做声音分析，至少得说话十几分钟。所以，一会儿电话打通了，务必速战速决。”

说着，小伙子把一部无线座机推到了罗西北的面前，随手指了指屋外：“外面桌子旁边，那儿信号好。”说完，往头上戴了一副大耳机。

小伙子的行事风格很让人放心，但罗西北的心里还是有些紧张。秘书说，田局今天有会，会一直在局里待着。而这个点，应该是两个会议的间隙。

罗西北长出了一口气，拨通了公安局局长田建民办公室的电话。

“喂？”

“是田建民田局长吗？”

“我是，你哪里？”

“我是你们一直要找的人。还记得蝙蝠吗？我是他的下线。”

电话另一端陷入了沉默，罗西北几乎屏住了呼吸，生怕对方听出自己的局促和不安。

“你现在在哪儿，能否见面谈谈？”田局长的语气依旧沉着冷静。

“我现在不方便见面，见面之前，我要保证自己的人身安全。现在找我的人不止你们，我不想成为第二个蝙蝠。”

“与我们合作，安全当然有保障。我现在就可以给你开启一个安全屋，这是我们为保护特殊证人常设的机构，直接由北京方面授信，整个西北地区只有六处。进入安全屋的最初两小时，你有绝对的自由，如果你改变主意可以随时离开。两小时后，房屋内的加密通讯设备自动触发，你可以选择与我们线上沟通，也可以在安全屋与我们的人面谈。这样的安全级别，足够展示我们的合作诚意了。你还有什么顾虑，尽管说出来。”

罗西北没想到田局会提出这样的条件，一时之间不知该如何应答。而此时，小卖部的小伙子，走过来示意他尽快挂断电话，以防被追踪定位。

罗西北犹豫了一会儿，问了这个电话里的最后一句话："安全屋，在哪儿？"

春风街12号。

这是一个省直单位的家属院，早年间门禁颇为严格。如今，房子逐渐显旧，一些领导纷纷搬离，这里不复当年的神秘了，但总体看来，依旧干净整洁，并没有丝毫破败之意。不过，今天大院里比往常要热闹一些——一辆救护车停在最里面的6号楼楼下，一群居民围在楼道口小声议论着什么。

罗西北戴着一顶大帽子，站在不远处的一棵大树后面。

之前，田局长告诉他的安全屋，就位于这栋6号楼上。安全屋为他开启七十二小时，规定时间内，他可以使用密码打开安全屋的大门。

尽管，田局长一再向他做出安全承诺，但罗西北依旧不敢轻举妄动。他乔装了一番，来到附近踩点。在这棵大树下的位置，他观察了很久，尽可能地靠近6号楼，但又巧妙地避开了小区内的监控摄像头。

本想等救护车离开之后，人群散去再悄悄上楼。但就在医护人员抬着担架从楼道内走出来的时候，罗西北看见了两个熟悉的身影——袁媛和景天城。

把病人安置到救护车上之后，二人还交谈了几句。随后袁媛随救护车离开，而景天城警觉地四下张望了一圈，转身上楼。

罗西北紧靠在大树的背后，长出一口气，然后低着头朝院门外走去。他的心因为太过紧张而怦怦直跳，救护车从他身边驶过，他恨不得把帽檐拉低到嘴巴。直到坐上一辆公交车，又转了两次车之后，他才渐渐放松下来。

这辆出现在安全屋楼下的救护车，是偶然相遇，还是针对他的抓捕部署，目前还无法判断。但是有一点，有景天城参与其中，那他后面的计划，恐怕不会十分顺利。必须手握王牌，才能在后面的谈判中占据主动。

恰在此时，段大川打来了电话。

罗西北意识到，机会来了。

“局长，安全屋这边已经全部安排好了。”景天城来到田建民的办公室汇报工作。

“北京方面的授信也已经拿到了，马上通知他们开启吧。”田建民示意景天城立刻行动，但很快又叫住了他，“你今天在现场有没有发现可疑的人？”

景天城迟疑了一下说道：“其实，今天出了点意外。安全屋楼上的住户，有位老人突发脑溢血，我检查门禁设置的时候，正赶上医护人员往楼下抬人。我就跟着帮了把手……”

“我把你派出去是出任务，不是出去当义工做好事！”田局长一下子急了。

“当时的情况，我本来想关门进去，但是抬担架的人手不够，有个随行的护士看见了我，让我帮忙。这样的情况我实在没法拒绝，我的意思是，直接拒绝也许会更引人注目。局长，我并没有暴露身份。”

“但是这么大阵仗，尤其你再露面，不知道他还会不会来？”田局长的眉头拧在了一起。

“局长，你这么肯定打电话的是他吗？”

田局长摇摇头：“只能说是直觉，我一直在等他开口，现在应该是时候了吧？”

“那你觉得他还会来吗？”

“不知道，再等等吧。他是在刀刃上行走的人，蝙蝠的死对他更是个刺激，多给他点时间吧。”田局长说着，晃了晃桌上的鼠标，电脑屏幕一闪，上面显示的是一份关于韩东的机密档案……

罗西北带着两瓶烧酒和一包花生米，来到段大川的办公室。

和他预料的一样，段大川还没下班，一个人坐在办公桌的电脑前，眉头紧锁。之前接到电话，罗西北很快赶到了这里，没想到目睹了段大川被科学处抢夺任务的全过程。

其实，这个任务在一个月之前已经开始谋划，一位重金聘请的地图绘制专家，即将从海外来到兰州，根据组织内掌握的资料，绘制一份机密地图，内容大概与秦岭地区的战略布防有关。

段大川对这项任务极为重视，他一改往日做派，没有把任务中的任何一个环节分配给别人，而是事无巨细，亲力亲为。罗西北本打算套取一些专家行程方面的信息，作为投诚国安局的筹码。可是科学处的人不知道用了什么手段，生生在专家已经登上飞机之后，全面接管了这项任务。

罗西北走进办公室的时候，段大川正在电话里据理力争，不愿交出专家的行程表。但最终，不知道电话那头对他施加了什么压力，他还是无奈地把行程表发送了出去。

罗西北第一次在段大川身上感受到了颓然的气息，人在脆弱的时候，最容易被打动被攻破。如果说之前的段大川有如一个毫无感情的机械怪兽，那眼下可能他正在重启。

必须把握这个机会！尽管没有十足把握，但罗西北决定拼命试一次。

花生米往办公桌上一扔，罗西北用牙咬开了酒瓶盖，然后把其中一瓶推到了段大川的面前。段大川有些狐疑地看了罗西北一会儿，最终还是拿起了酒瓶，和罗西北轻轻碰了一下，仰头喝了一大口。

开始，两人都没有说话，一口一口地干喝酒。不一会儿，一股高度白酒独有的灼热感开始在二人之间弥漫开来。见罗西北脸色有些涨红，段大川终于开口道："说吧，有什么事儿？"

罗西北长出一口气，摇摇头："没事，找个人喝两口。"

"压力大，找个人喝两口很正常，不过找我来喝，我来兰州这些年，你是第一个。"

"放到以前，我也不会想到来找你喝酒。可晚上跟媳妇吵了一架之后，我就突然想起你下午打完电话，抱着脑袋不说话的样子。我就觉得，应该来找你喝点。"

段大川自嘲了几句："你还有个媳妇可以吵吵架，我一天到晚只能跟科学处那帮王八们吵，而且十有八九都得输。我来兰州十三年了，从孤军奋战到组织了一张遍布西北的组织网。摸爬滚打，什么不要命的事儿都干过。可是科学处一成立，我们这些人都不值钱了。他们以为自己掌握了尖端技术，就能呼风唤雨为所欲为。可说到底，我们每天打交道的是真正的人，不是那些……那些科学怪胎，这些道理跟科学处完全讲不通。"

段大川说着，又举起瓶子喝了一口，眼神也开始有些迷离。

罗西北跟着举了一下瓶子："老段，我完全明白你的感受。干这一行并不图什么名和利，最主要的是想证明自己，实现自己的理想和抱负。所以，每次因为一些鸡毛蒜皮的小事儿和媳妇吵架的时候，我都特别想告诉她：你知道我现在做的是一件特别伟大的事业吗？可这些话，我不能说，就算是媳妇也不能说。忍辱负重，没别的办法，就这一条路。你也一样，就这一条路！"

罗西北说话已经有些不利索了，但他咬紧牙关，在心里始终提醒自己，抗住，不能放松，一定要让段大川先倒下。

"忍辱负重，说得好！可是我忍辱负重换来了什么结果呢？就是我的工作成果被人说拿走就拿走了。"

说着，段大川掏出手机，翻出一条备忘，晃晃悠悠举到罗西北面前，“这次能请到这位专家非常不容易，他之前有过前科，所以很多谍报组织都盯着他。他的全部行程，包括选择路线，预订机票，甚至车辆换乘，一步一步都是我仔细安排好的。结果我刚把行程方案提交上去，下午就传来消息，让我直接把这项任务转给科学处！接头人由他们重新指派，但行程方案还按照我制定的来。这简直就是我种好树搭好梯子，他们把我一脚踢开，自己上去摘桃……”

段大川喝了一口酒，接着又说：“我一下就火了，告诉他们，任务移交可以，但后续行程你们自己定。结果，科学处就动用一切高层力量，一级一级地来压派我。你下午来的时候，那是他们打来的第三个电话，说如果不交行程表，二十四小时之内，冻结我的一切权限，四十八小时再把我带离。我现在成了通缉犯了！”

正在此时，段大川的电话又响了，他看都没看就想把手机摔了，被罗西北一把拦住了：“别冲动，别冲动，先接了电话，再想办法。我跟你……咱们一块想办法……”

话未说完，罗西北捂住嘴巴一头扎进了洗手间。一进去，他先是一顿呕吐，随后把水龙头拧到最大，边发出呕吐的声音，边从口袋里掏出一个针管，给自己推了一针。之后他用凉水洗了把脸，强迫自己镇静下来。又把针头拔下来，冲进马桶，把针管重新装回衣服的内兜。

透过门缝望出去，段大川已经把手机扔到了桌子上，嘴里骂了两句，又喝了一大口酒。两瓶白酒都所剩无几，但愿刚刚这针高浓度葡萄糖，能顶过去。

罗西北深呼吸了几下，打开门晃晃悠悠地走了出去。

“他们又想出什么招来了？没事，兄弟帮你出头！”罗西北问道。

段大川摇摇头：“行程表我刚刚发给他们了。”

“就这么便宜他们？太欺负人了吧！”

“没办法，他们的打手已经就位了，一声令下，不出五分钟，就能让我消失个干净。”

罗西北一惊，冲到窗边朝外张望。

“别看了，别说现在黑灯瞎火的，就是大白天他们也能伪装得让你完全看不出来。这是他们从生下来就学会的本事。”

段大川像泄了气的皮球瘫在椅子上，一点点地喝着瓶里剩下的酒。罗西北假意阻拦，却被他挡在一边，干脆一饮而尽。罗西北坐在他身边，一边喝酒一边悄悄观察。片刻之后，段大川歪头睡着了。

罗西北小心翼翼地起身，喊了几声老段，又推了推他的身子，拍了拍脸，确认他的确不省人事之后，迅速拿过段大川扔在一边的手机。点开一看，手机电量只剩下百分之十。他赶紧蹲下身来，凑到段大川的手边，拉着他的手指，一个一个地试指纹解锁。因为刚刚吃了花生米，段大川手上沾了不少油，给识别指纹增加了难度。

罗西北屏住呼吸，用衣服轻轻地擦拭着段大川的指尖。一次两次，手机不断提示电量过低……

终于试到第六根手指的时候，手机解锁了。罗西北赶在关机之前找到了行程表，用自己的手机拍了下来。然后又把段大川的手机小心地放回原处，走出几步之后还是不放心，又回去拿起来，用衣服把手机擦了个遍，抹掉了自己留在上面的指纹，这才蹑手蹑脚地离开。

从出租车上下来，罗西北想起刚刚段大川的话，他往周围仔细观望了半天，才确定并没人跟踪。

冷风一吹，他感到胃里一阵翻江倒海，忍不住抱着路边的垃圾桶呕吐起来。许久之后，他才抬起头，此时双腿已经软弱无力，他靠着一棵大树慢慢坐了下来，拿出手机翻看刚才拍下的照片。

行程表发给了一个未显示的号码，发送完毕之后，对方又发来一条消息：“尽速寻找断指。”

断指，是把他送来这边的人，他本人并没有跟过来。那为什么所有的人都在这里寻找断指呢？韩东，罗西北，时空对应人！对，按照姚静叙述的理论，每个人都有一个时空对应人，找到断指的时空对应人，也许就是重新打开穿越隧道的关键。

罗西北仔细回想着梦境中断指的样子，虽然一次都没有见过他的脸，但是那个身形体态，走路的姿势，的确似曾相识，仿佛这个人就在他的身边……

段大川强忍着头晕恶心，摸索着遥控，打开了房间里安装的新风系统。

虽然难受得一动都不想动，但他还是无法忍受房间中浓烈的酒臭味。之后，他又从抽屉里拿出两粒解酒药吃了下去，便又瘫坐在了椅子上。

桌子的边缘，还扔着他的手机，他举起手看了看被小心擦拭过的手指，嘴角浮现出一丝冷笑。

原来，他对罗西北所做过的一切，已经心知肚明。

但是这一切，罗西北却一无所知。

第十三章 重启

任何时候，火车站都是一个人头攒动的地方。

临近春节，这里更加拥挤。罗西北穿梭在人群间，暗暗观察着周围的每一个人。再过二十分钟，专家乘坐的列车就要到站了。罗西北的背包里早已经装好了写有接头暗号的报纸，只是找了这么许久，他还没找到跟他拿着相同物件的真正的接头人。

时间一分一秒地过去了，距离列车到站还有不到十分钟。接站口附近渐渐开始有人聚集，罗西北不为所动，假装在一边看手机。

这时一个中等个头的男人向人群靠近，之前他坐在为数不多的几个座椅上，好像一直在给什么人打电话。离开座位之后，他先去书报亭买了份报纸，然后在上面写了点什么才往出站口走去。

罗西北正准备起身跟上去，广播突然响起，专家乘坐的列车晚点了，预计晚点十五分钟。

接站口的人群又疏散开来，男人有点失望，把报纸卷成一卷，在手上敲了敲。他刚才的位置已经被人占据，现在只能在没有遮挡的外面站着了。

罗西北想了想，拿出背包整理了一番，站起来作势要走。男人果然眼尖，很快就凑了过来。大概太想得到座位，他丝毫没注意到罗西北在靠背上涂抹了一层强力胶。

列车比预想中来得要稍微快一点，专家也很快注意到了接头的暗号，径直朝罗西北走过来。接站人的外套被死死黏在了靠背上，他气急败坏地撕扯了半天，最后干脆把外套脱下来扔在椅子上，但接站口已经没什么人了。

罗西北边拉着专家急速朝停车场走去，边回头张望，距离田局长提供的安全屋还有很长的距离，现在还远远没到安全地带。

果然，上路不久，罗西北便觉察出后面有车在跟踪。虽然跟踪的车辆没有强行阻拦，但罗西北几次变换路线都没能甩掉它。

无奈，罗西北开车进入了一家商场的地下停车场。节前商场车辆众多，入口处排了不短的队伍。所有的车辆都走走停停一点点往前蹭，谁都走不了，谁也不能停。

罗西北从后视镜中看见，跟踪车辆距离自己有四五辆车的距离，这刚好让他能在停车场的入口转弯处从跟踪车的视线中消失。

停车场上下共三层，罗西北进入闸口之后，没有在上面流连寻找，而是开车朝B3的方向冲过去。往常这一层常常不开放，今天也几乎停满了车。

罗西北在里面兜了一圈，寻找出口。突然被迎面的一辆车拦住了，他猛地一踩刹车，脑袋在方向盘上撞了一下。不等他缓过神来，车窗外有人敲门。

罗西北先看了看后座上的专家，见他并无大碍，便下意识地摸索车上防身的武器。

“快开门，是我！”窗外传来一个女人熟悉的声音，罗西北一看，原来是姚静。

“你怎么在这儿？”罗西北问道。

“我刚才停车的时候就看到你了，按喇叭你也没注意，慌慌张张的是不是有什么事？”

“没时间解释，后面有人跟踪，我得想办法甩了这个尾巴。”

姚静朝车里看了一眼：“你是为了带他出去吧，不如先让他藏在我的车上，一会儿后车就算追上你，也没用了。”

罗西北有些迟疑，上次小偷就折在了姚静的手上，虽然现在看来只是意外，但他心里到底有些没底。

姚静看出了罗西北的顾虑：“你信不过我没关系，你拿出手机，咱俩现在可以共享位置，到时候我的位置你在手机上看得一清二楚。没时间了，快点吧。”

罗西北别无他法，只好让专家上了姚静的车。在经过罗西北身边的时候，专家看了他一眼，小声说了一句：“我加上你了，看我的位置。”

姚静的车离开之后，罗西北停好车子，故意打开后备厢，仿佛在搬运什么东西。过了一会儿，跟踪车辆远远开了过来。但他并没有多做停留，甚至都没有靠罗西北的车子太近，然后就离开了。

罗西北有些想不通，目标近在眼前，为什么轻易放弃了呢？难道对方已经知道人不在车上了？

想到此，他回到车内，打开手机上的位置追踪。

大概因为地下车库信号不稳定，姚静共享位置的连接已经断开了。最后显示的位置，距离这里三公里。罗西北迅速开车回到地上，开始陆续收到专家手机发来的位置。姚静的车越开越远，罗西北在地图上查看了一下行驶路线，突然意识到这并不是开往姚静诊所的方向。

罗西北心中一惊，眼下有两种可能：要么是跟踪车辆发现了他们的行动，改为跟踪姚静，为了甩掉尾巴，姚静在绕路；要么是姚静根本就没想带专家回诊所。她要带他去哪儿？或者她为什么会突然出现在那个停车场？罗西北越想越怕，他边开车边拨打姚静的电话，开始是拒接，后来竟然关机了。

幸而，有专家的手机断断续续发来位置。罗西北不断调整路线，用最快的速度在十五公里外的一个加油站追上了姚静的车。见到罗西北，姚静颇为惊讶，但紧接着也松了口气："我刚发现手机没电了，还担心你找不到这里来呢。"

"怎么开出这么远？"

"我哪敢回去，疑神疑鬼地总觉得后面有车跟着，所以就越开越远了。"

罗西北看了一眼后座上的专家，只见他脸色有些苍白，似乎想说些什么。罗西北微微摇摇头，转而对姚静说："后面的事我来处理吧，你开车回家要小心。有事随时联系我。"说完，带着专家，迅速离开了。

880266，输入了之前田局长给他的安全屋专属代码，大门并没有如预料中那样自动打开。

罗西北有点不知所措，他们改变主意了，还是……犹豫不决之间，门从里面被打开了，罗西北一把拉住专家转身要跑，不想身后传来了景天城的声音："韩东，你去哪儿？"

安全屋内的布置，跟普通家庭没什么两样。专家靠在沙发上，休息了好一阵子，才渐渐恢复气力。景天城在一边关切地问："怎么样，感觉好点了吗？"

"没事，可能就是一点镇静类的东西吧，上车之后就觉得迷迷糊糊，特别困。"专家答道，"不过，我应该没有暴露。"专家说话的样子看上去还有些虚弱。

罗西北有些摸不着头脑："你们……难道你们认识？"

"先别说我跟他，说说你吧，打匿名电话，擅自行动，失联之后你完全变成了另一个人，韩东，你到底还知不知道自己究竟是谁！"景天城气愤地责问着罗西北。

罗西北一时语塞，他张口结舌了半天挤出一句话："我确实是来投诚的，我想……"

见罗西北语无伦次的样子，景天城更加着急："把你手机拿出来，快点！"景天城说着抢过了罗西北的手机，打开短信搜寻了一阵，然后指着屏幕问道，"信息一条不落都收到了，为什么不回复？"

景天城指着的信息是一个长号码发来的各种优惠券，罗西北一直当垃圾短信屏蔽掉了。

景天城接着说道："作为国安局的谍报人员，按时接收回复指令是铁的纪律。但你失联归队之后，却一次也没有回复过。如果不是蝙蝠临死前，给我发来消息点名了你的身份，你现在早就被抓了。"

"你是说，韩东本来就是国安局的人？"罗西北几乎有些不敢相信自己的耳朵。

"我听不懂你的话，你不是韩东吗？"景天城也有些迷惑。

"我，我，我不是，不对，我就是他……"罗西北感觉自己百口莫辩。

景天城见他神色可疑，转而对一旁的专家说："看来一句两句说不清，你先走吧，楼下有我们的车，有人可以送你。"

"不，不能放他走！他是间谍组织三合会从国外请来的绘图专家。我在车站抢先一步，把他带到这来，为了证明我投诚的决心。"

"你还是先想想怎么证明自己的身份吧。"景天城不耐烦地说。

"我的身份有点复杂，包括我这段时间的经历，说出来任谁都难以置信，但是我现在是真心想帮你们。三合会窃听了前段时间的机密会议，他们请来专家，就是为了绘制秦岭布防图。”

专家在一边拦住了景天城：“你的信息不完全准确，专家随身带来了一张地图，的确是秦岭地区的，但和布防图并不完全吻合，一些关键点的标注也不一样。我们早先已经从其他渠道获知了专家的行程，他刚一入境就被我们抓获了。我只是一个赝品专家，将计就计，打入三合会的内部，希望能尽快把他们一网打尽。”说完，他握了握罗西北的手，“我是隶属于国安西南二处，代号老鹰。”

“你这样跟他交底有点太轻率吧，他还没法证明自己的身份。”景天城在一旁指着罗西北说道，“如果不是半路杀出来这么个程咬金，你现在应该已经见到他们的负责人了。”

“随机应变吧，哪次任务也不可能按照预想的剧情严丝合缝地上演。据我观察，他是真心想帮我们做事。不然，他刚才怎么会把我从那个女人手上救出来。她的手段挺厉害的，根本没靠近我，就能下药。”老鹰说道。

“用不着下药，她是一名心理治疗师，会催眠。”罗西北边说边觉得后背发凉。

审讯室里，姚静的神情异常平静。

“这封信，请交给‘天才穿越计划’的总指挥戴如峰，看过信之后，他一定会来见我。除了他，我不会跟你们这里的任何人说出哪怕一个字。”整整三个小时，她说到做到，任凭景天城等人如何软硬皆施，她都没有说过只言片语。

罗西北也被隔离在了一间小屋里，面前的桌子上放了一沓稿纸和一支笔——他被要求把自己所知道的全部情况，尽数写出来。

事到如今，罗西北并没有任何想要隐瞒的内容，但他几次提笔，都不知道该从何说起。那些将他裹挟其中的人和事，他至今也看不清全貌，理不清头绪。韩东死了，但景天城查遍了档案记录视频监控，都找不到他死后的任何痕迹。

而罗西北更是被擦去了一切存在过的痕迹，连他曾经短暂供职过的医药公司，都神不知鬼不觉地消失了。

不知过了多久，景天城走了进来。见罗西北面前的纸上还是一片空白，他拍拍他的肩膀："先别写了，跟我来。"

另一个房间内，包括田建民局长、老鹰在内的一数国安局高层正在开会商讨下一步的计划。罗西北走进去，所有人都禁不住打量起他来。

此时，一个坐在轮椅上的老人开口说道："看什么，他又不是怪物，几十年前，穿越隧道还开着的时候，像这样的年轻人，从那边过来了很多。如果不是那边的政府滥用克隆技术，其实双方完全可以建立非常好的关系，互通有无。"

"我爸和武教授曾经当面力陈克隆技术泛滥的危害，但是对方政府都听不进去，还把传染病大流行怪到我们头上，说我们秘密携带致命病毒。其实，这些恰恰都是克隆技术滥用，导致人群免疫力急剧下降引起的恶果。如果说我们真有什么罪过的话，那就是我们在进入对面空间之前没有做到彻底消毒。那些我们随身携带的无害菌或弱小病毒，对我们根本不会造成任何危害，但对他们来说，却是致命的。"姚静在一旁补充说道。

之前发言的老者就是她一直要见的'天才穿越计划'总指挥，戴如峰。

"静静，你应该早一点来找我，不应该一直独自秘密行动。你这样做，一着不慎就可能让自己陷入危险之中，对国家来说也是巨大的安全隐患。如果你爸爸和武教授现在在场的话，我想他们也不会同意你的做法。"

"对不起，戴教授，我知道这样做的危害，但是我也的确不得已。紧急撤退之后，我们所有参与计划的人都被隔离了。有很长一段时间，我以为自己就只能孤独终老，再也不可能见到亲人朋友。如果不是罗西北偶然到来，我甚至几乎快要忘记曾经穿越到其他时空的事儿。不过也是因为他的来到，以及他后来的一系列经历，让我意识到对方对我们的渗透侵入可能始终没有停止过。”

看得出来，姚静一直在控制和调整着自己的情绪，她接着说：“我想找出一点有用的线索，再来寻求你们的帮助。相信我，我这么做，只是因为自己有那么一点不甘心，不甘心这样走到生命的尽头，不甘心从此再也见不到我的父亲。”姚静的声音有些颤抖，眼泪也随之夺眶而出。

戴如峰握住姚静的手，轻轻拍了两下：“你的身份和立场，我可以作保。不过眼下，讨论这些还有些操之过急。你说，对面渗透过来的间谍，已经形成了一个组织，现在除掉这个组织，找到可能存在的秘密穿越通道，才是眼下的当务之急。”

老鹰在一旁发言道：“组织的负责人目前已经掌握，想抓他基本是易如反掌。但抓住他一个人，并不代表全部。在所有人的身份还没有完全暴露的情况下，我想继续与他周旋一下，要尽可能掌握这个组织的全部人员和联络网，争取能一网打尽。”

其他人对老鹰的建议纷纷表示赞同，此时众人又把目光投向了罗西北。

“想想办法，让我见到段大川。”老鹰看着罗西北说道，“我相信你一定能做到。”

当晚，为了不被段大川觉察，罗西北被准许回家。

武霞一直在等他，见他开门进来，连忙迎上前去。她的眼中满是关切，但罗西北避开了她的目光。从安全屋被直接带离之后，武霞也接受了调查。因为没有任何证据显示她参与其中，所以很快就被放了回来，但关于罗西北的事，她已经了解了大概。

两人面对面端坐在餐桌旁，似乎都不知道该怎么开口。直到武霞看见罗西北手腕上多了一个圈，才开口问道：“这是什么？”

罗西北看了看手腕，叹了口气回答道：“电子镣铐，防止我逃跑。在规定范围内行动不受限制，一旦出圈，控制中心就会收到警报。他们可以遥控镣铐，发出高低不等的电流，对我进行电击。开始只是微量，痛感警告。如果我继续逃跑，电量就会逐渐增大，最终可以电击致死。”

“这么说，他们其实还是不放心你。”尽管罗西北语气平静，但武霞听了还是不免有些心疼。

“能让我戴着这个出来，已经算是极大的信任了。像我这样来历不明的人，也许根本不是人，谁能完全信得过呢？”罗西北颇有些自嘲地说道：“他们怎么跟你说我的身份？”

“其实，我早知道你不是韩东。我用药试过你，还偷偷测过你的血和头发。你和韩东虽然都是B型血，但韩东是Rh阴性，你是阳性。头发里显示的基因，你们也有比较明显的差别。”

“那你为什么一直没有揭穿我？”

武霞叹了口气：“我也不知道。韩东是个好人，但他对工作太专注太执着，就算搭上性命也在所不惜。你和他不一样，你会胆小、会退缩、会怀疑，但你和他一样的是，你会把我放在心上，会保护我。我觉得你比韩东更像韩东，或者说，你更像我心中期待的那个人。”

“我没你说得那么好，如果不是阴差阳错，我根本配不上你。”

“别这么说。”武霞握住了罗西北的手，“我们都是一样的人，你还没有完全了解我，相比起来，我的过去也许更加不堪。”

“别把自己看得这么低。”罗西北安慰道，“都是教授的女儿，姚静像个遗世独立的公主，哪怕身陷囹圄之时，也没有丝毫恐惧，更没有丢下一丝一毫的自尊。你跟她有什么不同，可你总是怯怯的，就算发脾气的时候，也有点虚张声势的样子。不过，说真的，你如果真像姚静那么高傲，我恐怕也不会爱上你。你像一只受惊的小鸟，让我想要保护你、亲近你。”

罗西北的话让武霞的脸上一阵绯红，她嘴角微微上扬，露出一丝难得的笑容。此时罗西北手腕上的镣铐发出了滴滴声，武霞吓了一跳：“你不是哪儿都没去吗？怎么会……”

罗西北摆摆手，按了一下上面的红色按钮，然后拿出手机自拍了一张照片，发了出去，同时分享了实时位置。

“这个不是电击信号，是提醒我该到点确认行踪了。每小时一次，睡觉的时候也不例外。”

“这也太夸张了，而且你如果出去执行任务，镣铐一响难道不会暴露吗？”

“执行任务的时候，可以摘掉，用其他方式沟通。况且，到时候我也不是一个人，会有其他人在身边配合，或者说监视。”

“那我们今晚不能在一起了吗？”武霞说着回头看了看卧室，她已经把两人的被子都铺好了。

罗西北心中有些动容，他紧紧抱住武霞，但最后还是说：“我还是睡书房，明天可能走得很早，别吵醒你。照顾好自己，希望我们还能再见。”

武霞的眼泪瞬间滚落，她伏在罗西北的肩头，久久不愿离开。

“你截获了专家？”段大川几乎不相信自己的耳朵，能在科学处的眼皮子底下干出这样的事儿，如果不是撒谎，那他真要对罗西北刮目相看了。

“我偷看了你手机里的行程安排，本来想在第一时间把人给你带来。但科学处跟踪得太紧，我怕贸然露面大家都危险，所以就稍微安顿了一下。感觉周围形势没那么急迫了，所以马上来跟你汇报。我说了，想跟着你做点事情。那些不是酒后的空话，是我真实的想法。”罗西北需要尽可能争取段大川的信任，但对此他却最没有把握。

果然，段大川并没有对这番表忠心的宣言表现出过多的感动，他只是浅浅地点了点头，轻描淡写地说：“很好。专家现在在哪儿？你有没有安排好见面的地点？”

“还是之前行程里预定的九州饭店，不过，我换了个名字开了另一个房间。”

“你不怕科学处的人去那里盘查吗？”

“最危险的地方最安全，他们一定会认为我会把专家藏起来，想不到最后专家就住在原计划的酒店。不过，为防止被发现，他现在出入不大方便。最好还是你上门与他会面。”

段大川想了想，他犹豫了半天，终于说道：“你确定时间，然后我上门找你们。”

老鹰在酒店里，一遍遍练习地图的绘制，生怕笔法上露出什么破绽。罗西北同样紧张，尽管那天段大川满口答应，但他一贯谨慎小心，让他只身前来，他居然就痛快地答应了，罗西北感觉哪里不太对，但又说不出哪里不对。

约定的时间刚到，一阵敲门声响了起来。罗西北在猫眼里看了看，门外的人做了简单的乔装，但依旧能看出是段大川。他迅速开门，把段大川请进来。老鹰也站起身来，迎上前去。

段大川没有太多寒暄，一上来就开门见山地说：“好事多磨，本来我们早该见面了。如今时间紧迫，我也不再浪费时间了。相信之前我们总结的信息点，你应该都收到了。可以的话，我们现在就开始绘制吧。”

老鹰点点头：“没问题，开始吧。”

罗西北赶忙在一边铺设好了绘图纸笔，老鹰从自己随身携带的包中拿出自己的专业工具，凭着之前的印象，开始画图。

整个过程持续了大概两个小时，地图基本绘制完成了。段大川拿起图纸来回看了看，然后把它卷成一卷，赞赏地说道："厉害！不愧是大师级的绘图专家，行云流水一蹴而就，这张图简直就像是艺术品。可惜啊，如果你是真正的那位大师，那事情就完美了。"

段大川说着，从怀里掏出一把手枪，对准了老鹰。罗西北赶忙上前挡在老鹰身前："老段，你这是干什么？这点事还用不着灭口吧，他们都是商人，钱给足不会把事情往外说的。"

段大川冷笑一声："不灭口怎么知道你们下一步会怎么算计我呢？我本来已经有些相信你了，但刚刚这位专家一拿笔我就看出他是假的了。"

"想赖账可以，用不着打打杀杀，大不了这单我白做，地图就送给你了。"老鹰故作镇定地说。

"地图当然是我的，还有你俩的命也是我的。既然你们还是死鸭子嘴硬，那我就干脆告诉你，让你们死个明白。我曾经看过这个专家的绘图视频，他最大的特点不仅仅是绘制迅速准确，更重要的是，他是左撇子，右手根本不会拿笔。你们能借来他的图，却借不来他的手。所以，安心上路吧！"

段大川说着扣动了扳机，罗西北挡在老鹰身前一动不动。却不料在子弹击发的瞬间，老鹰突然从罗西北身后跃起，反身挡在了他的身前。子弹穿过老鹰的胸膛，深深嵌进了罗西北的肩膀。

段大川本想上前补射一枪，但老鹰早有准备，倒地瞬间扣动了警报器，大楼上下顿时警铃大作。段大川犹豫了一下，带上地图转身逃跑了。

罗西北费尽力气，才把老鹰从身上移开。此时，他的右肩膀已经完全麻痹，因为迅速失血，他感觉眼前有些模糊。在用颤抖的手指拨通了景天城的电话后，他只说了一句“快来”，就一头晕倒在地上。

手术进行得很顺利，罗西北昏昏沉沉之中仿佛又来到了崎岖的站台。

断指就在他的身边，和往常一样，他不断地叮嘱罗西北，万事小心。罗西北只觉得浑身酸痛，断指在他前面一两步的距离，他使劲儿想追上好看看断指的脸，却因为脚步太沉重，怎么也追不上这个近在咫尺的人。

“断指，断指……”睡梦中罗西北不断重复着，直到耳边渐渐响起武霞的声音：“醒醒，罗西北，快醒醒。”

罗西北慢慢睁开眼睛，武霞焦急地注视着他，眼里满含泪水。在她身后，还站着一个人，这个身影似乎很熟悉，罗西北努力看了看，是穿着一身病号服的邱海。

主治医生和护士围在罗西北的身边，仔细检查了伤口和仪器上的各项指标。

“医生，我能不能起来坐一会儿，躺了这么长时间，感觉后背都麻了。”罗西北问道。

不等医生回答，邱海在一旁抢先说道：“坐一会儿吧，老躺着不是要瘫痪了。”

一旁的护士瞪了邱海一眼：“他才刚醒，伤口裂开怎么办？难道都像你一样不听话！”

“哎，我现在听话得很。”说着邱海举起一只被包扎得像熊掌的手，“我现在所有手指都不打弯了。”只见他动作滑稽，让周围的人都笑了起来。

主治医生说道：“伤口没什么问题，可以把床头摇高一点，但注意时间别太长。”

“好嘞！”邱海仿佛得了特赦，赶紧在一边摇床。护士警告他：“别闹太久，一会儿来我这儿打针。”

罗西北调整了一下姿势，身上的酸痛感稍微有所缓解。他看着面前的武霞，努力笑了笑说："以为见不到你了……"

"哪就那么容易死，你经历的那些事儿够你死十回了。"嘴上虽然如此说，但话一出口，武霞的眼圈还是红了。

罗西北不想把情绪搞得这么悲伤，便对旁边的邱海问道："你怎么也住进来了？"

武霞在一边说道："别看他是小毛病，其实差点要了命。手受伤了，不说来医院包扎一下，打上破伤风，就自己在家里不干不净地瞎鼓捣。你走了之后第二天，他来咱家敲门，问有没有退烧药。我一看，手肿得比现在包的还大。"

"搬仪器砸了一下，谁想到会这样啊！"邱海依旧满不在乎。

"你要但凡有点医学常识，还至于最后感染到手指坏死。现在倒好，平白截了段手指头，成了残废。"

"一截小拇指，不碍事的。"

罗西北看二人逗笑似的你一言我一语，突然听到一截小指头，心里一激灵。他挣扎着想坐起来，但伤口扯动的疼痛，让他根本使不上劲儿。

"怎么你又不听话了吗？你的伤口要是裂开，可不是一截手指这么简单。"武霞见状急忙制止了罗西北。罗西北连疼带急，出了一头汗，但那个疑问不停在他脑海里撞击。他对邱海说道："你退后点再退后点……"

邱海不明就里，但看他着急的样子，只好配合着退后。

"行了，就站在这儿，冲我挥挥手，用你受伤的那只手……"

"他那只手不能活动的，否则伤口容易裂开……"武霞在一旁劝阻道。

邱海见罗西北着急万分，对武霞摇摇头："没事的，我轻点就行。"

邱海缓缓举起手在罗西北眼前挥动，罗西北目不转睛地注视着邱海的每一个动作，最后终于说出："断指，你就是……"话未说完，罗西北再次晕了过去。

武霞连忙按响了床头呼叫器，呼叫医生。而一旁的邱海却呆住了，他看着自己包扎的手，陷入了沉思。

十天后，罗西北出院回家休养。

医院门口，姚静带着鲜花前来探望。

“小霞，好久不见。”姚静把花递给了武霞。武霞微微一笑，点了点头，却并未说什么。

“你还是跟小时候一样腼腆。能再见到你，我不知道有多开心，真的恍如隔世。等韩东，不对，罗西北的伤好一些了，我们一定好好聚聚。”随后她转而对罗西北说：“其实早应该去看看你，但我这段时间真的太忙了。你知道吗，穿越计划正在酝酿重启，我现在是重启特别委员会的成员。一旦隧道重启成功，我爸爸和武教授就可能重见天日了。”

“这确实是好消息，具体日程确定了吗？”重启计划让罗西北也很激动，也许他可以就此回去，重新认识一下真正的自己。

“还没到时候，主要是我方的启动对接人还没有匹配成功。对了，等你伤好了，一定要继续来进行催眠治疗。现在特委会的专家都觉得你梦中的断指和对接人有很强的关联性，要是有一天你能看清他的长相，那对重启计划无疑是重大的好消息。”

“其实，关于断指……”罗西北迫不及待地想把心中的猜测告诉姚静，却不想被武霞拦住了：“今天还是先不说这些了，这么大的事儿也不是咱们站在这儿三两句能说清的，等他伤好了，有的是时间慢慢聊。”说着她在罗西北的手上不经意地捏了一下，然后带着他离开了。

回到家里，罗西北不解地追问武霞刚刚什么意思。武霞几次欲言又止，最后她被追问得有些不耐烦了，回答说：“现在我也跟你解释不清，等晚上邱海回来告诉你。”

在度过了一个漫长而煎熬的下午之后，晚饭时分，邱海拿着一个档案袋来到了罗西北面前。

“邱海，你是不是我梦里的断指，不对，你应该是断指的时空对应人，是不是？”罗西北急切地问道。

邱海看了看武霞，又看了看罗西北，把档案袋递过来说：“你先看看这个。”

罗西北打开档案袋，也打开了自己尘封了数年的记忆……

时空：E17，地点：中国兰州，事件：重大恐怖袭击火车站爆炸案，伤亡人数1279人，嫌疑人：罗西北，兰州市公安局刑警一队队长……

罗西北惊呆了：“这是从哪儿得来的？”

“上面不是写着了吗，E17时空，也就是你曾经生活的地方。在武向光教授编写的时空编码表中，我们这里属于A17时空。本来作为平行时空，我们本不应该相遇。但不知道是不是遭遇了小行星撞击，导致了时空维度变形，我们两个时空奇妙地相遇了。而这次相遇恰巧被武向光教授捕捉到了，所以才有了位于秦岭大山深处的这条穿越隧道，以及后来的‘天才穿越计划’。但是很可惜，E17时空中的环境远比我们想象的要复杂险恶，不顾伦理地滥用技术，让整个时空陷入了一种疯狂的畸形膨胀。而这些危险的发展不仅没有被政府遏制，反而成了一些野心家统治时空，甚至发动时空战争的手段。”

“所以，我也是这场疯狂战争的发动者吗？”罗西北感到不寒而栗。

“幸亏，你不是。不过也正是因为你属于那一小撮保有良知的人，所以你被陷害了。你从一名正义的警察变成了一个可怕的恐怖分子，所有的证据都指向你，除了你的朋友科学家史今，没有人相信你是清白的。史今预感到所有阴谋都与这条曾经的穿越隧道有关，便冒险重启隧道，把你送到A17。不幸的是，隧道被炸毁多年，而且作为隧道启动人，他没有匹配到A17的时空对应人作为接应，所以穿越列车可以说是一头撞开了秦岭一侧的大门，你能捡回一条命，真是奇迹。”

“史今的时空对应人不是你吗？”罗西北不解地问道。

邱海举起断指的手，自嘲地说道：“现在是了，但当年我的手指还没断。这么明显的标记不能匹配，所以当时没能找到我。”

“那这份档案，你从哪儿得来的？姚静说，穿越计划要重新启动，你是不是也参与其中了？”

邱海迟疑了一下说道：“你觉得国安局那些人看到这份档案，还能让你安安稳稳躺在家里养伤吗？这份档案，是我的时空对应人、你的铁杆朋友史今交给我的——事实上，我已经打开了时空穿越隧道。”

“在秦岭？”

“不，在我家。”

和从前一样，邱海的家还是黑洞洞乱糟糟，只是仪器的摆放比以前稍微有序一些。

武霞搀扶着罗西北，坐在唯一一把椅子上。邱海说，今晚就是他和史今约定的第二次开启，等约定时间一到，双方同时按下通道启动器，十分钟后，即可见面。

“只需要十分钟吗？怎么我在梦里觉得在火车上足足坐了一个世纪。”见邱海在仪器前面调试，罗西北不解地问道。

“那条隧道是大路，所以来回穿越还要动用列车。我这条是小路，简单来说，就是抄近道，步行十分钟。”

“那干脆所有人都走你这条通道好了。”

“小道也有缺点，比如不能频繁开启，开启时间较短，而且每次只能通过一人。”邱海答道。

“那研究开发这样的小路还有什么意义？”

“一条小路不起眼，但如果有成百上千条这样的小路呢？据我推测，E17方面肯定开发了不少类似的小路，所以能秘密运送过来不少间谍。不过以他们的技术水平，类似的小道稳定性极差，很可能就是一次性，甚至连返程都做不了。”邱海说着拿起那本蓝宝书，有些得意地说道，“全宇宙，只有我一个人得到武向光教授的真传！”

说完，三个人都笑了。此刻桌子上的老式座钟发出了咔嗒的声音，罗西北抬头一看，时间刚好晚上十一点整——原来他每到十一点钟就赶客，都是为了做隧道试验。

想到这里，邱海之前刻板古怪的形象，在罗西北心中渐渐可爱起来。

十分钟之后，挂在厨房门口的银色门帘，被邱海一把掀开。一个熟悉的身影，由远及近出现在了罗西北的面前。他的长相与邱海一模一样，除了白头发稍微多点，这便是史今。

不同于邱海古怪随性的样子，史今看上去彬彬有礼。再次与罗西北相见，能看出他的心情也十分激动，但他依旧克制地阻止了冲到眼前的罗西北：“不能跨过这道门槛，虽然这是个未经双方政府批准的通道，但这道门槛也算是临时的时空边境了。根据当年，EA双方达成的《时空边境管理条例》，任何未经政府批准的跨境行为，都属于违法。我作为科学代表还参与法规文稿的起草，所以现在我绝不能明知故犯。我不能让自己变成那些野心家和偷渡者的样子。”

史今的话让罗西北也有些心潮澎湃，那些往日的记忆一点点浮现在了脑海中，那条无数次出现在他梦中的隧道又浮现在眼前。

一旁的邱海也感慨万千，但他没忘了提醒大家这次会面的最主要内容：“本次开启的稳定时间在二十分钟左右，我们还是抓紧时间说正事吧。史今，你上次交给我的罗西北档案，他刚才已经看过了。上次，你说这个案子取得了重大进展，现在他的嫌疑洗清了吗？”

“这是我要带来的第一个好消息。E17时空刚刚推翻了之前由克隆技术公司控制的独裁政府，并且发现了一个大型的秘密农场，解救了八千多名无辜的克隆儿童。在农场遗留下来的资料中，找到了炸毁兰州火车站的策划案，以及他们选中的几名准备栽赃的人。罗西北就是其中一个。虽然案子的细节，还需要进一步调查，但是现在的临时政府和公众已经基本确认，罗西北是清白的。当然，时机成熟之后，还需要你回到E17配合调查。”

“那第二个好消息呢？你刚才说的是第一个。”武霞在一边问道。

“第二个好消息与你有关，在农场解救孩子的过程中，我们意外发现了武向光教授。之前，我们都以为他遭遇了不测，没想到他一直被囚禁在克隆儿童农场。虽然身体比较虚弱，但他意识非常清晰，也没有生命危险。等一切安顿好之后，我申请安排你们父女团聚。”

罗西北甚至比听到自己清白无罪的消息还要激动，武霞这个可怜的孤女，终于得到了命运的眷顾，重新找到了亲人。他紧紧搂住武霞，嘴里不停地说着“太好了，太好了”。反而，武霞自己倒没有很激动，她附和着罗西北的话，表情有些呆滞。

“小霞都高兴傻了。”邱海忍不住打趣道，“对了，找到了武向光教授，难道没有姚云峰教授的消息吗？”

“姚云峰教授？看样子，还不知道他带人逃脱的事吧？”说到姚云峰，史今的表情忽然严肃起来，“在我来这儿之前，姚云峰已经带着他创立的α平方公司的几个亲信和整整一箱克隆细胞胚胎，畏罪潜逃了。这也是我今天带来的坏消息，更是我此行的主要目的。”

“畏罪潜逃，姚云峰是武向光教授的朋友，怎么会成为罪犯？”罗西北不解地问道。

“当初，为了保证A17时空的安全，姚云峰和武向光教授合力摧毁穿越隧道，二人冒着生命危险留在了危机重重的E17。武向光教授吃了很多苦，但一刻都不曾改变对科学伦理的坚守。但姚云峰在经历了短暂的挣扎之后，很快倒向了无限技术派，成为克隆技术的疯狂研究者之一。而且因为他的科研水平颇为高超，所以他很快甩开了E17其他科学家，成立了自己的研究公司，建立了很多研究基地，专门研发各种病毒和变异人。刚刚提到的克隆儿童农场，就是他公司旗下的一个基地。最后几年，他甚至插手政府政策制定，俨然成了一名强大的幕后黑手，而且此人极其狡猾，独裁政府被推翻之后，姚云峰销毁了大部分的机密文件，法政部费了九牛二虎之力，才找到了一些与他相关的犯罪证据。没想到，刚刚起诉定罪，他竟然越狱逃走了。E17安全部门目前正在全力追捕他，不过有可靠情报显示，他的逃窜目的地，是A17的中国兰州。这里潜伏了很多秘密偷渡的克隆人特工，负责人就是姚云峰的女儿——姚静。”

罗西北、邱海、武霞，在听到“姚静”两个字的时候，都震惊到无法呼吸。此时楼下突然传来急促而刺耳的警车声。

邱海看了看表，对史今说：“情况危急，我必须马上关闭通道，你快回去吧，我一定会想办法再联络你的。”

尽管万分担忧，但史今也只能转身离开，临走时，他依旧如站台送行时一样，留下四个字：“万事小心！”

银色的太空毯门帘，重新封住了厨房的门口，邱海指挥罗西北和武霞帮忙拆解仪器：“不能让他们捡现成的，如果这条通道被发现，我们就全完了！”

三人手忙脚乱地拆解、整理，不一会儿一阵沉重而急促的敲门声响起：“里面的人马上开门，你们已经被包围了……”

罗西北搂住武霞，又看了看邱海，毅然说道：“守护好武霞和蓝宝书，从烟道逃走，我去开门引开他们！”

“不，绝对不行，无论生死，我都和你在一起！”武霞紧紧抓住罗西北的胳膊，死活不肯放开。

“邱海，你还磨蹭什么，快带武霞走！”罗西北一把甩开武霞，确认二人离开后，平静地打开了房门……

尾声

史今斟了一碗茶，递给罗西北："尝尝，味道怎么样？"

罗西北浅尝一下，点点头道："可以啊，这是我从A17带来的嫩苗繁殖的吗？"

"是的，而且种植地就在从前的克隆儿童农场。从前的罪恶之地，终于开出正义之花了。"史今喝了一口茶，无限感慨地说道。

"所以说，土地、时空、技术，这些都是无罪的，罪恶仅仅存在于人们的妄念之中。其实那些技术狂魔本来都是极有天赋的科学奇才，仅仅因为野心和嫉妒就变成了可怕的魔鬼，想来也实在可惜。"

"不过，魔鬼也有用武之地。如果不是段大川听说姚静即将大功告成，心理失衡，一头扎进秦岭，堵在隧道端口，可能姚云峰父女的阴谋就得逞了。谁能想到小白兔一样的姑娘竟是疯狂用药、杀人如麻的女魔头呢？你当初也没看出来吧？"史今笑着说。

"我当时脑子混沌一片，连自己是谁都不知道，怎么可能辨别这种高手。"

“女人是老虎啊。”

“也不尽然，比如武霞。”罗西北说完，不禁望向窗外，“有件事我一直不明白，为什么武向光教授执意要留在E17，而不是回去与武霞团聚呢？”

“武教授是一位精神境界很高的学者，可能在他看来，留下来的意义远大于自己的人生幸福吧。不过这都是我瞎猜的，你一会儿不是要去看他吗？不如你问问他。”

身体康复之后，武向光教授依旧住在克隆儿童农场，只不过这里现在已经改名叫霞光农场，专门种植各种有机作物。

许多当年生活在这里的克隆儿童，成年后又回到此地，成了一名现代农耕人。除了面貌相似之外，他们渐渐活出了独一无二的精彩人生。

武向光教授的办公室在农场的最东边，上午他会给依旧居住在这里的学龄儿童上两节课，下午则是自由闲散的读书时光。罗西北到来的时候，武教授恰好也在沏茶。见到罗西北，他十分地开心和热情：“早听说了你的经历，要是没有你的执着和勇气，一举粉碎了他们的阴谋，恐怕两个时空都要遭殃。”

“太过誉了，在您面前我的所作所为算不了什么。来拜望您，是我一直以来的心愿，今天终于实现了。”罗西北谦虚地说道。

武教授带着罗西北在农场里参观，边走边闲聊到往事。说到邱海，武教授好几次哈哈大笑，说当年他因为年纪太小，像个小蹦豆，不过确实聪明过人。

“那时候，他总去我家蹭饭，吃的非常多，可我太太就喜欢他狼吞虎咽的样子，每次他一来，我们全家都特别高兴。”

见武教授回忆过往，罗西北趁机道出了心中的疑问：“武教授，您选择留下照顾教导这些克隆儿童，固然是高尚之举，但是您难道不想念故土家园，不想念亲人吗？”

武教授的目光望向远方，叹了口气说道：“我当然想念，可自从我的小霞在十二岁那年永远离开我们之后，我的家就消失了。三年后，太太因为伤心过度，也离世了。时空交往复通之后，我曾经想过回去给他们扫墓，但经历了这许多波折与磨难之后，我对这些事渐渐看淡了。这些形式其实不重要，只要我心里永远想着她们母女俩，那么无论我身在何处，我们一家人就是永远在一起了。她们在天上有知，看见我留在这里照顾教育这些可怜的孩子，也一定会赞同我的行为……”

晚霞渐起，映照在武向光教授的脸上，显得格外明亮。但罗西北的心中却慢慢笼罩上了一层恐惧的阴霾。他忽然想起，武霞曾在迷离之间说过，带我回去，带我回农场……

A17，中国，成都。

武霞在门口的信箱取了一个快递，回到家中拆开，果然是她等候已久的全套证件。证件上，她的名字变成了赫兰，年纪也比从前改小了五岁。她忍不住摸了摸脸上的皮肤，心里安慰自己：逆时空基因，不会出错，她的样貌可以永远维持在26—36岁之间。

除了身份证和驾驶证，她把其余不常用的证件收到了书架上的一个档案袋中。两张照片从袋子里滑落。幼时的武霞和姚静，站在一片空旷的操场上，所不同的是其中一张，武霞笑得十分开心，而另一张，武霞睁着大眼睛，怯生生地看着镜头。

窗外有低沉的闷雷声，武霞走到窗边，一股湿热的空气向她袭来。武霞深吸了一口气，她喜欢这种感觉，像极了小时候居住的农场。

第一次和姚静见面的时候，也是个快要下雨的阴沉天，所有同批次的小女孩都挤在一间破旧的平房里。姚静忽然推门走了进来，她的目光在人群中来回扫了好几遍，最终落在了她的身上。

“爸爸，你过来看看，我觉得她最像。”姚静对身后跟来的姚云峰说道。姚云峰让武霞——不，那时她和这间屋子里所有的小女孩一样，还没有名字，只有别在衣服上的一个编号属于她们自己——站起来，上下打量一番后，他赞赏地对姚静说道：“你观察力不错，就她吧。”

姚静露出得意的笑容，对编号73说：“走，带你拍照去！”

那是编号73成为武霞的第一天，此刻她拿着新的身份证，心想：武霞的故事，到此就真的全部结束了吗？

一切都还没有答案……

（完结）